기도로 극복한

내과 의사의
악성림프종
치유기

문찬수 지음

기도로 극복한

내과 의사의
악성림프종
치유기

의사이자 혈액암 환자가
이야기하는 생생한 치료법

악성림프종 4기,
10달간 치료과정의 기록

생각나눔

저자는 DLBL(광범위 거대 B세포 림프종)이라는 비호지킨 악성 림프종 환자입니다. 확진을 위해서 경부 림프종괴 수술을 받았고, 조직검사에서 DLBL로 진단받았습니다. 최종진단은 DLBL 4기(골수전이)입니다.

치료 과정으로 먼저 전신에 퍼져있는 악성세포를 사멸시키기 위해 세포독성 항암제와 표적항암제인 R-CHOP 복합항암요법을 혈관 주사했습니다. 골수전이 상태에서는 뇌로 전이가 잘 되므로 뇌전이를 막기 위해 뇌척수 세포독성 항암제인 MTX와 Ara C를 뇌척수강으로 주입하던 중 부작용으로 인해 중지하고 대신 MTX와 AraC를 혈관주사로 바꾸었습니다. 완전관해 진단을 받았지만, 재발을 막기 위해 다음 과정으로 경부 림프종괴 수술부위에 방사선치료를 하였습니다. 이제 5년간 6개월마다 전신 CT 또는 PET-CT와 혈액 검사해서 5년 후까지 재발이 안 되면 완치판정을 받게 됩니다.

암은 크게 고형암과 혈액암으로 분류되는데 고형암은 폐암, 간암, 위암, 유방암, 자궁암, 대장암과 같은 형태가 있는 장기의 암을 말하며, 혈액암은 백혈병, 악성림프종 등이 있습니다. 악성림프종 중에서 DLBL 4기는 바로 치료하지 않으면 6개월 이내에 사망할 수 있는 매우 빠른 진행을 하는 혈액암입니다. 진단을 의심하고 여러 병원을 전전하다가 치료 시기를 놓치는 일이 생기면 안 됩니다. 검증되지 않은 식품이나 치료로 인해 말기로 진행되어 버리면 치료 시기를 놓치게 됩니다. 반드시 의사의 지시에 즉시 따름으로써 치료 시기를 놓치지 마시고, 항암제는 모든 환자가 견딜 수 있을 정도의 부작용이므로 공포심을 갖지 않기를 부탁드립니다.

다른 질환들처럼 암도 이젠 불치병이 아닌 만성병입니다. 당뇨병, 고혈압, 고지혈증처럼 성인들이 많이 가진 병이라고 생각하시길 바랍니다. 5년 전의 통계와 치료성적은 현재의 치료성적과는 너무나 차이가 납니다. 현재는 수많은 표적항암제, 면역항암제, 방사선치료, 수술치료가 개발되어 있으므로 완치율과 생존율이 높아졌습니다. 같은 질병이라도 병기(stage)와 조직검사와 연령에 따라서도 예후가 다르다는 점을 숙지하시길 바랍니다.

다시 한 번 강조합니다.
① 진단 즉시 전문적인 치료를 시작하시기 바랍니다.
② 많은 환자를 치료한 경험 많은 암 전문병원에서 치료하시기 바랍니다.
③ 중간에 치료를 포기하지 마시기 바랍니다. 최근엔 수많은 치료제가 임상시험 중에 있습니다.
④ 다학제 진료팀(multidisciplinary care)이 갖춰진 병원에서 치료하시길 바랍니다.
⑤ 항암치료는 1번으로 끝나는 치료가 아니라 반복적이고 정기적인 치료가 필요하니 날짜 준수가 매우 중요합니다.
⑥ 만일 입원이 필요한 항암치료 때는 다인용 입원실이 날 때까지 마냥 시간을 보내면서 치료 시기를 놓치지 말고 1~2인용 입원실에 입원 후 다음날 다인용 입원실로 옮겨가시는 방법을 사용해 보시길 바랍니다.

다학제 진료란 한 명의 환자를 위해 5~6과목의 관련 전문 교수팀이 한자리에 모여서 논의하는 진료 방식인 맞춤형 치료입니다. 주치의를 중심으로 모인 의사들은 환자에게 어떤 치료가 가장 필요한지 결정한 후에 치료순서에 따라 환자 상태를 살핍니다. 과거에는 환자가 1개 과를 방문해서 치료를 받았지만, 최근에는 협진(협동진료)을 위해 환자가 여러 과를 방문해서 치료를 받습니다. 이제는 환자가 다학제 진료실 한 곳만 방문하면 5~6개 과의 전문의사가 동시에 환자에게 치료방법을 결정해 주므로 치료 성적도 높아진 상태입니다.

저자는 다학제 진료실에서 혈액 내과, 치료방사선과, 영상의학과, 핵의학과, 세포병리학과 교수 여섯 분으로부터 영상 변화와 암세포 소실과 치료과정을 설명 들었습니다. 그 후 완전관해 판정을 받았고, 방사선치료를 1달간 시행한다는 다음 치료 계획도 들으며 만감이 교차하였습니다. 완전관해 판정은 암 환자들에게는 언제나 가장 듣기 좋은 말입니다. 죽음이란 낭떠러지에서 벗어나 생명이란 평야에 안착하는 평화를 얻게 하는 단어입니다. 다학제 진료실에서 제 손을 꼭 잡고 있던 아내의 입가에 미소가 번졌습니다.

저자는 과거 서울 성모병원에서 간경화, 간암 치료를 하던 의사였는데 지금은 근무했던 병원에서 혈액암 환자 신분으로 바뀌었습니다. 저자는 여의도 성모병원과 서울 성모병원에서 근무했었던 내과 의사 출신으로서, 의사이면서 동시에 환자인 저의 치유기를 통해 현재 암과 맞닥뜨리고 계신 환자분들과 보호자분들의 두려움, 불안감, 잘못된 치료선택을 없애는 데 도움을 드리고 싶어 이 책을 집필하게 되었습니다. 이 책에는 전문적인 의학용어가 많은데 최신 치료법으로 좋은 성적이 나오는 것을 보시고 환자분들은 절대로 좌절하지 마시고 적극적으로 치료에 임하시길 바랍니다. 저는 악성 림프종 4기로 10달간 치료받은 환자로서 고형암으로 투병하시는 환자분들 보다는 예후가 나쁜 질환이었지만 완전관해 판정을 받았습니다. 병을 극복하기 위해서는 질병에 대한 정보를 많이 알고 질병을 무서워하지 않는다는 마음가짐으로 지내야 합니다. 질병을 두려워하면 이기지 못합니다.

또한, 질병통계를 바르게 분석할 수 있는 자세가 필요합니다. 통계 수치만 보지 말고 그 속에 숨어있는 뜻을 정확히 이해하면 치료에 큰 도움이 됩니다. 이를테면 중앙생존기간이란 100명의 환자에서 제일 짧게 생존한 환자를 1번에 줄 세우고 제일 길게 생존한 환자를 100번에 줄 세웁니다. 51번째 환자가 얼마나 생존했는지를 보는 지표가 중앙생존기간입니다. 만일 60

개월이라면 51번째 환자가 60개월 생존했다는 의미입니다. 내가 90번째 환자라면 20년 생존할 수도 있습니다. 나는 환자 100명 중 51번째가 아니므로 60개월만 생존하는 게 아닙니다. 통계에 현혹되지 말고 올바르게 분석하는 지혜를 가져야 합니다. 90번째 60대 환자가 20년 더 생존한다면 80대에 사망하는 것이 되므로 암 환자였지만 평균수명 시기에 사망하는 일반인과 다름이 없는 것입니다. 반응률은 종양 크기가 절반 이상 줄어들 확률입니다. 항암치료 시 반응률이 40%라면 100명 환자에서 40명은 치료에 잘 반응해서 종양이 절반 이상 줄어들었지만, 반면에 60명은 종양이 그대로 있거나 더 커졌다는 의미입니다. 5년 생존율은 완치율과 같은 뜻입니다. 5년 생존율이 40%라면 100명 환자 중 40명은 5년 뒤에도 살아있다는 의미입니다. 40%에 속하는 60대 환자는 20~30년 더 살 수 있을 겁니다. 통계를 잘못 이해해서 내가 얼마 못 살 것이라는 낙심 속에서 치료를 포기하는 일이 절대로 생겨선 안 됩니다.

아픈 남편을 위해 아홉 달간 병실을 지켜주고 한 달간 외래치료(방사선치료는 외래에서 매일 치료받음)를 따라 다녔던 아내에게 감사드립니다. 아내의 아름답고 고귀한 마음씨에 존경심을 가집니다. 남편을 위한 헌신에 찬사를 보냅니다. 제가 입원할 때마다 저의 손을 잡아주면서 당신에게 기적이 일어날 것이라고 기도해 주고, 하루도 거르지 않고 매일 새벽에 일어나서 저를 위해 기도하는 아내를 보면서 반드시 암을 이겨내겠다는 의지가 생겼습니다. 제가 이 책을 집필할 힘을 갖게 된 것도 아내의 보살핌 때문입니다. 두 딸은 퇴근 후 아빠를 기쁘게 해주기 위해 피곤한 몸으로 병실에 와서 항암제와 백혈구 증강제의 부작용에 따른 사지 근육통과 사지 저림을 풀어준다고 매일 밤 마사지를 해주면서 아빠의 말동무가 되어주었습니다. 목사님과 교인들의 새벽기도를 주님께서 들으시고 암을 완전관해 판정 받게 해주셨고 이 책을 쓰게 허락하셨습니다. 환자분들과 보호자들은 절대자이신 하나님께 몸과 마음을 의탁하고, 의사들의 지시에 즉각 따르고, 가족과 사랑으로 지내는 3박자 도움만 있으면 반드시 완치됨을 믿으시기를 바랍니다. 이 모든 과정은 주님께서 죄 많은 저를 손잡아주시고 여러 분야의 교수님, 간호사, 방사선사, 임상병리사분들의 헌신적인 치료와 장로님들, 권사님들, 교우 분들의 기도 덕분으로 지금까지 삶을 영위하고 있습니다.

참고로 이 책은『림프종 바로 알기: 대한혈액학회림프종연구회, 고려의학출판』,『진료실에서 못 다 한 항암치료 이야기: 김범석, 아카데미북출판사』와『가톨릭 혈액병원, 소책자시리즈: 가톨릭대학교 서울성모병원출판사』 등에서 발췌 요약과 인용을 많이 하였음을 알려드립니다.

사진도록 중 안면 마스크는 본인이 방사선치료를 받을 때 사용했던 마스크입니다. 이 책을 읽으시는 환자분들과 보호자들은 주님의 사랑 안에서 평강의 안식을 누리며, 완치 100%가 된다는 믿음을 가지고 치료에 임해주시길 기도합니다. 저는 현재 새로 태어나서 1살이 되었다는 기분으로 최선을 다해 살아갑니다. 주님께서 다시 살려주신 이 목숨을 보람 있게 살아가기 위해 최선을 다해 진료하며, 교회에서 성도님들께 최선을 다해 봉사하며, 주님을 섬기고 학생들에게 멘토 역할을 하며, 가족들에게 따뜻한 사랑을 전하고 있습니다.

환우 여러분, 질병은 우리 인생에서 잠시 스쳐 지나가는 사소한 것으로 생각하면 우울해 할 필요가 없습니다. 상황에 따라 질병이 내 몸에 머무르는 기간이 다를 뿐, "이 또한 지나가리라." 하는 말과 같이 질병 또한 지나갑니다. 왜 나만 이 질병으로 고생하는지 고민할 필요가 전혀 없습니다.

2021. 7.

문찬수

차·례

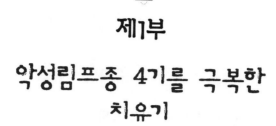

제1부

악성림프종 4기를 극복한
치유기

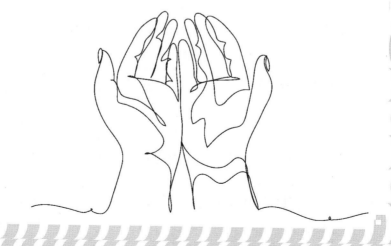

☾ 01

기간별 치료방법과 효과

(1) 8~11일째 이비인후과에서 수술(1차 입원)

1차 CT 촬영술과 PET-CT 촬영술검사

(2) 15일째

진단명 : 광범위 거대 B세포 림프종(DLBL)

PET-CT 촬영 결과 : 좌측 겨드랑이, 좌측 복부대동맥, 좌측 대퇴부 동맥 부근에 림프종 발견

(3) 17~20일째 혈액종양내과에 입원(2차 입원)

① 1차 복부골반 CT 촬영술검사

② 심장초음파 검사

③ 매립형 케모포트 방식의 중심 정맥관 삽입수술 시행

④ 1차 골수검사

⑤ 1차 R-CHOP 항암치료 시행

(4) 26일째

골수 전이된 상태인 Stage 4(병기4) 진단받음

(5) 37~41일째 혈액종양내과에 입원(3차 입원)

① 2차 R-CHOP 항암치료 시행

② 1차 척수검사

③ 1차 척수강내 MTX-AraC 항암치료 시행

(6) 58~61일째 혈액종양내과에 입원(4차 입원)

① 3차 R-CHOP 항암치료 시행

② 2차 척수검사

③ 2차 척수강내 MTX-AraC 항암치료 시행

(7) 79~82일째 혈액종양내과에 입원(5차 입원)

① 2차 경부, 흉부, 복부 및 골반 CT 촬영 결과 : 좌측 복부 대동맥 및 좌측 대퇴부 동맥 부근의 림프종 크기 감소

② 2차 PET-CT 촬영 결과 : 좌측 겨드랑이, 좌측 복부 대동맥과 좌측 대퇴부 동맥 부근의 림프종 소실

③ 4차 R-CHOP 항암치료 시행

(8) 100~103일째(6차 입원)

5차 R-CHOP 항암치료실시

(9) 109일째

18일간 쉰 목소리가 지속되어서 이비인후과에서 후두 내시경 검사 결과 : 성대마비 진단

(10) 121~124일째(7차 입원)

6차 R-CHOP 항암치료실시

(11) 145일째 결과

① 2차 골수검사 결과: 암세포가 골수로 전이되어 있다가 항암제 치료

로 전이 사라짐

② 3차 전신 CT(목, 가슴, 복부, 골반) 촬영 결과 : 겨드랑이, 대동맥 주위 림프절 소실

③ 3차 PET-CT 촬영 결과: 2차 PET-CT 촬영 때와 같은 소견

(12) 155~173일째(8차 입원)

① 7차 MTX-AraC 항암치료를 척수강내 주입법 대신에 중심 정맥관 주입법으로 바꿈. 이번부터의 항암치료는 공고요법 목적. ② MTX 해독제인 류코보린 64 앰플주사 ③ 그라신(백혈구증강제) 9회 주사 ④ 농축 적혈구 수혈 4팩 ⑤ 혈소판 풍부 혈장 수혈(PRP) 6팩 ⑥ 지방 영양제 5병 ⑦ 마그네슘 1병 주사

(13) 197~214일째(9차 입원)

① 8차 MTX-AraC 항암치료를 중심 정맥관 주입 ② MTX 해독제 56 앰플주사 ③ 그라신(백혈구증강제) 10회 주사 ④ 농축 적혈구 수혈 4팩 ⑤ 혈소판 수혈(PRP, PC, SDP 종류) 9팩 ⑥ 지방 영양제 10병 ⑦ 마그네슘 1병 주사

(14) 233일째

4차 전신 CT 촬영(경부, 흉부, 복부, 골반) 촬영술검사

(15) 234일째

다학제 통합진료(혈액종양내과, 방사선종양과, 진단의학과, 영상의학과 통합진료)

(16) 254일째

방사선치료는 Tomotherapy(토모 테라피)로 결정함. 안면 CT 촬영 후 안면 마스크 제작하고, 모의 치료(Simulation Therapy)실시

(17) 261일째

방사선치료 첫 회, 방사선종양과 교수님의 외래진료

(18) 268일째

방사선치료 6회차, 방사선종양과 교수님의 외래진료

(19) 275일째

방사선치료 10회차, 방사선종양과 교수님의 외래진료

(20) 282일째

방사선치료 14회차, 방사선종양과 교수님의 외래진료

(21) 285일째

방사선 17회차로 마지막 치료. 중성구수치가 630으로 낮아서 그라신(백혈구 증강제) 주사 맞음

☾ 02

날짜별 치료 과정

(1) 1일째

5일 만에 4cm로 갑자기 커진 우측 턱 하단 종괴로 여의도성모병원 이비인후과 외래의 비강 내시경검사에서 코, 인후, 성대 정상소견 보임, 종괴를 3cc 주사기. 23 Gage 바늘로 흡입하여 유리슬라이더에 조직을 묻혀 세침검사를 시행하였습니다.

오후에 확인해 보니 종류는 모르겠지만, 암이 의심되니 빠른 시간 내에 수술하자고 하였습니다.

(2) 2일째

새벽 2시, 잠자리에 누웠다가 도저히 잠이 들지 못하고 혼자 응접실 소파에 앉아 있었습니다.

갑자기 내가 암이라고 하니 부정하고 싶고, 화가 났습니다. 엘리자베스 로스(Elizabeth K. Ross)는 1969년 질병 발생 시 Grief Stage를 5단계로 분류했습니다. 1단계는 부정(Denial), 2단계는 분노(Anger), 3단계는 타협(Bargaining), 4단계는 우울(Depression), 5단계는 수용(Acceptance)입니다.

1단계는 왜 내가 이 병에 걸리느냐며 질병 자체를 부정하게 됩니다. 2단계는 나에게 하나님의 징벌인 질병을 왜 주셨냐고 분노합니다. 3단계는 이 질병이 가볍게 지나가든지 아니면 나를 죽음에 이끌지 마시기를 타협하게 됩니다. 4단계는 육체의 질병에 의해서 마음의 질병인 우울증이 동반하게 되어 질병을 이기겠다는 의욕은 상실되고 모든 것이 귀찮아지며 무기력증이 생기고 자살 충동이 생길 수가 있습니다.

5단계 즉, 마지막 단계는 질병을 인정하고 받아들여서 내 안에서 수용하게 됩니다.

(3) 8~11일째 (1번째 입원)

1) 입원 1일째
　　　　　　　　다음 날 수술하기 위해 여의도 성모병원에 입원해서 흉부엑스선 사진, 혈액검사, 심전도 등의 수술 전 검사를 하고, 경부 CT 촬영을 하였습니다. 내일 아침 수술인데도 별로 긴장이 되지 않았습니다. 5년 전 담석으로 인한 복통이 와서 담낭 절제술을 받아봐서 내일 수술에 대한 두려움은 없었습니다. 그러나 5년 전의 담낭 절제술은 담낭암이 아니므로 재발이나 2차 암 등의 두려움은 생기지 않는 질병이지만, 지금의 암은 수술 후 항암제 치료나 방사선치료가 필요하고 5년간 지켜봐서 재발이 되지 않아야 완치판정을 받을 수가 있습니다. 암은 일반인이나 의사 모두에게 두려운 질병이며, 암의 예후와 5년 생존율 등을 잘 아는 의사에게는 더 큰 두려움이 발생할 수 있습니다.

2) 입원 2일째
　　　　　　　　오전 9시 20분에 수술 방으로 향했습니다. 침대에 누워 수술실 앞 환자 대기실에 도착하니 수녀님이 기도를 해주셨습니다. 교회 장로인 저는 수녀님의 기도에 조용히 두 손 모으고 같이 기도했습니다. 곧바로 수술실에 들어가서 마취과 의사의 "깊은숨을 들이쉬세요." 라는 말까지 듣고 곧 마취상태가 되었습니다. 수술 후 마취에서 깨어나 보니 수술 자리와 기관지 삽관 자리에 통증이 와서 깊은 잠에 들지 못했습니다.

아내의 조카인 이 병원의 소아과 김소영 교수가 병실로 와서 같이 이야기를 나누었습니다. 오후 5시에 수술 집도 의사인 박영학 교수가 조직 검사에서 악성림프종이니 PET-CT 촬영 후에 퇴원하라고 했습니다. 수술 전 세침

검사에선 암이 의심된다고 했는데 금일 수술하고 악성림프종이라고 하니 충격이 왔습니다. 악성림프종은 백혈병 중에서 급성 림프구성 백혈병처럼 대량의 항암제 사용 후 조혈모 세포이식을 하는 질병으로 환자가 항암치료에 몸과 마음이 휘어지는 질병이며, 예후가 좋은 질병은 아닙니다.

저녁 6시에 금일 첫 식사로 죽을 먹고 누워서 선잠이 들었는데, 밤 10시에 두 딸이 퇴근 후 병실에 오자 엄마는 아빠가 자고 있으니 나가서 이야기하자고 하는 말이 내 귀에 들려 왔습니다. 몰래 휴게실로 따라가 보니 엄마가 딸들에게 아빠가 악성림프종 혈액암이라고 이야기하자 아이들이 흐느껴 울기 시작했습니다. 저도 멀리서 아이들과 아내가 우는 모습을 보고 따라 울다가 아빠가 마음 약해서 우는 모습을 보이면 절대로 안 되겠다는 생각이 들어 방으로 들어와서 세수하고 누워 있었습니다. 시간이 조금 지난 후에 집사람은 아이들이 왔다고 알려줘서 방금 깨어난 것처럼 일어났습니다. 휴게실로 가서 눈이 부어있는 아이들을 향해 일부러 웃으면서 걱정하지 말라고 안심을 시켰습니다.

오늘 하루가 지금까지 살아온 60평생에 가장 슬프고 긴 하루였고, 마음이 안정되지 않는 날이었습니다. 이날이 꿈이었기를 기대하면서 기도드렸습니다.

3) 퇴원하면서

여의도 성모병원에서 PET-CT 촬영을 하였습니다. 이 검사는 전신을 한꺼번에 촬영하는 검사로 암의 유무를 볼 수 있는 검사이지만, 방광 등의 비어있는 장기의 암은 발견하기가 쉽지 않습니다. 또한, 방사선 빔의 양이 너무 많아서 한 번 촬영하면 1~2년간은 촬영하지 않는 것이 좋습니다. 그러나 암 치료 중인 환자들은 3~6개월 간격으로 촬영해서 암이 호전되는지 봐야 하므로 PET-CT가 필요합니다.

(4) 15일째

여의도 성모병원 이비인후과 외래 진료실에 가서 결과확인을 하였습니다. 진단명은 Diffuse Large B Cell Lymphoma(DLBL)(광범위 거대 B세포 림프종)이며 PET-CT 결과는 좌측 경부, 겨드랑이, 복부 대동맥, 대퇴부 동맥부위 림프종이었습니다. 이제부턴 혈액종양내과에서 치료를 시작해야 합니다. 고형암은 수술이 주된 치료이지만 혈액암은 수술 대신 항암제 투여가 치료입니다. 림프종은 백혈병의 사촌으로 생각하시면 됩니다. 원무과에서 암 등록을 하고 나자 진료비는 이제부터 본인 부담이 5%로 줄어들게 되었습니다. 림프종을 치료하기 위해 서울성모병원에 외래접수를 했습니다.

(5) 16일째

오늘은 서울성모병원 혈액종양내과로 가서 림프종 담당의사인 조석구 교수님한테 입원장을 받았습니다. 이제부터 10여 차례의 입원을 통해 항암치료를 해야 하는 긴 여정의 치료 시기로 돌입하게 되었습니다. 경험하지 못한 항암치료에 대한 두려움도 있지만, 나의 변화되는 모습을 보게 될 가족들을 생각하니 마음이 아파지기 시작했습니다. 왜 암에 걸리게 되었는지 왜 하필 암 중에서도 예후가 나쁘고 치료를 빨리 시작하지 않으면 몇 개월 밖에 살지 못하는 고위험군, 즉 급격히 진행되는 암에 걸리게 되었는지를 이해할 수가 없었습니다.

치료 2일째 부정과 분노(엘리자베스의 1단계와 2단계)가 생겼다가 기도하면서 곧 사라졌는데 금일(16일째) 또다시 분노가 생겼습니다. 다시 주님께 매달려서 기도하기 시작했습니다.

(6) 17~20일째(2번째 입원)

서울성모병원은 아시아에서 최고의 백혈병 치료성적을 가진 병원이고, 21층 건물 중에서 3개 층이 혈액암 전용 입원실로 구성되어 있습니다.

1) 그런데도

항시 병실이 부족한 상태입니다. 입원 2일째 혈관조영실에 가서 매립형 케모포트 방식의 중심 정맥관 삽입술을 실시하였는데, 국소 마취를 한 후 피부 속에 심는 중심 정맥관으로써 평소엔 수영이나 목욕을 자유롭게 할 수 있는 중심 정맥관 방식이고, 반면에 PICC(말초정맥을 통한 중심 정맥관)과 히크만 중심 정맥관 방식은 외부에 달려있어 목욕하기가 불편합니다.

케모포트에 후버 바늘(Huber Needle)을 꽂아서 수액이나 항암제나 혈액을 심장으로 직접 주입하는 방법으로 후버 바늘은 감염을 막기 위해 2주마다 교환하는데 이 바늘은 나비 바늘보다 굵고 90도로 바늘이 꺾여 있습니다. 후버 바늘을 빼기 전엔 헤파린 주사를 주입해서 중심관이 혈액 덩어리로 막히는 것을 방지해야 합니다. 퇴원 시에는 후버 바늘을 제거하고 피부 부위에 거즈를 붙여서 압박시킵니다. 피부절개 자리에는 스테이플러로 봉합합니다. 이는 1~2주 후에 제거할 예정입니다.

2) 입원 2일째

골수검사를 시행했습니다. 이는 혈액질환의 진단 및 치료에 대한 반응을 평가하는 검사이기도 하며 항암치료 시 다음번 항암요법을 결정하기 위해서도 시행합니다.

엉덩이 쪽의 골반뼈(후장골능)(Postpelvic bone crest)에서 양쪽 피부를 0.5cm 절개하고 구멍을 뚫고 골수 및 조직 세포를 흡입해서 채취합니다. 검사 부위에 모래주머니를 대고 똑바로 누운 자세에서 2~4시간 동안 지혈을 위해 안정을 취합니다. 채취한 골수 및 조직 세포를 현미경으로 검사합니다. 결과는 1~2주 후에 골수에 암세포 전이가 있는지 여부를 알 수 있습니다.

오늘 하루 동안 수술과 골수검사를 하고 나니 긴장이 되고 피곤하기도 했습니다. 제가 서울 성모병원에서 근무 시절에 많은 환자에 대해 골수검사를 했었습니다. 오늘 제가 환자가 되어 골수검사를 받아보니 다리가 약간 저리고 통증도 있었는데 저에게 골수검사를 받았던 환자분들도 이런 통증이 있었을 텐데 잘 참아주셔서 제가 고마움을 이 책을 통해 밝힙니다.

3) 금일 8시간에 걸쳐

1차 항암제 치료를 하게 되었습니다. R-CHOP 치료는 4

가지의 항암제 주사와 1개의 코르티코(스테로이드) 경구 약의 치료법입니다.

우선 항암제 주사 투여 30분 전에 구토억제제와 알레르기 방지제를 주사로 맞았습니다.

라모세트론(Ramosetron)(상품명: 나제아) 구토억제제, 아프레피탄트(Aprepitant)(상품명: 에멘드) 구토억제제, 페니라민(Pheniramine)(항히스타민) 알레르기 방지제와 덱사메타손(Dexamethasone) (스테로이드) 알레르기 방지제를 혈관주사로 맞은 후 30분 지난 후 R-CHOP 항암제 치료를 시작했습니다.

R: 리툭시맙(상품명: 맙테라)

C: 싸이클로포스파마이드(상품명: 엔독산)(상품명: 사이톡산 Cytoxan)

A: 독소루비신(상품명: 아드리아마이신)

O: 빈크리스틴(상품명: 온코빈)

P: 프레드니솔론

리툭시맙을 생리 식염수 수액에 섞어서 3시간 30분간 매립형 케모포트 방식의 중심 정맥관 삽입을 통해서 투여합니다. 그 후 생리 식염수 100㎖로 희석합니다. 싸이클로포스파마이드를 포도당 수액에 섞어서 2시간 동안 중심 정맥관 삽입을 통해 투여합니다. 그 후 생리 식염수 100㎖로 희석합니다. 온코빈을 생리 식염수에 섞어서 30분 동안 중심 정맥관 삽입을 통해 투여합니다. 프레드니솔론은 1일 1회 20정을 5일간 경구 복용합니다. 또한, 병용 약제를 복용해야 합니다.

① 타이레놀(상품명: 아세트아미노펜)

② 모사프라이드(상품명: 가스모틴)

③ 알로푸리놀(상품명: 자니로릭)

아세트아미노펜은 두통, 근육통 발생 시 복용하게 됩니다.

모사프라이드는 항암제 부작용 중에서 오심, 구토 발생을 예방하기 위한 장운동 촉진제입니다.

알로푸리놀은 종양 용해 증후군(Tumor Lysias Syndmne)에 의해 요산이 증가함을 막아주는 약제입니다.

R-CHOP 항암제의 기능과 부작용에 대해서 알아보겠습니다.

① 리툭시맙

항암제는 3가지 종류가 있습니다. 첫째는 세포독성 항암제로 과거엔 이 약뿐이였습니다. 둘째는 표적항암제로 암세포에서 만드는 특정 단백질만을 공격합니다. 최근에 이 약에 의해 암 완치율과 5년 생존율이 많이 향상되었습니다. 그러나 환자에서 특정 단백질이 없는 경우엔 표적항암제가 효과가 없으므로 사용하지를 못합니다. 셋째는 면역항암제입니다. 리툭시맙은 표적항암제로 CD20에 의한 B세포 단일클론항체입니다. 리툭시맙의 부작용은 알레르기 반응(발열, 가려움, 혀 목구멍 부종, 호흡곤란, 빈맥)과 감염 기회 등이 있습니다.

② 싸이클로포스파마이드(Cyclophosphamide)(상품명: 엔독산, 사이톡산)

세포독성 항암제입니다. 이들은 세포분열이 빠른 세포들만 공격하므로 암세포뿐 아니라 정상 세포 중 세포분열이 빠른 세포도 공격할 수 있어서 항암제 3가지 중 가장 부작용이 심합니다. 세포분열이 빠른 정상 세포로는 위장관 점막, 골수, 생식기, 모근 세포가 있습니다.

싸이클로포스파마이드의 부작용은 오심, 구토, 식욕감소, 범혈구감소(적혈구 감소로 빈혈, 백혈구 감소로 감염, 혈소판 감소로 출혈 발생), 탈모, 무정자증, 무월경, 불임, 출혈성 방광염, 심장 독성, 신장 독성 등이 있습니다.

③ 독소루비신(Doxorubicin)(상품명: 아드리아마이신) (Adriamycin)

세포독성 항암제입니다. 독소루비신의 부작용으로는 오심, 구토, 식욕감소, 백혈구 감소, 탈모, 심부전, 심근병증, 무정자증, 무월경, 불임, 약물 유출 시 피부괴사 등이 있습니다.

④ 빈크리스틴(Vincristine) (상품명: 온코빈)

세포독성 항암제입니다. 부작용은 변비, 장폐색, 신경독성(팔다리 통증, 근육 허약), 약물 유출 시 피부괴사 등이 있습니다.

⑤ 프레드니솔론

스테로이드로서 면역억제 기능이 있습니다. 부작용으로 식욕 증진, 위궤양, 다모증, 두통, 신경과민, 불면증, 근육통, 월경불순, 골 성장지연, 쿠싱증후군, 당뇨병 등이 있습니다.

저는 R-CHOP 시작해서 리투시맙 주사 도중에 부작용인 급성 두드러기, 눈 충혈이 발생하여 스테로이드를 주사 맞은 후 20분 지나서 증세가 곧 사라졌습니다. 리툭시맙은 부작용이 가장 심해서 1차 항암제 치료 시 부작용 여부를 보기 위해서 3시간 30분이라는 긴 시간 동안 천천히 주입하게 됩니다.

4) 입원 3일째

자주 수액의 양과 소변량을 비교하는데 주입량이 배출량보다 많으면 부종이 생기고, 주입량이 배출량보다 적으면 탈수가 생기게 됩니다. 하루에 수액만 4,000㎖를 주사 맞았는데 소변 배출량이 2,000㎖ 밖에 안 되어 새벽 2시에 라식스 주사(이뇨제)를 맞고 오전 6시까지 총 4시간 동안 화장실만 8회 다녀오느라 잠이 들지 못했습니다. 금일은 수액만 2,000㎖를 맞으면서 항암제에 의한 신장 독성을 방지하기 위한 Hydration Treatment(수액치료)만 시행했습니다.

5) 입원 4일째

항암치료로 백혈구 중에서 중성구 감소가 생겨서 백혈구 증강주사인 뉴라스타(Neulasta)를 팔에 피하주사로 맞고, 매립형 케모포트에 헤파린(Heparin) 주사액을 주입한 후 Huber Needle(후버 하늘)을 제거하고 퇴원하게 되었습니다.

백혈구 증강제는 뉴라스타와 그라신 두 종류가 있습니다. 뉴라스타는 천천히 백혈구 수치가 증가하며 그라신은 급속히 백혈구 수치가 증가합니다. 처음엔 뉴라스타를 맞고 백혈구 수치가 호전이 안 되면 그라신을 맞는데, 뉴라스타는 1회로 끝내고 그라신은 백혈구가 정상화 될 때까지 연속해서 매일 주사를 맞습니다. 퇴원약으로 위염약, 알루프리놀, 셉트린(방광염 예방) 받았습니다.

(7) 26일째

퇴원 후 처음으로 서울 성모병원 혈액내과 외래 조석구 교수님의 진료 받는 날입니다. 외래진료 2시간 전에 미리 혈액검사와 흉부 촬영술을 받은 후에 2시간 동안 병원 내 도서실에서 책을 읽다가 외래진료를 받았습니다. 골수검사결과는 골수에도 전이되어 있어서 병기 4기로 판정받고, 금일 혈액검사에선 백혈구 1,100 호중구 500으로 급격히 감소되어 있어서 그라신 백혈구 증강제를 맞았습니다. 뉴라스타는 백혈구 수치를 천천히 상승시키므로 이럴 때는 그라신으로 대처합니다. 한 달여 동안 3번의 충격을 받았습니다. 첫 번째는 우측 턱 하단 부위 종괴로 세포검사에서 암이 의심된다고 해서 충격을 받았고, 두 번째는 수술 후 악성림프종 진단을 받아서 충격받았고, 금일은 병기가 4기라서 충격을 받았습니다.

- 림프종 침범범위에 따른 병기 분류를 보겠습니다.

① 1기: 한 곳의 림프절만 침범된 경우 또는 림프조직 외의 기관에 병변이 있어, 국소적인 경우

② 2기: 둘 이상의 림프절이 침범되고 있고, 횡격막을 기준으로 상부인 흉곽에 국한된 경우

③ 3기: 둘 이상의 림프절이 침범되고, 횡격막을 기준으로 상부인 흉부와 하부인 복부와 골반 모두에 병변이 있는 경우

④ 4기: 골수, 간, 내장 등의 다른 장기에 림프종이 퍼져있는 경우

혈액암에서 백혈병은 병기가 없고 악성림프종만 병기가 있으며 고형암은 모두 병기가 있습니다. 병기는 진행단계를 평가하는 것으로 신체에 얼마

나 많이 퍼져 있는지를 조사하는 것으로 치료계획을 세우는 데 중요하고 예측 평가에도 중요합니다.

저는 전신 림프종과 골수에 퍼진 림프종이어서 4기로 판정되었습니다. 외래 진료실에 같이 들어간 집사람은 어제까지 3기로 알고 있다가 금일 4기란 이야기를 듣고 충격에 빠졌습니다. 제가 오히려 집사람을 다독이면서 림프종 4기는 항암제에 가장 잘 반응하는 암이라고 설명해 주었습니다. 많은 분이 4기와 말기를 혼동하고 계시는데 요즘은 고형암 4기와 림프종 4기도 항암제가 반응이 좋습니다. 말기는 어떠한 치료도 하지 못하는 경우를 말합니다. 4기 환자라도 치료를 미리 포기하는 일이 절대로 없기를 바랍니다.

(8) 32일째

1) 18일째 실시한

첫 번째 항암치료 후 32일째부터 머리카락이 빠지기 시작했습니다. R-CHOP 중에서 리툭시맙은 표적항암제라서 탈모가 생기지 않습니다. 항암제 중에서 세포독성 항암제만 탈모가 생깁니다. 세포독성 항암제는 암세포만 공격하는 게 아니라 정상 세포 중에서 빨리 증식하는 세포들도 공격하는데 모근 세포가 여기에 포함됩니다. 항암제나 방사선치료에 의해서도 탈모가 생기는데 R-CHOP 중에선 싸이크로포스파마이드와 아드리아마이신(옥소루비신)이 탈모를 유발합니다.

2) 서울 성모병원 혈관조영실에서 매립형 케모포트 수술 시 봉합 (Suture)할 때 실 대신에 스테이플러를 사용했는데 금일 혈액내과 수액실에서 스테이플러 7개를 마취 없이 제거했습니다.

(9) 37일째

1주일 만에 머리카락이 30% 이상이 빠져서 식사 도중에도 반찬 위에 머리카락이 떨어져서 금일은 서울 성모병원에 2차 항암치료하기 위해 입원하는 날, 그 길로 이발소에서 깨끗하게 머리카락 전체를 밀었습니다. 갑자기 중고등학교 시절이 생각났습니다.

(10) 37~41일째(3번째 입원)

1) 입원 첫날은
매번 똑같이 흉부촬영, 심전도, 혈액 및 소변검사 시행 후 내일 맞을 항암치료 이전에 Hydration Therapy(수액치료)로 신장 기능을 보호합니다.

금일 혈액검사가 정상이어서 내일 항암치료 시 용량 변동 없이 100% 주사할 수 있게 되었습니다.

2) 입원 2일째
오전에도 생리 식염수 2,000㎖로 수액치료를 실시하였습니다. 오후 2시부터 1차 입원 시와 똑같이 2차 R-CHOP을 실시했는데 우선 항암주사 투여 30분 전에 구토억제제인 나제아와 에멘드를 주사하고, 알레르기 방지제인 페니라민, 덱사메타손을 주사하고, 30분 지난 후 리툭시맙, 싸이클로포스파마이드, 톡소루비실(상품명: 아드리아마이신), 빈크리스틴(상품명: 온코빈) (R-CHOP)을 순서대로 주사하였는데 총 7시간 30분이 소요되었습니다. 금액 총 수액 양은 4,600㎖를 맞았습니다. 1차 R-CHOP 실시 때와 달리 리툭시맙에 의한 부작용인 두드러기가 발생하지 않았습니다. 1차 치료 때 부작용이 생긴 사실을 알고 있던 의료진이 2차 치료 땐 R-CHOP 사용 30분 이전에 페니라민 주사를 미리 처방했기 때문입니다.

3) 입원 3일째
수액 양과 소변 배출량이 밸런스가 안 맞아서 소변량이 적고 갑자기 체중이 2.5kg 급격히 늘어서 라식스 이뇨제 주사를 저녁과 밤에 2번 주사해서 화장실에 9회 다녀오니 새벽에 체중이 2kg 급격히 빠졌습니다. 입원 때마다 밤새 화장실 다니고, 바이탈 싸인(Vital Sign)(혈압, 맥박, 체

온)측정과 매일 새벽 혈액 채취 등으로 인해 잠을 못 자게 되었습니다.

오후에 혈관조영실에 가서 척수 천자검사를 시행한 후 척수천자 바늘을 통해 1차 척수강내 항암제 치료를 하였습니다. 매립성 케모포트로 주사하는 R-CHOP 항암제와는 달리 척수강내 항암제는 메토트렉세이트(Methotrexate)(MTX)와 시타라민(Cytarabine)(Ara-C)이라는 세포독성 항암제입니다. 척수강내 주입시간은 15분 이내에 완료됩니다. 병실로 옮길 때부터 허리에 모래주머니를 대서 척수강내 주입자리를 압박시킨 후 병실 침대로 옮겨서 2시간 동안 꼼짝 못 하고 모래주머니를 대고 누워있어야 합니다. 만일 소변을 보려면 침대에 누워서 소변기를 이용해야 합니다. 척수검사에 의한 부작용은 기립성 두통과 어지러움이 있습니다. 척수강내 항암치료에 의한 부작용은 MTX와 Ara-C 약제에 의한 부작용이 클 수 있습니다. 저는 척수검사 후 생길 수 있는 기립성 두통이 심하게 생겼습니다. 이는 검사 때 뇌척수액 감소로 인해 환자가 앉거나 일어서면 생기는 증상입니다. 진통제로는 전혀 효과가 없어서 누워 있으면 두통이 사라지고 식사하거나 화장실에 가려고 일어서면 두통이 생겼습니다. 할 수 없이 옆으로 누워서 죽으로 식사하였습니다. 우선 MTX 기능은 암세포 성장을 억제하며 적응증은 악성림프종, 급성 림프종모구 백혈병, 일부 고형암(유방, 방광, 대장)이 있으며, 부작용으로 오심, 구토, 식욕저하, 입안점막염, 구내염, 범혈구 감소증(빈혈, 감염, 출혈), 피부 과민반응(돌발성 발진, 가려움증, 색소침착, 광과민반응), 신장 기능저하 등이 있습니다.

Ara-C(상품명: 시타라빈, Cytarabine)의 기능은 암세포 성장을 억제하며, 적응증은 악성림프종, 급성림프모구 백혈병, 급성 골수성 백혈병, 만성골수성 백혈병, 조혈모세포 이식 전처치요법 등이 있습니다. 부작용으로는 오심, 구토, 구강 점막염, 구내염, 시야결손, 눈 충혈, 결막염, 범혈구 감소(빈혈, 감염, 출혈), 탈모, 과민반응(발열, 근육통, 뼈의 통증, 피부발진) 등이 있습니다. Ara-C부작용을 예방하기 위해 스테로이드 점안액을 하루 2회 사용하기 시작했습니다.

4) 입원 4일째

수액치료 2,000㎖를 시행하였습니다. 지금까지 4일간 수액 9,100㎖ 주입했는데 소변량이 적어서 금일 다시 라식스 이뇨제 주사를 맞았습니다. 금일도 척수검사에 의한 기립성 두통이 발생하여 온종일 누워 있으면 두통이 사라지므로 계속 누워있으니 허리도 아프기 시작합니다. 서글픈 생각이 들었지만, 가족을 생각하고 곧 사위도 볼 예정인데 빨리 병을 극복하고 일어나서 저를 위해 중보기도 해주시는 많은 교회 성도들에게 감사의 인사를 드려야 합니다. 아직 할 일이 많이 있는데 여기서 무너지면 해외 선교사님들과 가족분들을 진료할 소명을 주신 주님께 헌신할 기회가 사라지게 됩니다. 살아갈 할 목표가 명확하게 생기면 소명의식으로 침대에서 일어나서 걸을 수가 있습니다.

5) 입원 5일째

퇴원하기 위해 매립형 케모포트에 헤파린을 주입해서 중심정맥관이 막히지 않게 예방한 후 백혈구 증강제인 뉴라스트 주사를 맞고 위염 예방약, 알루프리놀(요산억제제) 셉트린(싸이클로포스파마이트 부작용인 방광염 예방) 받아서 귀가하자마자 안방 침대에서 며칠 만에 깊은 단잠을 잤습니다. 입원 기간에는 혈액검사, 바이탈싸인, 팔과 케모포트에 수액 라인을 꽂은 상태에서 밤새도록 화장실을 다니느라 잠을 못 자다가 집에 돌아오니 너무 편하고 밀린 잠을 자게 되어 기뻤습니다.

(11) 46일째

41일째 2차 항암치료 퇴원날 맞았던 뉴라스타의 부작용이 생겨서 근육통으로 밤마다 막내딸이 한 시간씩 다리를 마사지를 해주고 있는 상황입니다. 딸의 마사지 솜씨가 좋아 밤에는 근육통이 사라져서 편히 잠자게 되었습니다. 또한, 기립성 두통으로 앉거나 설 때는 두통이 생기고 있습니다. 금일 서울 성모병원 혈액종양내과 외래에 가서 혈액검사와 흉부촬영 후 2시간 기다려서 결과 나온 후 외래진료를 받았습니다. 조석구 교수님이 "환자 얼굴이 우울해 보이니 정신과 외래를 접수해 놓겠습니다."라고 하셔서 척수 내 항암치료 후부터 기립성 두통이 심해서 표정에 나타난 거라고 설명하자, 두통과 뒷목이 심하게 당기면 뇌척수액이 천자한 곳에서 누출된 것이니(CSF leakage) 구멍을 막는 시술이 필요하다고 합니다. "금일 혈액검사는 정상이니 그러신 백혈구 증강제는 필요 없습니다."라고 친절하게 설명해 주었습니다.

(12) 58~61일째(4번째 입원)

1) 입원 1일째
3차 항암치료 위해 입원하여 매립형 케모포트로 수액 치료를 시작하고, 혈액검사 & 심전도 & 흉부촬영 술을 실시했습니다.

2) 입원 2일
오후 2시부터 5시간 30분 동안 3차 R-CHOP 항암치료제를 맞았습니다. 2차 항암치료 때는 총 7시간 30분 소요되었고, 리툭시팝에 부작용도 발생하지 않았습니다. 이번 3차 항암치료는 용량은 그대로 실시하면서 시간은 총 5시간 30분으로 단축해서 맞아도 부작용은 없었습니다. 1~2차 항암치료처럼 항암제 치료 전 30분에 항구토제와 항알러지 주사를 맞았습니다.

R-CHOP 항암치료 후에 구토와 피부발진 부작용은 전혀 나타나지 않아서 고요하고 편안한 밤을 보낼 것으로 예상했으나 소변량이 적고 체중이 갑자기 늘어나 이번 입원에도 라식스 이뇨제 주사를 맞고 한밤중에 화장실을 여러 번 다녀오는 고생을 하게 되었습니다.

3) 입원 3일째
혈관조영실에 가서 2차 척수강 내 MTX-AraC 항암치료를 시행하였습니다. 시간은 15분 이내에 시술이 끝나지만, 허리에 모래주머니를 대고 2시간 동안 꼼짝 안 하고 가만히 똑바로 누워 있어야 합니다. 어제 맞았던 R-CHOP 항암제는 혈관주입 방식이라서 부작용이 없어서 몸이 불편하지 않았습니다. 마치 병원에 영양제를 2~3일간 맞으러 온 것 같은 느낌마저 들었습니다. 그런데 금일 맞는 MTX-AraC 항암제는 척수강 내 주입 방식이라서 지난번보다 기립성 두통이 더 심해져서 계속 누워 있어야 했습니다.

4) 입원 4일째로

조석구 교수님이 회진 때 "기립성 두통이 심하지 않으면 퇴원하세요." 라고 하셔서 두통이 지속하였지만 집에 빨리 가서 푹 자고 싶어서 퇴원하겠다고 말했습니다. 헤파린(혈액 응고억제제)을 케모포트에 주입한 후 Huber Needle를 매립형 케모토트에서 제거하고 소독하였습니다. 뉴라스타 백혈구 증강제를 팔뚝에 맞은 후 퇴원하여 집에 오자마자 침대에 누워서 TV를 시청했습니다. 친한 고등학교 친구가 우울하거나 아프거나 초상을 당했을 땐 코미디 프로그램만 시청하라고 조언을 해줘서 요즘 개그 프로그램을 두 가지 시청했는데 한국말인데도 이해가 안 되는 단어들이 있어 웃음이 반감되었습니다. 그래서 핸드폰으로 김형곤, 최병서 프로그램을 찾아보았는데 저의 정서에 잘 맞는 것 같았습니다. 퇴원해서 밤까지 계속 기립성 두통으로 누워있었더니 복부 가스 때문에 점심, 저녁 식사를 연속해서 먹을 수가 없었습니다. 금일까지 3차 혈관 내 항암치료와 2차 척수강내 항암치료를 마쳤는데 체중이 7kg 빠졌습니다. 또한, 머리카락 외 전신 부위로 탈모도 생겼습니다. 눈썹도 빠지고 있었습니다. 거울 속의 제 모습은 마치 타인을 보는 것 같았습니다.

왜 이렇게 갑자기 다른 사람처럼 변했을까요? 내과 의사인 제가 이제는 환자가 되어 제가 근무했던 대학병원에 입원해서 과거에 같이 근무했던 동료 의사들에게 진료를 받는 상황이 되었습니다. 과거에는 암환자들의 주치의로 근무했었는데, 지금 악성림프종 환자가 되어보니 당시 환자들과 보호자들에게 열심히 설명해 드리지 못하고 최선을 다해 설명해 드리지 못한 점을 후회해봅니다.

과거는 절대 되돌아오지 않습니다. 현재와 미래에 최선을 다해서 남을 위해 봉사하는 이타적인 삶을 살아야겠다는 다짐만 할 뿐입니다.

한 달 전(32일째) 매립형 케모포트 수술 때 박았던 스테이플러 7개를 제거했었는데, 옆의 수많은 침대에 혈액 종양 환자들이 항암주사 치료받는 걸 보았습니다. 초등학생이 소아백혈병으로 수액을 치료받고 있어 제가 침대로 가서 손바닥으로 하이파이브를 해주자 꼬마가 웃었습니다. 환자 아버지는 제가 대머리이고 가슴에 중심정맥관 삽입 상태인 것을 보고 가만히 지켜봅니다. 학생에게 빨리 완치되라고 손을 잡고 기도해 주었습니다. 그리고 꼬마에게 말했습니다. "아저씨도 혈액암 치료 중인데 우리 둘 다 완치될 거다. 힘내자."라고 하니 그러겠다고 합니다. 잘생기고 똑똑한 꼬마가 힘든 항암치료를 잘 견뎌내기를 기도합니다.

(13) 71일째

서울 성모병원 조석구 교수님 외래에서 금일 검사한 혈액검사와 흉부촬영 결과, 백혈구 2,500으로 백혈구 증강제 주사는 맞을 필요가 없다고 설명 들었습니다. "이제 3차 R-CHOP 항암치료가 끝났으니 경부, 흉부, 복부 및 골반 CT 촬영술과 PET-CT 촬영술로 추적 검사해서 호전 있으면 계속 R-CHOP 항암치료를 6차까지 실시할 것이고 호전이 안 되었으면 다른 항암치료로 바꿀 계획입니다."라고 설명 들었습니다.

2차 척수강내 MTX-AraC 항암치료는 기립성 두통으로 인해 삶의 질이 떨어지니 그만두자고 했습니다. 척수강내 항암치료 목적은 골수 전이된 악성림프종이 뇌척수 신경(중추 신경)으로도 전이가 잘 되므로 이를 막기 위한 치료입니다.

(14) 79~82일째(5번째 입원)

1) 입원 1일째

　　　　　　　　4차 항암치료 위해서 입원해서 2차 경부, 흉부, 복부 및 골반 CT 촬영을 했습니다.

2) 입원 2일째

　　　　　　　　3시간에 걸쳐서 2차 PET-CT 촬영을 하였습니다. 1월 21일의 1차 CT와 PET-CT와 금일 검사한 2차 CT와 PET-CT를 비교해보면 좌측 겨드랑이, 좌측 복부대동맥, 좌측 대퇴부 동맥 부근의 림프종의 크기 감소와 FDG uptake가 소실되었습니다. 이제 남은 과제는 골수검사만 음성으로 바뀌면 완전관해로 진단될 수가 있습니다. 항암치료하기 위해서 입원한 환자는 떨림과 두려움이 생기는 경우가 대부분인데 저는 금일 CT & PET-CT 결과가 좋아서 기분이 너무 좋습니다. 의사인 저도 환자들에게 좋은 결과를 설명해드리면 환자와 보호자가 모두 너무나 기뻐하는 걸 자주 보았습니다. 그런데 오늘 저는 그들보다 더 기뻐했습니다. 의사인 저도 두려움과 기쁨의 감정이 일반 환자의 감정과 똑같음을 알게 되었습니다. 환자의 두려움을 저의 두려움으로 느끼고 환자의 기쁨을 저의 기쁨으로 느끼고 동참할 수 있는 성숙한 인간으로 거듭나도록 더욱 노력하겠습니다.

　　CT와 MRI와 PET-CT의 차이점을 잠시 말씀드리겠습니다. 과거의 CT는 고선량이어서 방사선 빔에 많이 노출되었습니다. 최근의 CT는 저선량이어서 1~2달 간격으로 촬영해도 방사선 빔에 많이 노출되지 않으므로 안심하고 촬영해도 괜찮습니다. 머리, 목, 복부, 등은 CT나 MRI 모두 촬영 가능한 영역이지만 흉부는 CT만 촬영할 수 있습니다. CT는 가로(횡)로만 촬영할 수 있지만, MRI는 가로(횡), 세로(종), 비스듬(oblique)하게도 촬영할 수 있습니다. CT와 MRI의 촬영시간은 10분 이내로 짧습니다. 그러나 PET-CT는 FDG를 주사한 후에 1시간 동안 누워서 휴식 후 촬영시간은 20분 이상 걸리므로 총 1시간 30분이 소모되어 매우 깁니다. PET-CT는 방사선 빔량이 대단히 많으므로 일반인은 2년 후에 재촬영을 하는 것이 좋으나 환자들은 짧은 시간을 두고 추적검사를 해야 하니 치료 기간 동안 3~6개월 간격으로 추적검사를 합니다.

금일은 4차 R-CHOP 항암치료하는 날로 총 5,600㎖의 수액치료를 하였습니다. 다행히 이번 치료로 4개의 항암제를 맞는 동안에 부작용이 발생하지 않아 다행이었는데 부작용 중 가장 흔하고 심한 것이 오심과 구토입니다. 저는 1차부터 4차까지 R-CHOP 항암치료 도중 두드러기는 한차례 발생했고, 범혈구 감소는 매번 발생했습니다.

이번에도 수액의 양과 소변량의 밸런스가 맞지 않아 라식스 이뇨제 주사를 맞은 후 계속 화장실을 다녀오느라 잠을 잘 수가 없었습니다.

3) 입원 3일째

어제 R-CHOP 항암치료 후 금일은 수액 치료만 하였습니다. 수액치료의 목적은 세포독성 항암제로 인해 간독성과 신장독성이 생기는 것을 예방하고 오심, 구토로 인해 물이나 음식을 섭취하지 못해 몸의 수액 부족이 생기는 것을 방지하기 위함입니다. 3번째와 4번째 입원 시 척수강내 항암치료 후 기립성 두통이 심하게 발생해서 이번 입원부턴 척수강내 항암치료는 하지 않기로 하였습니다.

4) 입원 4일째

금일은 퇴원하는 날이어서 매립형 케모포트에 헤파린 주사를 주입하고 바늘을 뺀 다음 우측 가슴의 피부를 소독하였습니다. 또한, 뉴라스타 백혈구 증강제를 맞고 퇴원하였습니다.

(15) 86일째

83일째(퇴원 다음 날)부터 근육통이 심해서 파스를 붙여도 증세 호전이 안되고, 타이레놀 ER를 하루 4알을 복용하면 잠시 증세가 호전되었다가 다시 근육통이 생겨서 막내딸이 4일째 하루 2시간씩 마사지를 해주고 있습니다.

통증도 가라앉고 아빠 옆에서 부드러운 말도 해줘서 마음의 위로도 얻고 있습니다. 가정을 꾸리고 아이들이 자라는 것을 보면서 기뻐하다가 지금은 집사람과 아이들의 병간호를 받으며 지내고 있습니다. 아프지 않을 때 가족에게 마사지를 받으면 최고의 편안이겠지만 아플 때 마사지를 받는 것은 최고의 가족애의 표현인 것 같습니다. 빨리 완치되어 가족들과 오랜 시간 동안 같이 지내면서 돌봐주고 돌봄을 받으면서 살아가고 싶습니다. 주님께서 저의 기도를 반드시 들어주시리라 믿습니다. 목소리가 쉬는듯하다가 갑자기 변해버렸습니다.

(16) 89일째

서울성모병원 혈액종양내과 외래에서 혈액검사와 흉부 촬영술 후 결과를 설명 들었습니다. 또한, 79일째의 2차 전신 CT 촬영에선 림프절 흔적이 남아있고, PET-CT에선 림프절이 사라졌습니다. 이것을 완전관해(CR: Complete Remission)라고 합니다.

"뇌 척수강 내 항암치료는 더는 시행하지 않고 대신에 같은 항암제인 MTX-AraC로 전신 항암치료(케모포트로 중심정맥관 투여법)로 바꾸겠습니다. 금일 백혈구 600, 호흡구 100으로 많이 낮으니 그라신 백혈구 증강제를 맞고 내일 다시 혈액 검사해서 계속 낮으면 그라신 주사를 다시 맞고 다음 날 다시 혈액검사에서 계속 낮으면 수혈하겠습니다. 감염이 잘 생길 수 있으니 만일 38° 이상으로 열이 나면 곧바로 응급실로 오세요."라고 설명해 주었습니다.

백혈구 증강제 중에서 뉴라스타는 항암치료 후 1회만 맞으며 백혈구를 천천히 상승시킵니다. 반면에 그라신은 항암치료 후 여러 차례 매일 맞을 수 있으며 백혈구를 빨리 상승시킵니다. 저는 호중구가 100(정상 호중구 2,500)으로 너무 낮으므로 매일 그라신을 맞을 계획입니다.

(17) 90일째

오늘도 혈액종양내과 외래에서 혈액검사 후 결과를 보았습니다. 백혈구 2,680 호중구 1,400으로 상승하여 금일은 그라신 주사가 필요 없고, 재방문할 필요도 없어졌습니다. 정말 다행입니다.

그라신 맞으러 매일 병원 외래 가고 매일 혈액 검사하는 것도 힘든데 그라신 맞은 후 근육통이 생기는 것은 괴롭습니다.

(18) 100~103일째(6차 입원)

1) 입원 1일째
　　　　　5차 R-CHOP 항암치료받기 위해서 입원하였습니다. 매번 입원할 때마다 항암제 용량을 결정하기 위해 혈액검사와 소변검사를 시행합니다. 예를 들면, 간 기능장애가 있으면 간 독성이 있는 항암제를 감량 또는 제외하고 나머지만 주사합니다. 신장장애가 있으면 신장독성이 있는 항암제를 제외하고 나머지 항암제만 주사하기도 합니다.

2) 입원 2일째
　　　　　5차 R-CHOP 항암제 투여하는 날인데 교수님이 회진 때 물어보시길 기립성 두통을 참을 수 있다면 다시 척수강내 MTX-AraC 항암치료를 할 것이고, 두통이 지속적이고 심했다면 전신 MTX-AraC 항암치료를 중심정맥관으로 시행하겠다고 하십니다. 척수강내 주사는 두통이 심하니 중심 정맥주사를 맞겠다고 대답했습니다. (하지만 나중에 7차, 8차 입원했을 때 전신 AraC 항암제의 부작용이 너무 심해 범혈구 감소증으로 적혈구, 백혈구 및 혈소판이 전부 바닥으로 내려앉아서 적혈구 수혈, 혈소판 수혈, 백혈구 증강제를 매일 맞아야 했고, 입원 기간이 19~20일씩으로 늘어나게 되었습니다.)

　　금일 5차 R-CHOP 항암치료 시 부작용 없이 잘 마쳤습니다. 3차 R-CHOP 치료 때부터 5시간 30분 만에 4가지 항암제를 모두 맞았습니다. 그러나 들어가는 수액량보다 나오는 소변량이 적어서 또 하루 만에 체중이 2kg 증가해서 라식스 이뇨제 주사를 맞았습니다. 입원 때마다 항암제 부작용으로 고생하는 건 없지만 밤새도록 최소 6번 이상을 소변보러 가느라 잠을 잘 수 없는 것이 고생입니다.

3) 입원 3일째
　　　　　금일은 Hydration Therapy(수액 요법) 치료만 했습니다.

4) 입원 4일째

　　　　　　　　金일 퇴원 날입니다. 지금까지 6번을 입원했는데 1차 입원은 이비인후과에서 경부종양 제거술 이었고, 2차부터 6차까진 R-CHOP 항암치료 단독 또는 R-CHOP 중심 정맥관 치료와 MTX-AraC 척수강내 항암치료로 복합치료를 받았는데 입원기간이 4~5일 정도입니다. 항시 입원 기간이 짧았던 이유는 항암제에 부작용이 거의 없었는데 탈모는 입원이 필요 없는 부작용이지만 백혈구 감소, 호중구 감소는 1,000 미만이 아니어서 외래에서 백혈구 증강 주사만 맞으면 호전되었습니다. 담임 목사님 내외분, 감독 목사님 내외분, 장로님들, 교인들, 지인들이 합심해서 저를 위해 많은 기도를 해주셨고, 친구들의 응원이 있었습니다. 그러나 하나님께서 저에게 손을 잡아주시지 않았다면, 저는 부작용에 따른 고통과 치료의 무반응으로 인한 좌절감에 저의 몸과 마음은 피폐해졌을 겁니다. 환우 중 주님을 믿는 분이시면 주님께 끊임없이 기도하시고, 교회를 다니지 않았던 분이라도 이제부터 성경책을 읽어보시면 치유에 관한 하나님과 예수 그리스도의 말씀으로 위로를 받고 마음의 평안을 찾을 수 있습니다. 저는 입원 기간과 외래 내과 치료 기간과 방사선치료 기간에도 쉬지 않고 성경 구절과 치료 과정을 정리하였습니다. 지금까지의 혈액암의 정보 책자는 종양내과 의사의 암 해설집이나 환자의 치유기가 대부분이었습니다. 그러나 저는 내과 의사이면서 혈액암 환자이므로 이 책에 최신 치료법과 환자 치유기 두 가지 내용을 기록했습니다. 검증되지 않는 민간요법으로 인해 치료 시기를 놓쳐서 아까운 생명을 잃지 않아야 하며, 방사선치료나 항암제의 부작용이나 수술 후의 통증을 너무 두려워해서 치료를 거부하는 일이 절대로 생겨서는 안 된다는 신념으로 이 글을 쓰게 되었습니다.

　　퇴원하면서 매립형 케모포트에서 헤파린을 주입하여 혈관이 막히는 것을 방지하고, 바늘만 제거 후 소독하였고, 뉴라스타 백혈구 증강제 주사를 맞았습니다. 항시 퇴원 약으로는 알루프리놀(고요산증 예방약) 위장 촉진제, 역류성 식도염 치료제, 방광염 예방약을 처방받습니다. 금일의 혈액검사는 적혈구 356만(정상 500만/L), 혈소판 10.5(정상 13g/dl 이상), 백혈구 4,360(정상 5,000~9,000/L), 혈소판18,500(정상 20만/L 이상)입니다. 항암제 주사 후 3일째는 백혈구, 호중구가 정상을 유지하다가 7일이 지나면 백혈구, 호중구가 급격히 감소했습니다. 대개 항암제 주사 후 8-10일이 지난 뒤에 외래에서 혈액검사를 해서 백혈구 감소가 생겼는지 확인하게 되었습니다.

(19) 109일째

86일째 되는 날부터 18일간 목소리 변함이 심해져서 여의도 성모병원 이비인후과 박영학 교수 외래진료를 받았습니다. 박영학 교수는 아시아태평양 음성학회 이사장으로 음성학의 일인자입니다. 후두내시경으로 성대검사를 시행하여 성대마비 진단을 받았습니다. 대개는 일시적 현상이어서 저절로 호전되지만, 지속적이며 호전되지 않으면 특수 약물로 성대에 직접 주사요법을 시행하면 호전될 수 있다고 했습니다.

금일은 국회의장이 패스트 트랙((Fast Track, 국회법 제85조2에 따른 안건의 신속처리를 달리 부르는 말)을 강행하려고 야당의원들을 피해 여의도 성모병원에 입원해 있어서 취재진 차량 때문에 진료 받기가 매우 힘들었습니다.

(20) 110일째

서울성모병원 혈액종양 내과 외래에서 혈액검사 시행 후 외래진료를 보았습니다. 101일째 5차 R-CHOP 항암치료를 시행하고, 9일이 지난 금일의 백혈구 수치는 600으로 급강하상태라서 그라신 백혈구 증강제 주사를 맞았습니다. 6차까지 R-CHOP 항암치료 마치면 7차, 8차 입원 땐 MTX-AraC 중심 정맥주입 항암치료하고 그 후 외래에서 1달간 방사선치료하자는 계획을 알려주셨습니다.

(21) 111일째

오늘도 서울성모병원 외래에서 혈액 검사 시행하고 외래진료를 보았습니다. 백혈구가 1800으로 낮아서 어제처럼 그라신 백혈구 증강제 주사를 맞았습니다.

(22) 121~124일째(7차 입원)

1) 입원 1일째
매번 입원하는 날은 혈액검사, 소변검사, 심전도 및 흉부 촬영술을 합니다. 혈액검사에서 간 기능검사, 신장 기능검사, 혈구 검사 결과에 따라 항암제 용량을 조절해야 합니다.

2) 입원 2일째
6차 R-CHOP 항암제를 중심정맥관을 통해 주사하였습니다. 이번에도 구토와 부작용 없이 잘 마쳤습니다. 매번 입원 시마다 항암치료 중에도 어떤 부작용을 겪게 될지 모르는 두려움 가운데 기도드렸더니 응답해 주시는 하나님의 은혜에 감사드리며 한없는 하나님의 은총에 몸 둘 바를 모르겠습니다. 저희 가족을 위해 기도해 주시는 수많은 분들에게 감사드리고, 그분들에게도 제가 받은 은총이 임하시길 기도합니다.

3) 입원 3일째
어젯밤과 오늘 새벽에 소변량 감소와 체중감소로 인해서 라식스 이뇨제를 2회 주사 후 쉴 새 없이 화장실을 다녔습니다. 편안하게 자는 날은 항암치료 기간에 거의 없었습니다. 오심과 구토 때문이 아니라 이뇨제에 의한 빈뇨(자주 소변을 봄)와 다뇨(소변량이 갑자기 많아짐) 때문입니다.

4) 입원 4일째
퇴원 날입니다. 매립형 케모포트에 헤파린 주사를 주입 후 뉴라스타 백혈구 증강제를 맞았습니다.

(23) 131일째
서울성모병원 외래에서 혈액검사와 흉부 촬영술 실시 후 외래 진료를 받았습니다. 6차 R-CHOP 항암제 주사 후 9일 지난 혈액검사에선 백혈구가 430으로 바닥이어서 그라신 백혈구 증강제를 맞았습니다.

(24) 132일째

서울성모병원 외래에서 어제처럼 다시 혈액 검사를 시행하여 백혈구가 800으로 아직도 낮아서 그라신 주사를 맞았습니다.

(25) 135일째

서울성모병원 외래에서 3번째 연속해서 혈액 검사해서 백혈구가 3,600으로 상승하여 그라신 주사 맞을 필요가 없었습니다.

(26) 145일째

서울성모병원 외래에서 혈액 검사 시행하였습니다.

1) 2차

골수검사를 하였는데, 양측 골반 최상단 부위에 각각 구멍을 뚫고 골수 흡인을 하였습니다. 총소요시간은 15분 정도가 걸렸습니다. 흡입 당시 다리가 약간 저린 것 이외에는 특별히 통증은 없었습니다. 침대에 바로 누워서 2시간 동안 모래주머니로 구멍 뚫은 자리를 압박하면서 움직이지 않고 있었습니다.

2) 3차

전신 CT(목, 가슴 복부, 골반) 촬영을 하였습니다.

3) 3차

PET-CT를 촬영하였습니다.

(27) 155~173일째(8차 입원)

1) 입원 1일째

7차 항암치료를 위해 입원하였습니다. 매번 입원할 때와 동일하게 혈액검사, 소변검사, 심전도검사, 흉부 복부 촬영술을 실시하였습니다.

특별히 이번 8차 입원일과 지난번 7차 입원일 사이는 약 한 달간의 기간이 있었습니다.

이 기간 내 사랑하는 큰딸의 결혼식이 있었습니다.

큰딸의 결혼 날짜는 작년 가을에 상견례를 하면서 이미 올해 5월로 날짜가 정해져 있었습니다. 그런데 새해 초에 아빠가, 그리고 남편의 암 발병이라는 청천벽력과 같은 일이 생겼으니, 아내와 딸 아이의 마음이 어떠했으리라고는 뭐라고 표현하기조차 힘듭니다. 그러나 예비 사위와 사돈 되실 부부께서는 큰딸 아이의 마음을 위로하시고 감싸주시며 결혼식을 예정대로 진행하기로 했고, 아내와 큰딸도 씩씩한 마음으로 결혼 준비를 해나갔습니다. 그리고 저희 큰딸은 아름다운 5월의 신부로 광림교회에서 김정석 담임목사님의 주례로 수많은 분의 축복 가운데 혼인예배를 감사히 드렸습니다.

신부 아버지가 뜻하지 않게 가발을 쓰고 눈썹도 그린 상태로 딸 아이의 손을 잡고 신부 입장을 했던 일은 후에 두고두고 추억거리가 될 것 같습니다. (결혼식 당일날 저의 혼주 화장을 해준 미용실장이 저와 같은 암을 치료받는 분이어서 많은 배려를 해주셨는데, 이를 통해서 세밀하신 하나님의 손길을 느꼈습니다.)

2) 입원 2일째

조석구 교수님이 회진하시면서 145일째 외래에서 실시한 3차 전신 CT 촬영과 3차 PET-CT 촬영 결과는 완전관해 단계라고 설명하시고, 145일째 외래에서의 2차 골수검사 결과는 아직 안 나왔다고 하셔서 매우 궁금해졌습니다.

1차 골수검사에선 골수 침범이므로 Stage 4였는데 이번 검사에서 골수까지 깨끗해지면 완전관해가 됩니다. 목의 종양은 수술로 제거되었고, 겨드랑이, 복부 내 림프절은 항암제로 완전관해(CR) 되었고, 골수도 깨끗하게 된다면 완전관해이지만, 골수 침범이 그대로 남아 있다면 여전히 Stage 4로 지속되는 겁니다.

여태까지 사용했던 R-CHOP 항암치료 대신에 MTX-AraC 항암치료를 척수강내 주입이 아닌 중심정맥관 주입으로 사용하게 되었습니다. 척수강내 주입에는 소량의 항암제를 주입하지만, 전신 항암제(중심정맥관 주입)는 대량의 항암제를 사용합니다. MTX-AraC는 공고요법과 중추신경계 예방 목적요법이 있습니다. 방사선치료는 강화요법 목적으로 시행합니다.

MTX는 둘째 날에 금일 24시간 동안 100% 사용하게 됩니다. 반면에 AraC는 백혈구가 3,000 미만이라서 50%만 사용하게 되었는데 둘째 날에 25% 사용하고, 셋째 날에 25% 사용하게 됩니다.

MTX 테스트분량을 포도당 수액 100㎖와 섞어서 2시간 동안 중심정맥관에 투여를 한 후 이상 소견이 없어서 MTX 치료용량을 포도당 수액 500㎖와 섞어서 22시간 동안 중심정맥관 투여를 했습니다. MTX를 24시간 동안 주입하므로 항구토제와 스테로이드를 3회씩 주사하는데 첫 번째는 나제아(라모세트론) 항구토제와 덱사메타손(스테로이드)을 주사하고 두 번째와 세 번째는 멕소롱과 덱사메타손을 주사했습니다.

MTX 주사를 끝내자마자 매일 MTX 농도를 측정하면서 농도가 높아서 MTX 해독제인 류코보린을 주사했습니다. MTX 항암제는 신장장애를 일으킬 수 있으므로 하루 수분 섭취를 최소 2,000㎖ 이상을 해야 합니다.

3) 입원 3일째

백혈구가 더는 오르지 않아 AraC(시타라빈) 항암제를 총용량의 50%만 사용했습니다. MTX는 첫날에만 사용하며 AraC는 둘째 날과 셋째 날에 사용하므로 둘째 날 25%와 셋째 날 25%씩 나눠서 사용했습니다.

AraC는 하루에 3시간씩 2회에 나눠서 주사하므로 둘째 날에 총용량의 12.5%를 3시간 동안 맞고 9시간 지나서 총용량의 12.5%를 3시간 동안 맞고 셋째 날에도 12.5%와 12.5%를 맞아서 총 4회에 걸쳐 이틀 동안 맞습니다. 총 용량의 50%(=12.5%+12.5%+12.5%+12.5%)가 됩니다. 금일

12.5%씩 2차례 AraC를 9시간에 걸쳐 맞았습니다(3시간 주사+9시간 쉼+3시간 주사).

오전까지 MTX(메토트렉세이트, Methotrexate)를 24시간 동안 맞은 후에 MTX 1차 혈중농도를 측정해보니 17(첫날 정상 수치는 5미만)로 3배 이상 높았습니다. 해독제인 류코보린(테트라히드로엽산) 200mg(=2앰플)씩 3시간마다 직접 혈관주사를 지속해서 맞았습니다.

4) 입원 4일째

AraC를 어제처럼 12.5%씩 2차례 맞았습니다. MTX 2차 혈중농도를 측정하니 1.97(2일째 정상 수치는 0.5미만)로 높아서 해독제인 류코보린을 3시간마다 주사했습니다. 6차 항암치료받는 중에 구토증세가 발생하지 않았는데, 금일 7차 항암치료 중 처음으로 저녁 식사 도중에 두 번 구토하였습니다. MTX와 AraC 모두 부작용으로 오심, 구토가 발생할 수 있지만 AraC가 더 심한 구토를 유발할 수 있습니다.

5) 입원 5일째

MTX 3차 혈중농도가 1.95(3일째 정상 수치는 0.05 미만)로 류코보린을 3시간마다 2 앰플씩 계속 혈관주사를 맞았습니다. 어제에 이어 금일도 저녁 도중에 1번 구토하고, 밤참 도중에 또다시 구토가 발생해서 몸이 지치기 시작했습니다.

6) 입원 6일째

MTX 4차 혈중농도가 0.1(4일째 정상 수치는 0.05 미만)로 아직 높아서 류코보린을 3시간마다 2 앰플 씩 연속으로 주사를 맞았습니다.

7) 입원 7일째

MTX 5차 혈중농도가 드디어 정상인 0.05로 떨어져서 류보코린 해독제를 더 맞지 않아도 되었습니다. 그동안 4일간 하루 16 앰플씩 64개 류코보린 해독제 주사를 맞았습니다. 아침부터 새벽까지 계속 3시간마다 주사를 맞아야 하므로 새벽잠을 깨게 되었습니다.

[MTX 항암제 주사 후 정상 혈중농도]

첫째 날 정상농도	5 미만
둘째 날 정상농도	0.5 미만
셋째 날 정상농도	0.05 미만
넷째 날 정상농도	0.05 미만

8) 입원 8일째

MTX 6차 혈중농도는 0.02였습니다. 혈액검사에서 백혈구 감소가 발생해서 그라신 백혈구 증강제를 맞았습니다. 범혈구 감소증 때의 치료에 대해 알아보겠습니다. 적혈구 또는 혈색소(백혈구+적혈구+혈소판) 감소 시에는 농축 적혈구 수혈방법이 있고, 다르베포에틴 알파(Darbepoetin alpha, 네스프:상품명- 10mg, 15mg, 20mg, 30mg(=0.5㎖), 40mg(=0.5㎖), 60mg(=1㎖), 120mg(=1㎖), 180mg)라고 하는 적혈구 증강제가 있습니다.

다르베포에틴 알파는 만성 신부전에 의한 빈혈과 암 항암치료에 의한 빈혈에 효능이 있는 주사약입니다. 혈색소는 적혈구의 1/3을 차지하며 적혈구 속에 함유되어 있습니다. 적혈구라는 용어는 혈구가 붉다는 의미인데 혈색소 색깔이 적색이라서 적혈구도 적색이 됩니다.

적혈구는 400만~500만 개/㎕가 정상이고, 혈색소는 13~17g/dl가 정상 수치입니다.

백혈구 감소 시에는 수혈방법은 없고, 그라신이나 뉴라스타 같은 백혈구 증강제를 주사하게 됩니다. (혈소판은 15만~40만 개가 정상입니다.) 혈소판 감소 시 혈소판 증강제는 없고, 혈소판 수혈이 있습니다. 혈소판 수혈 종류엔 혈소판 풍부 혈장(다혈소판 혈장, Platelet Rich Plasma), (PRP), 농축 혈소판(Platelet Concentrate), (PC), 성분채혈 혈소판(Single Donor Platelet),(SDP)이 있습니다.

	수 혈	증강제
적혈구 감소 시 치료	O	O
백혈구 감소 시 치료	X	O
혈소판 감소 시 치료	O	X

9) 입원 9일째

그라신 2회차를 맞았습니다.

10) 입원 10일째

그라신 3회차를 맞았습니다. 항암치료 5달 만에 처음으로 범혈구 강소증이 발생했습니다. 적혈구 감소는 빈혈을 유발하고, 백혈구 감소는 감염을 일으키고, 혈소판 감소는 출혈을 유발합니다. 적혈구 감소를 치료하기 위해서 농축 적혈구(Packed Red Blood Cell) 수혈 2개를 받았습니다.

1개의 농축 적혈구 수혈로 헤모글로빈(혈색소)은 1이 상승하고, 헤마토크릿은 3이 상승합니다. 혈소판 감소로 혈소판 풍부 혈장(PRP)을 수혈받았습니다.

11) 입원 11일째

그라신 4회차를 맞았습니다. 항암치료 5달 만에 체중 감소가 15kg이 되어 기운이 없어졌고, 빈혈까지 발생하여 금일부터 지방 영양수액을 맞기 시작했습니다.

12) 입원 12일째

그라신 5회차를 맞았습니다. 혈소판 풍부 혈장(PRP)을 2회차 수혈받았습니다. 지방 영양수액을 2회차 맞았습니다.

13) 입원 13일째

그라신 6회차를 맞았습니다. 혈소판 수혈을 3차례 받았습니다. 지방 영양수액을 3회차 맞았습니다. 마그네슘 감소증으로 손발 저림 증세가 발생하여 MgSo4(마그네슘) 주사를 맞았습니다.

입원해서 5일마다 매립형 케모포트 부위를 소독하며 입원해서 2주마다 매립형 케모포트의 Huber Needle을 교체받았습니다.

갑자기 38℃ 이상의 고열이 나기 시작해서 말초혈액과 중심 정맥 혈액을 뽑아서 혈액 세균배양(Blood Bacteria Culture)을 3번 실시하고, 세균감염 결과가 나올 때까지 경험적 항생제 주사를 맞았습니다.

14) 입원 14일째

혈액검사에서 빈혈은 호전되지 않았고 호중구는 3일째 0~10 상태에서 오르지 않고 혈소판도 호전되지 않아서 그라신을 7회차 맞고, 농축 적혈구 수혈을 2회차 받고, 혈소판 풍부 혈장(PRP)을 4회차 맞았습니다. 체중이 급속히 감소하고 빈혈이 생겨서 기운 없고, 피곤한 증세가 지속하여 지방 영양수액을 4회차 맞았습니다. 계속 38℃ 이상 고열로 인해 소변 배양 검사도 했습니다.

15) 입원 15일째

38℃ 이상 고열이 낫지 않아 계속 몸이 힘들었지만, 사랑으로 병간호해주는 가족이 힘들지 않으려면 내가 빨리 낫는 길밖에 없다는 생각으로 가족과 눈이 마주칠 때마다 웃어주고, 열심히 성경 말씀을 묵상하면서 마음을 안정시켰습니다. 그라신 백혈구 증강제 8회차 맞았습니다. 지방 영양제를 5회차 맞았습니다. 계속 고열로 인해 항생제 주사를 맞았습니다(멕시핌과 이세파신 2가지 항생제를 하루 2회씩).

16) 입원 16일째

열은 37.5℃로 좀 떨어졌어도 계속 항생제 주사를 계속해서 이틀째 맞고, 그라신 주사를 9회차 맞고, 혈소판 풍부 혈장(PRP) 수혈을 5회차 받았습니다.

17) 입원 17일째

백혈구가 갑자기 3,000으로 오르고, 열이 사라졌지만, 금일 퇴원하면 집에서 다시 고열이 날 수 있으므로 혈액 세균배양과 소변 세균배양 결과도 보고 경과를 보다가 2일 후에 퇴원하라고 조석구 교수님이 회진 때 이야기해 주었습니다. 열의 원인은 중성구 감소성 열성 질환이었고, 이제부터는 항생제를 혈관주사로 사용하지 않고, 경구 약으로 바꾸어서 처방받았습니다. 백혈구가 급상승했으므로 백혈구 증강제 주사는 필요가 없어졌고, 혈소판 풍부 혈장(PRP) 6차 맞았습니다.

18) 입원 18일째

갑자기 간 기능이 급상승되어 GOT/GPT가 110/170으로 측정되었습니다. 항암제와 항생제를 고용량으로 사용한 후 약물성 간염이 생겼습니다.

19) 입원 19일째

간 기능이 GOT/GPT 40/118로 감소하여 퇴원하였습니다(정상 GOT/GPT 40/40 이하).

GOT/GPT에 대하여 알려드리겠습니다. 간자체의 염증일 경우 GOT보다 GPT 수치가 더 상승합니다. 알코올에 의한 경우나 간 의외에 염증(담낭, 담도염증)인 경우는 GPT보다 GOT 수치가 더 상승합니다.

20) MTX-AraC 치료 후 추가 치료 목록

	류코 보린	그라신	농축 적혈구	혈소판풍부혈장 (PRP)	지방 영양제	마그네슘 주사
입원 3일째	16Ⓐ					
입원 4일째	16Ⓐ					
입원 5일째	16Ⓐ					
입원 6일째	16Ⓐ					
입원 8일째		1Ⓐ				
입원 9일째		1Ⓐ				
입원 10일째		1Ⓐ	2팩	1팩		
입원 11일째		1Ⓐ			1병	
입원 12일째		1Ⓐ		1팩	1병	
입원 13일째		1Ⓐ		1팩	1병	1Ⓐ
입원 14일째		1Ⓐ	2팩	1팩	1병	
입원 15일째		1Ⓐ			1병	
입원 16일째		1Ⓐ		1팩		
입원 17일째				1팩		

(28) 180일째

혈액종양내과 외래에서 "환자 체중이 너무 많이 빠졌으니 입원할 수가 없습니다. 항암제에 잘 버틸 수가 없으니 집에서 체중 늘리도록 영양가가 있는 식단표를 짜서 몸 컨디션을 잘 조절한 후 입원할 수 있습니다."

(29) 194일째

혈액종양내과 외래에서 "금일 혈액검사 정상이고, 2주 만에 체중 2kg 늘었으니 입원하세요. 입원해서 MTX-AraC 중심 정맥관 주입법으로 항암치료 하겠습니다."

(30) 197~214일째(9차 입원)

1) 입원 1일째

입원 시 반드시 해야 하는 혈액검사, 소변검사, 흉부 복부 촬영술, 심전도검사 등을 받았습니다. 만일 혈액검사가 나쁘면 항암제 용량을 75% 또는 50%로 줄여서 사용하게 됩니다.

2) 입원 2일째

MTX-AraC 항암제를 중심 정맥관으로 투여하였습니다. 8차 입원 때처럼 MTX는 금일 24시간 동안 투여하고 AraC는 내일 1회차 투여하고 AraC는 둘째 날(입원 4일째) 2회차, 3회차 투여하고, 셋째 날(입원 5일째)에는 4회차 투여하고 끝냅니다.

3) 입원 3일째

MTX 첫 번째 혈액농도는 20(첫날 정상 수치는 5미만)으로 류코보린(MTX 해독제로 테트라히드로엽산) 200mg(=1 앰플)씩 3시간마다 직접 혈관주사를 지속해서 실시하였습니다. MTX 항암제 주사 후의 정상 혈중농도입니다.

첫째 날	5 미만
둘째 날	0.5 미만
셋째 날	0.05 미만
넷째 날	0.05 미만

AraC 4번 주사 중에서 첫 번째를 주사했습니다. 금일 수액투여량과 소변량의 균형이 맞지 않아서 라식스 이뇨제 주사를 맞고 밤 11시부터 다음날 새벽까지 잠을 자지 못했습니다.

4) 입원 4일째

MTX 2번째 혈액농도는 0.19(둘째 날 정상 수치는 0.5 미만)로 정상화되어 류코보린주사를 3시간마다 그리고 6시간마다로 용량을 줄였습니다.

AraC 4번의 주사 중에서 2번째와 3번째 주사를 맞았습니다. 금일도 이뇨제 주사를 맞고 잠을 편안하게 이룰 수가 없었습니다.

5) 입원 5일째

MTX 3번째 혈액농도가 0.08(셋째 날 정상 수치는 0.05 미만)로 다시 상승하여 3시간마다 류코보린 주사를 맞았습니다. 금일 AraC 4번째 주사를 마지막으로 맞고 끝냈습니다. 금일 밤엔 이뇨제를 맞지 않았는데도 불구하고 자정부터 다음 날 새벽 5시까지 화장실을 다섯 번이나 가느라 잠을 못 잤습니다. 그렇지만 1월부터 7월까지의 항암치료가 무사히 끝났다는 사실에 하나님께 감사할 뿐입니다.

6) 입원 6일째

MTX 4번째 혈액농도가 0.05(4일째 정상 수치는 0.05 미만)로 경계선에 걸쳐 있어 계속 3시간마다 류코보린 해독제를 맞았습니다. 이번 8차 항암치료 땐 7차 치료 때와 달리 오심, 구토 부작용이 발생하지 않아 편안하게 있습니다.

7) 입원 7일째

MTX 5번째 혈액농도가 0.05 미만이라서 류코보린 해독제를 더 맞을 필요가 없어졌습니다. 금일 혈액검사에선 백혈구 1500, 호중구 1000, 혈색소 10.3, 혈소판 62000으로 급강하 되었습니다.

8) 입원 8일째

혈액검사에서 호중구 440, 혈색소 9.8, 혈소판 52,000으로 어제보다 더 낮아져서 농축적 혈구 수혈 2팩을 시작하고 그라신 백혈구 증강제 주사를 맞기 시작했습니다. 피곤하고 체중감소가 지속하여 지방영양제도 주사 맞기 시작했습니다.

9) 입원 9일째

그라신 2회차 주사하고, 혈소판 풍부 혈장(PRP) 수혈도 하였습니다. 지방 영양제도 2회차 주사했습니다.

10) 입원 10일째

그라신 3회차 주사하고, 혈장(PRP) 2회차 맞고, 지방영양제 3회차 주사 맞았습니다.

11) 입원 11일째

혈액검사에서 호중구 160, 혈색소 10.6, 혈소판 4만으로 날이 갈수록 더 낮아지고 있습니다. 혈장(PRP) 수혈 3회차 맞고, 그라신 주사 4회차 맞고, 지방 영양제 4회차 주사 맞았습니다.

12) 입원 12일째

그라신 주사 5회차 맞고, 지방 영양제 5회차 맞았습니다. 혈소판 수혈을 4회차 했는데, 혈장(PRP)이 없어서 농축 혈소판(Concentrate Platelet)으로 바꿔서 맞았습니다. 혈소판 수혈은 4가지 종류가 있는데, 혈소판 풍부 혈장(다혈소판 혈장, PRP). 농축 혈소판(PC), 성분채혈 혈소판(SDP), 전혈유래 농축 혈소판(RDP) 등이 있습니다.

13) 입원 13일째

혈액 검사에서 호중구 0, 혈색소 9.6, 혈소판 4,000으로 이번 결과가 지금까지 중에 가장 낮았습니다.

드디어 호중구가 제로가 되었습니다. 백혈구 중에서 호중구는 세균, 바이러스, 진균 등의 병원균을 잡아먹어서 감염을 막아주는 기능을 담당하고 있습니다.

그라신 주사 6회차 맞고, 지방 영양제 6회차 맞았습니다. 혈소판 수혈을 해야 하는데 PRP(혈소판 풍부 혈장)이나 PC(농축혈소판)가 없어서 SDP(성분채혈 혈소판)로 수혈 5차 맞았습니다.

14) 입원 14일째

혈액검사에서 호중구 20, 혈색소 7.2, 혈소판 47,000으로 혈색소가 정상의 절반으로 가장 낮은 결과였습니다. 혈색소는 남자 성인은 13 이상, 여자 성인은 12 이상이 정상 수치입니다. 혈색소가 천천히 낮아지면 신체는 적응할 수 있어서 덜 피곤한데 이처럼 갑자기 낮아지면 피곤, 어지럼, 호흡곤란, 빈맥 등의 증상들이 나타날 수 있습니다.

농축 적혈구 수혈 2회차 받고, 그라신 주사 7회차 맞고, 혈소판 수혈 6회차 받고, 지방 영양제 7회차 맞았습니다. 그라신 백혈구 증강제는 일반적으로 2회 이상 맞으면 근육통이 발생하는데 7차 입원 때 그라신 9회를 매일 연속으로 맞은 후 근육통이 발생하여 막내딸이 다리 마사지를 해주어서 통증 소실에 큰 도움이 되었습니다. 이번 9차 입원 시에도 그라신 7회차를 맞은 후부터 다시 근육통이 발생하여 막내딸이 다리 마사지를 해주었습니다.

15) 입원 15일째

그라신 주사 8회차 맞고 혈소판 수혈 7회차 받고, 지방 영양제 8회차 맞았습니다. 면역 글로불린(감마 글로불린, 면역 증강제, 면역 강화제, IVGV)를 7일간 주사 예정으로 오늘 처음으로 시작했습니다. 면역 글로불린은 혈액에서 추출한 면역 세포인 면역 글로불린을 주사제로 만든 제품입니다. 면역 강화제의 적응증은 항암치료 후 백혈구 감소로 면역력 감소 시, 또는 이식 후 면역 억제제 사용 시, 또는 다발성 근염, 피부근염으로 면역 억제제 사용 시, 또는 습관성 유산 또는 길랑바레 증후군 또는 자가 면역성 뇌염 또는 독성 표피 괴사 융해증 등에 사용됩니다. 항암치료 후 백혈구 감소로 면역력이 감소한 환자에게는 1주일간 매일 5% 포도당 수액 50㎖에 면역 글로불린 5g(50 ML)를 섞어서 주입합니다.

16) 입원 16일째
그라신 백혈구 증강제 9회차 맞고 혈소판 수혈 8회차 받고, 지방 영양제 9회차 맞았습니다. 면역 글로불린(상품명: 아이비 글로불린)을 2차회로 맞았습니다. 면역 글로불린을 부작용 없이 무사히 맞을 수 있어서 감사했습니다.

17) 입원 17일째
호중구(=중성구, 과립구) 770, 혈색소 10.6, 혈소판 56,000으로 상승하여 오늘까지만 아이브 글로불린(면역 증강제)를 맞기로 했습니다. 호중구가 낮으면 세균, 바이러스 등을 잡아먹지 못해 감염을 잘 일으키며 T림프구, B 림프구(백혈구의 일종)가 낮으면 면역력이 감소하여 감염이 잘 걸리게 됩니다. 그라신 백혈구 증강제 10회차 맞고, 면역 증강제 3회차 맞고, 지방 영양제 10회차 맞았습니다.

18) 입원 18일째
8차 항암입원 땐 19일간 입원했었는데, 그 당시엔 며칠간 입원할지 모르고 언제 퇴원 가능할 지 몰라서 매일 회진 시간만 기다려졌는데 이번 9차 항암입원 때는 18~20일 정도 입원하겠다는 예상을 했으므로 마음이 한결 편안했습니다.

다만 백혈구, 적혈구, 혈소판 모두가 떨어진 범혈구 감소증이 8차 입원과 이번 9차 입원 시 모두 심하게 생겨서 수혈과 백혈구 증강제를 많이 맞아서 근육통이 생겼습니다.

퇴원 당일 날의 혈액검사는 중성구 3390, 혈색소 10.7, 혈소판 4100으로 혈소판 수혈 9회차 맞았습니다. 8차 입원 때처럼 마그네슘 부족이 와서 생리 식염수 50㎖에 10% 황신 마그네슘 1 앰플(2g)을 섞어서 수액치료받았습니다.

19) MTX-AraC 2차 항암치료(총 8차 항암치료 중 R-CHOP 6차와 MTX-AraC 2차) 후의 추가 치료 목록

	류코 보린	그라신	농축 적혈구	혈소판 수혈	지방 영양제	면역 증강제	마그네슘
입원 3일째	16Ⓐ						
입원 4일째	8Ⓐ						
입원 5일째	16Ⓐ						
입원 6일째	16Ⓐ						
입원 7일째							
입원 8일째		1Ⓐ	2팩		1병		
입원 9일째		1Ⓐ		PRP 1팩	1병		
입원 10일째		1Ⓐ		PRP 1팩	1병		
입원 11일째		1Ⓐ		PRP 1팩	1병		
입원 12일째		1Ⓐ		CP 1팩	1병		
입원 13일째		1Ⓐ		SDI 1팩	1병		
입원 14일째		1Ⓐ	2팩	PRP 1팩	1병		
입원 15일째		1Ⓐ		PRP 1팩	1병	5g	
입원 16일째		1Ⓐ		PRP 1팩	1병	5g	
입원 17일째		1Ⓐ			1병	5g	
입원 18일째				PRP 1팩			1Ⓐ

(31) 219일째

혈액종양내과 외래진료일입니다. "2주 후에 전신 CT(목, 가슴, 복부, 골반) 촬영술과 혈액검사하고 다음 날 다학제 통합진료 팀 회의에 보호자 & 환자 분이 참석하세요."라고 안내받았습니다.

(32) 233일째

외래에서 4차 전신 CT(목, 흉부, 복부, 골방) 촬영술은 10~15분 이내에 모두 끝났습니다. 혈액검사도 하였습니다. 내일 다학제 통합진료 시 금일 CT 촬영과 혈액검사 결과를 볼 예정입니다.

(33) 234일째

다학제 통합진료실은 개인 진료실보다 최소 5배가 큰 방입니다. 혈액종양내과, 진단의학과(임상병리과), 영상의학과, 방사선종양과 4개 과목의 전문의 8명이 환자와 보호자와 함께 앉아서 CT 촬영, MRI와 PET-CT 촬영과 조직 검사를 보면서 협의 진료를 하면서 환자와 보호자에게 설명하고 질문도 받는 진료실로 환자에게 신뢰를 줄 수 있는 방식의 치료법입니다.

진단의학과에서는 이비인후과의 경부종괴(경부림프절) 수술 후 조직소견과 골수검사 후 조직소견을 슬라이드를 통해서 설명해 주셨습니다. 영상의학과에서는 지금까지 촬영했던 CT와 MRI와 PET-CT를 비교해서 림프절의 큰 감소와 FDG uptake 소실이 되었다고 설명하였습니다.

지금까지의 혈액종양내과의 치료 과정 설명이 끝난 후 방사선 종양 교수님이 1달간 17회의 방사선치료를 하겠다고 설명해 주셨습니다.

(34) 검사들을 날짜별로 정리해 보았습니다.

8일째	이비인후과에서 경부 림프절수술 1차 경부 CT 촬영 1차 PET-CT 촬영
17일째	1차 복부 및 골반 CT 촬영 1차 골수검사
37일째	1차 척수 검사
58일째	2차 척수 감사
79일째	2차 전신 CT(경부, 흉부, 복부, 골반 CT) 촬영 2차 PET-CT 촬영
109일째	후두 내시경검사
145일째	2차 골수검사 3차 전신 CT 촬영 3차 PET-CT 촬영
233일째	4차 전신 CT(경부, 흉부, 복부, 골반) 촬영
234일째	다학제 통합 진료(혈액종양내과, 방사선 종양과, 진단의학과, 영상의학과)
254일째	5차 안면 CT 촬영해서 모의치료 및 얼굴 마스크제작

261일째	방사선치료로 토모테라피 첫 회 실시
285일째	토모테라피 17회로 마지막 치료일

(35) 254일째

방사선치료 13가지 중에서 Tomotherapy(토모테라피)로 결정하고 5회차 안면 CT 촬영해서 안면 마스크를 제작하고 모의 치료(Simulation Therapy)를 시행하였습니다. 그러나 과거에는 목에 여러 줄을 그어서 그 중앙에 방사선 빔을 조사해서 암세포를 괴사시키는 치료를 하였습니다. 땀이나 목욕 등으로 인해 줄이 지워지면 다시 줄을 긋는데 몇 시간이 소요되므로 줄 그은 부위는 손도 대지 못하게 했습니다. 그러나 최근에 플라스틱 마스크를 제작해서 마스크에 여러 줄을 그어서 표시하므로 피부에는 매직으로 표시하지 않습니다.

치료 과정 중 모의치료를 1~3회 시행하게 됩니다. 모의치료 시간은 30~60분 소요됩니다. 토모테라피(=Slice Therapy)는 세기 조절 방사선치료에 CT 기술을 접목한 치료법입니다. 매번 CT로 종양 위치와 형태 변화를 파악 후에 효과적으로 세기 조절 방사선치료를 조사합니다. 치료하고자 하는 암을 여러 개 단층으로 나눈 뒤 각각의 단층에 수백 개의 가느다란 방사선을 360도 방향에서 조사합니다. 모든 암에 적용 가능하고 특히 방사선에 민감한 정상 조직이 위치하는 부위이거나 과거에 방사선치료를 받았던 부위에 재발한 경우에 사용됩니다. 종양 크기와 모양과 개수와 관계없이 여러 군데 흩어져 있는 종양을 한 번에 치료할 수 있습니다. CT를 추가하므로 다른 방사선 치료법보다 더 정확하고 효과적인 치료를 할 수가 있습니다.

(36) 261일째

1) 방사선치료 1회차 날이었습니다. 얼굴에 마스크를 씌운 후 바로 누우면 마스크 가장자리들을 기계에 고정해서 얼굴은 움직일 수 없이 고정됩니다. 5분 정도 기계 속에 들어가 CT로 종양 위치를 정확하게 파악한 후 기계

밖으로 나와서 2분 정도 쉬다가 다시 기계 속으로 들어가 5분 정도 방사선 빔을 쬐게 됩니다. 소요시간은 15분 정도입니다. 첫 회 방사선치료를 마친 후 아무런 부작용이 생기지 않았습니다. 15차회 이상 방사선치료 시 피부발진, 피부색이 검게 변색 되거나 피부 가려움, 피부 따가움(화상), 피부 당김, 뒷부분 머리카락 빠짐, 연하곤란, 입 마름의 부작용이 생길 수 있습니다.

2) 1주마다 방사선 종양과의 교수님과의 외래진료가 있는데 금일은 나중에 발생할 수 있는 부작용에 관해서 설명을 들었습니다.

(37) 268일째(방사선치료 6회차)

어제까지 방사선치료만 받았고, 매주 화요일은 방사선 종양과의 교수님의 외래진료 일입니다. 교수님은 방사선치료 6회차로 아직 부작용이 없을 거라고 하십니다.

(38) 275일(방사선치료 10회차)

방사선치료 10회차로 화요일마다 방사선 종양 교수님과 외래 진료실에서 만납니다. 아직 부작용이 없이 지냅니다.

(39) 282일째(방사선치료 14회차)

방사선치료 14회차로 외래 진료실에선 만일 피부 부작용이 생기면 바셀린이 함유된 로션을 사용하라고 하십니다. 토모테라피는 목의 앞쪽만 빔을 쬐는 게 아니고 360도 돌아가면서 빔을 쬐므로 뒤 머리카락이 옆으로 일자 모양으로 탈모될 수 있습니다.

(40) 285일째(방사선치료 17회차로 마지막 치료일)

방사선치료 17회차로 마지막 치료일입니다.

혈액종양 내과 외래에서 혈액검사를 시행하였는데, 중성구 630, 혈색소 13.3, 혈소판 131,000이었습니다. 중성구만 급강하 되어 있었습니다. 항암제 치료만 백혈구 감소증을 일으키는 것이 아니라 방사선치료도 백혈구 감소증을 일으킵니다. 그라신 백혈구 증강제를 주사 맞았습니다. 중성구가 2,500 이상 될 때까지 마스크를 쓰고 방에 혼자 지내는 게 도움이 됩니다. 많은 사람이 왕래하는 곳과 지하실에는 가지 않아야 합니다. 자주 입안을 가글하고 손은 자주 씻어야 합니다. 중성구 감소 시 감염에 특히 조심해야 하는데 고열 38.5℃ 이상 시 가능한 빨리 응급실로 가서 폐렴 여부를 확인해야 하고 혈액 및 소변 배양검사를 해야 합니다.

(41) 313일째

혈액 내과 조석구 교수님 외래진료 날입니다. 오전에 혈액검사 후 2시간 후 외래 진료실로 아내의 손을 잡고 들어갔습니다. 모든 혈액검사 특히 백혈구 수치 3700, 호중구 2300, 혈색소 14.5, 혈소판 17만 3천 개로 모두 정상이었습니다. 혈액 내과 교수 두 분이 저에게 축하 박수를 쳐주었습니다. 그동안 항암치료와 방사선치료의 부작용을 잘 견뎌 내서 좋은 결과가 나와서 박수를 쳐준 것입니다. 4일 후 심장에 꽂혀 있는 중심정맥관을 제거 수술하기로 예약하고 귀가했습니다. 10개월간의 긴 치료 과정이 주마등처럼 흘러갔습니다. 힘들고 두렵기도 하고 화가 나기도 하고 다시 우울감이 잠시 생겼지만, 가족의 헌신적인 보살핌, 수많은 분의 기도, 하나님의 보호하심, 의료진들의 최선의 노력으로 악성림프종 4기 암이 완전관해 되었습니다.

(42) 317일째

혈관 조영술실에 수술 가운을 입고 누워서 국소마취 후 매립형 케모포트를 피부절개 후 우심방 바로 옆 상대정맥에서 튜브를 제거하는 수술을 받았습니다. 8개의 스테이플러(Stapler)를 실 대신에 피부에 박았습니다. 1주일 후 스테이플러를 제거하러 서울 성모병원에 한 번 더 가면 2019년도에는 더 이상 병원에 갈 일이 없습니다. 80일 후에 경부, 흉부, 복부, 골반 CT 촬영을 예약하고 귀가했습니다.

2019년의 모든 치료가 오늘로 끝나서 기뻤습니다. 1번의 수술, 2번의 척수 내 항암치료, 8번의 전신 항암치료, 1달간의 방사선치료 과정이 순식간에 머리에 강하게 입력되어 소름이 돋았습니다. 수십 번의 수혈은 이름도 모르는 수많은 천사분들의 헌혈로 이루어진 것으로 너무나 큰 감사를 드립니다. 저는 이제 평생 헌혈을 할 수 없게 되었지만, 이제부터 주위 사람들에게 헌혈하라고 계속 홍보하려고 합니다. 수많은 분들 덕분에 제2의 삶을 다시 살게 되었습니다. 최선을 다하고 저를 필요로 하는 사회에 봉사하는 마음으로 살아가려 합니다.

환자 부인이 교인분들에게 중보기도 부탁드리는 글들

〈1〉 부인이 2019년 1월 23일(수)에 올린 글 (1차 항암치료를 위해 입원 당시)

장로님들과 권사님들께 글 올립니다.

갑자기 놀라게 해서 죄송해요. 인간의 생사회복을 주관하시는 하나님 앞에서 저희는 풀같이 한없이 연약한 존재임을 느낍니다. 목 밑에 이상을 느끼고 검사 후 곧바로 수술 받고 오늘 이 병실에 들어오기까지도 한 걸음 한 걸음 기도하고 응답 주시면서 시작하고 있음을 느껴요. 이 병이 안 걸렸으면 정말 좋겠지요. 제가 올해 1월 3일 새벽 기도드리려고 교회 갔더니 목사님께서 욥기를 읽으신 후 "고난을 핸들링하지 마라"고 하시는 말씀이 마음에 남더라고요.

하나님께서 주시는 고난 가운데 훈련받기를 원합니다. 갑자기 하루씩 사는 것 같아요. 저희를 위해 중보 해 주시는 힘으로 살아갈 수 있을 것 같아요. 오늘과 내일의 간절한 기도 제목은 ① 내일 골수검사 결과가 깨끗하게 나오고 ② 내일부터 시작되는 1차 항암주사가 처음으로 정맥으로 들어갈 때 주님의 치유 광선과 손길이 함께 해주시길 바라요. ③ 혈액 내 암세포가 모두 박멸되기를 간절히 기도합니다. ④ 백혈구 수치가 떨어질 때 세균으로부터 방어되기를 기원합니다. ⑤ 항암제 투여로 인한 부작용을 최소한으로 겪고 잘 이겨내기를 중보기도 해주세요.

〈2〉 부인이 2019년 1월 24일(목)에 올린 글 (1차 항암치료 위해 입원 당시)

저희 남편 지금 막 1차 항암제 R-CHOP 중에서 첫 번째 약물투여 시작했어요. 첫 번째 주사약이 표적항암제로 이 약 안에 주님의 치유 사역이 함께 들어있기를 간절히 기도합니다. 지금부터 총 8시간 동안 4가지 항암제 주사를 순서대로 맞는다고 하네요. 강력히 중보기도 해주세요. 환자들이 겪는 항암주사 후의 구토도 최소한으로 느끼게 해주세요.

〈3〉 부인이 2019년 1월 26일(토)에 올린 글 (1차 항암치료 후 퇴원 당일)

오전에 잘 퇴원했어요. 남편은 앞으로 제가 한 끼 한 끼 신경 써서 식사 때 영양을 잘 섭취하게 하고, 다음번 항암치료를 잘 받을 수 있도록 체력관리를 하는 것과 백혈구 수치가 떨어지지 않도록 해야겠어요. 모든 환경으로부터 세심히 감염 관리하는 것이 가장 기본이라고 하니 제가 식단관리와 체력관리와 감염관리에 최선을 다해서 잘 대처할 수 있는 지혜를 갖도록 중보기도 해주세요. 집에 돌아오니 한 주일 동안 일어난 일이 꿈만 같아요.

〈4〉 부인이 2019년 1월 28일(월)에 올린 글 (1차 항암치료 후 퇴원상태)

오전 내내 머릿속으로는 장로님과 권사님들께 기도 제목부탁 드릴 생각으로 가득했어요. 토요일에 남편이 퇴원 후 집에서 잘 지내고 있어요. 딸들이 발 빠르게 아빠 퇴원 전에 침실 방에 따로 공기청정기 갖다 두고, 아빠 식기 따로 관리할 그릇 소독기도 들여놓았어요. 소독기는 행주도 소독할 수 있는 기능이 있네요. 병원에선 영양사가 상담해주길 아기 이유식 할 때 같은 위생과 식재료 관리가 필요하다고 하네요.

림프종양암 시에는 단백질이 포함된 영양가 있고 균형 잡힌 식생활과 더불어 감염관리가 중요하다고 하네요. 그래서 음식은 기름기 없는 고기류와

콩 종류와 빨주노초파남보 일곱 가지 색깔의 채소와 과일과 더불어 곡물 위주로 해 나가고 있어요.

특히 감염 때문에 모든 음식은 익힌 걸 먹어야 한데요. 그래서 물김치는 안 되고, 김치는 볶든지 김치찌개처럼 익혀서 먹어야 해요. 감염관리를 위해 집안 곳곳에 손소독제를 비치했어요. 잇몸에 상처 나면 안 되므로 칫솔모가 아주 부드러운 칫솔을 여러 개 준비해서 몇 번 사용 후 버리기로 했고 작은 크기의 치약을 대량 준비했어요. 치약을 짤 때는 앞부분은 짜서 버리라고 교육받았어요. 수건도 남편 혼자 따로 관리하고요. 가장 중요한 문제인데 강아지 두 마리를 아빠 퇴원 전에 전신 털을 밀고 안방에 출입금지를 했어요. 강아지들이 눈치가 있어서 여느 때 같으면 아빠가 보이거나 목소리가 들리면 난리인데 웬일로 아빠 목소리 들려도 가만히 저희끼리 놀고 있어요. 항암치료를 하면 첫 2~3일은 괜찮다가 10일쯤 지나면 근육이 아픈 환자도 있고 항암치료 시작하고 곧바로 근육통이 생기는 환자도 있다고 하는데, 남편 얼굴을 보면 근육 몸살이었을 것 같아요. 남편은 지금까지 아파도 절대로 아프다는 말을 안 하는 사람이라서 답답하지만 33년을 같이 살아오니 남편 얼굴을 보면 알겠더라고요. 그때그때 증상에 따라 받아온 약들은 먹고 있어요. 미열이 있다가도 없는 상태이고요. 항암치료로 인해 아프고 열나고 하면서 치료가 되는가 봐요. 몸속에서 전쟁이 일어나고 있는 것 같아요. 유선례 장로님이 어제 주신 청국장으로 어제부터 청국장을 해주었더니 남편이 맛있게 먹었어요. 지금까지 식사는 모두 다 잘 먹고 있어서 참으로 감사해요.

퇴원 후에 황태국, 양배추국, 버섯 볶음, 데친 브로콜리, 카레밥, 양배추찜, 달걀찜, 삼치구이 등등의 음식들은 모두 다 비우고 있어요. 가장 좋지 않은 것은 날 음식과 익힌 것 중에서 조개라고 하네요. 의외로 전복죽, 재첩국, 조갯국, 굴밥 등등 모두 나쁘다고 하네요. 기도 제목은 ① 남편이 항암제로 인한 부작용이 약하게 겪거나 부작용이 없게 해주시고 ② 항암제로 림프종이 잘 치료되기를 기도해 주세요. ③ 사업장에 새로운 직원이 들어와야 하는데 크리스천 직원이 들어오도록 기도해 주세요. ④ 제가 아침에 눈 뜨면 가슴이 쿵 하고 내려앉는 느낌과 가슴이 바윗돌로 눌리는 느낌이 와요. 그러다가 부엌에서 식사준비를 시작하면 심장 증세가 사라지는데, '이 시간에 장로님들과 권사님들이 기도해 주시고 계시는구나' 하고 느끼고 있어요. 오늘 오후엔 남편 데리고 가발 맞추러 가기로 예약했어요. 가발이 완성되는 데 1달 이상 걸린다네요. ⑤ 오늘 오후에 큰딸 신혼집 계약하기로 했어요. 시부모님이 지방에 계셔서 저에게 일임했는데, 제가 맡게 되니 제가 남편 때문에 정신없는 중이라서 실수 없이 잘 계약할 수 있게 기도해 주세요.

〈5〉 부인이 2019년 1월 29일(화)에 올린 글 (1차 항암치료 후 퇴원상태)

샬롬. 오늘은 햇살이 화창하네요. 남편이 배춧국, 닭 가슴살, 토마토 볶음으로 아침밥을 다 비웠어요. 식욕 떨어질까 봐 항상 조마조마한 데 이렇게 남편이 끼니마다 잘 먹는 걸 보면서 장로님들과 권사님들의 기도를 느낍니다.

어제 큰딸 신혼집 계약은 기도해 주신 덕분에 잘 끝냈어요. 어제 예비사위가 부모님께 저의 남편 림프종 발병 사실을 알렸는데, 낙심하셨을 텐데 저희 큰딸을 너무나 많이 위로해주셔서 감동했어요. 큰딸과 예비사위가 새 가정 준비과정부터 뜻하지 않는 큰 어려움을 만나서 결혼 4달 남긴 시점에 마음고생이 되겠지만, 이것도 하나님께서 고난의 훈련 가운데 믿음 가정의 기초를 놓아주시는 것으로 생각해요. 부모 밑에서 큰 어려움 없이 자라 체험신앙을 가져볼 기회가 없었는데 이번에 아빠 병을 통해서 아이들이 하나님을 의지하고 살아가는 믿음을 배우게 되길 기도합니다.

큰딸 결혼식인 5월 25일이면 남편이 5차 항암치료가 끝나는 시점인데 결혼식 날 아빠 모습이 많이 상해 있지 않기를 기도해 주세요. 오히려 더 많이 건강해져 있기를 기도해 주세요. 남편이 어제 친구와 통화하면서 "내가 평일 낮에 TV를 보니까 너무 이상하다. 평일 대낮에 TV 보는 건 의사 되고 처음인 것 같다"고 하는데, 정말 미안하더라고요. 그동안 가장으로서의 무게가 어떠했을까 싶네요. 장로님들, 권사님들 오늘도 감사합니다. 오늘도 열심히 일하시는 장로님들 더욱 힘내시고 건강 챙기세요.

〈6〉 부인이 2019년 2월 4일(월)에 올린 글 (1차 항암치료 후 퇴원상태)

샬롬. 지난주 목요일에 미국에서 친정 언니가 집에 와서 함께 남편을 돌보고 있어요. 덕분에 저는 여선교회 임원 상견례, 속회, 주일예배, 루체포레 카페 봉사도 다녀왔어요. 1.31(금)은 서울 성모병원 종양 내과 외래에서 혈액검사를 했는데 백혈구 수치가 1100으로 낮게 나왔어요(정상 수치는 4,000~7,000개). 항암제가 백혈구 수치를 떨어뜨려서 백혈구 수치 높이는 주사를 맞았고 앞으로 감염관리를 더 철저히 해야 한다는 이야기를 듣고 왔어요. 2차 항암치료 위한 입원 날짜를 2.12(화)로 잡았어요.

중보기도 제목을 말씀드릴게요.

① 남편이 2.12에 2차 항암제를 잘 맞을 수 있는 체력이 되도록 기도해주세요. 지금까지 하루 세 끼 잘 먹고 있는 것이 장로님들 권사님들의 기도의 힘이란 걸 식사 때마다 느낍니다.

② 백혈구 수치가 항암치료에 요동치지 않도록 기도합니다.

③ 항암주사 효과가 100% 발휘되도록 기도합니다.

④ 항암주사를 맞으면서 몸이 힘들지 않도록 기도합니다.

⑤ 남편이 직장에 자리를 비우는 긴 시간 동안 직원들이 잘 화합해서 직장운영이 잘되어 가기를 기도합니다.

⑥ 작은딸이 아빠를 대신해서 도맡아서 일 처리하고 있는데, 지혜를 주시고 지치지 않는 체력을 주시도록 기도합니다.

어제 주일날 남편이 CTS 방송을 통해서 광림교회 11시 3부 예배(생방송) 드리면서 많은 은혜를 받았다고 해요. 담임 목사님께서 로마서 8:32 "자기 아들을 아끼지 아니하시고 우리 모든 사람을 위하여 내주신 이가 어찌 그 아들과 함께 모든 것을 우리에게 주시지 아니하겠느냐?" 성경 말씀으로 「날로 새로워지는 인생」이란 제목의 설교를 하셨어요. "우리의 겉 사람은 낡아진다 하더라도 하나님이 우리를 이끌어주시고 내가 설 자리에 서게 하시기에 우리는 낙심하지 않는다. 선한 사람은 고난 속에서 하나님을 찾고 이 고난이 하나님의 주신 은사라고 생각한다. 고난 속에는 시나리오가 있고 고난은 축복이다. 고난 속에서 하나님은 나의 하나님이심을 고백하게 한다. 고난 속에서 하나님과의 깊은 영적인 교체를 하게 한다. 고난 속엔 의미가 있다. 고난은 Dispensation. 고난은 해피엔딩으로 끝난다. 그리스도인은 고난 앞에서 담대해진다"라고 말씀하셨어요. 남편은 설교를 들으면서 더욱 힘내서 치료와 회복에 힘쓰겠다고 다짐했어요.

〈7〉 부인이 2019년 2월 11일(월)에 올린 글 (1차 항암치료 후 퇴원상태)

샬롬. 좋은 아침입니다. 장로님들, 권사님들 가정에 평안의 축복이 있으시길 기도합니다. 내일은 남편이 입원하는 날입니다. 그동안 기도해 주셔서 지난 1차 항암치료 이후에 하루 세끼 식사를 꼬박꼬박 다 비우고 저 또한 식사준비를 힘들지 않은 마음으로 하면서 모든 분이 기도해 주시고 계신 것을 강력히 느낍니다. 항암치료 전날까지 가장 잘해야 하는 것이 <맛있게 먹는 식사>라고 하니 저로서는 최선을 다한 음식을 남편이 잘 먹어서 끼니때마다 주님께 감사드려요. 머리가 빠질 거라고 예상하고 1차 항암치료 후 퇴원하는 길로 가장 먼저 한 일이 가발을 맞춘 것이었어요. 그런데 지난주부터 마음이 안정되네요. 옆에서 친정 언니가 "머리카락이 빠지는 것은 나아가는 과정이다. 약이 잘 든다는 거지"라는 말 한마디가 마음을 다잡게 해주네요. 큰딸이 모자를 주문해서 택배로 받아 놓았어요. 지난번엔 1차 항암주사를 얼떨결에 경황없이 맞는 탓에 남편이 맞는 주사가 무엇인지도 몰랐지만 3주 동안 항암주사에 관한 정보를 많이 찾아보았어요. 남편은 내과 의사니 항암제에 대해 잘 알고 있겠죠. 그러나 저에게 설명을 잘 안 해주고 혼자 참고 지내요. 항암주사를 잘 맞기만 하면 되는 줄 알았는데, 주사가 환자 마다 다른 여러 가지 부작용이 많다는 것을 알았어요. 발진, 두드러기, 가려움, 메스꺼움, 구토, 손발 저림, 구내염, 미세경련 등 수없이 많은 부작용이 와서 그때마다 힘들어진대요. 나쁜 암세포가 몸에 있지만 사람 모습이 크게 바뀌지 않다가 항암제를 맞으면 환자 모습으로 변하는 것을 이번에 알게 되었어요. 이럴 때 주님을 모르고 신앙이 없는 믿지 않는 사람들은 무엇을 붙잡을 수 있을까요? 망가져 가는 모습에 과연 어떻게 될까 하는 불안과 염려와 근심으로 살게 될 텐데요. 우리는 주님을 믿고 구원받은 이들이니 주님께서 이 모든 치료 과정에 개입하셔서 치유하여 주신다는 것을 믿고 하루하루의 일상을 마음 놓고 살 수 있으니 얼마나 감사한지 모르겠어요. 이번에 주님께 맡기고 내려놓는다는 것이 무엇인지를 저희 부부는 하나씩 배워가고 있어요. 중보기도를 장로님들 권사님들께 부탁드려요.

① 2.13에 남편이 항암치료를 통해 암세포가 다 사라지고 주님의 치유 산액이 완성되도록 기도해 주세요.

② 여러 부작용을 가볍게 느끼고 지나가도록 해 주세요. 고통이 기도의 힘으로 인해 마취된 듯이 가볍게 느껴지게 해주시길 간절히 기도합니다.

③ 감염으로부터 지켜주셔서 모든 혈액 수치가 항암치료에 최적의 수치로 유지되도록 기도해 주세요.

④ 직장이 안정되게 이끌어지도록 기도해 주세요.

〈8〉 부인이 2019년 2월 13일(수)에 올린 글 (2차 항암치료 위해 입원)

여호와 라파. 장로님들과 권사님들의 강력한 기도로 남편이 2차 항암주사 4가지를 부작용 없이 맞고 있습니다. 리툭시맙, 앤독산, 아드리아마이신(빨간 물 주사), 빈크리스틴 4가지를 차례로 맞았어요. 1차 항암 시 리툭시맙 주사 때는 눈꺼풀이 부어오르고 피부발진이 심했었는데 오늘은 그런 부작용이 없었어요. 너무너무 감사합니다. 지금 4번째 항암제인 빈크리스틴 주사가 끝나가고 있어요. 장로님들 권사님들 기도의 은혜에 정말 너무나 감사드리고 있어요.

〈9〉 부인이 2019년 3월 6일(수)에 올린 글 (3차 항암치료 위해 입원)

3월 5일(어제) 3차 항암치료 위해 입원했어요. 1차 항암치료 때와는 달리 2차 항암치료 때는 부작용 없이 퇴원하였지만, 집에서 지내면서 힘들어하는 것 같았어요. 항암제가 몸에서 작용하면서 몸살이 나고 울렁거림 증세가 나타나는데 남편 성격이 무엇이든 잘 참아 넘기고 표현을 안 하고 지내서 옆에서 보기에 안쓰러워졌어요. 차려주는 하루 세끼 식사를 한 번도 안 남기고 먹는 것은 모든 분이 기도해 주신 덕분이라는 것을 끼니때마다 느끼면서 지냅니다. 퇴원 후 여러 가지 영양가 있는 식재료를 한 그릇에 모두 담은 일품요리를 만들어 보았어요. 스테이크 덮밥, 유산슬 덮밥, 게살 버섯 수프, 카레밥, 하이라이스, 누룽지탕, 불고기, 김밥 등으로 매번 색다른 음식을 먹게 해서 입맛을 찾게 했어요. 1차 항암치료 때 유선례 장로님이 주신 청국장으로 청국장찌개를 만들고 큰딸의 예비 시어머니께서 손수 담가서 보내주신 된장으로 된장국을 만들고 들깻가루로 들깨 버섯탕도 만들었어요. 속회 성도 분들이 주신 현미들깨 절편은 간식으로 활용했어요. 확실히 집에서 세끼를 정성껏 먹는 것이 참으로 중요하다고 느꼈어요. 항암치료 하기 전 가장 중요한 것은 항암제를 맞을 수 있는 체력과 백혈구 감소에 의한 감염 예방을 위한 살균관리가 가장 필요해요. 1차 항암치료 일주일 후 외래진료 때 백혈구 수치가 1100으로 떨어졌었는데 2차 항암치료 후 백혈구 수치는 3980으로 정상이었어요. 그래서 몸 상태가 일상생활을 할 수 있는 상태로 돌아왔어요. 그동안 말씀과 기도를 붙잡고 살면서도 강제휴식 기간이 두 달이 되는 시점이 되니 남편과 저는 뭔가 인생이 멈춰진 느낌도 들고 지금은 아무것도 할 수 없다는 것에서 오는 박탈감이 느껴지는 것이 사실이에요. 그런 마음으로 괴로워질 때면 항상 반드시 주일날 김정석 담임 목사님의 설교 말씀이 저희 이 어려운 마음을 해결해 주시고 계세요. 집에서 CTS 방송을 통해 예배드리는 남편이 생각나서 눈물이 났어요. "예기치 않는 시련과 고난이 없는 삶이 어디 있는가? 고난은 인생을 멈추게 하고 내가 짊어져야 할 것은 많구나. 고난과 시련 앞에는 장사가 없다. 좌절과 절망 앞에서 어떻게 살아야 할까? 믿음의 모습이 한순간에 없어지기도 하고 주저앉기도 하는구나. 그러나 그리스도인은 앞의 고난을 어떻게 이기며 어떻게 살아가야 할까? 고난과 시련은 우리가 붙들어 믿음을 견고히 해주고 믿음으로 나아갈 바를 지시해준다. 고난과 시련이 오면 지금까지 살아온 삶에 대한 혼돈과 정서적인 불안과 절망과 상실감이 생긴다. 반면에 자기 자신을 발견하는 기회가 되기도 한다. 내 안에 진정한 소망이 무엇인가를 찾게 된다. 고난과 시련을 통해서 하나님께서 풍성함을 주실 것이고, 보호해주실 것이고 거친 길도 걸어갈 수 있도록 해주신다. 주님의 위로 하심이 있을 것이며, 용기와 함께 담대함을 얻으라. 우리를 사랑하시는 주님께서 모든 것을 합하여 선을 이루실 것이다. 고난 중에 주님을 더욱 가까이하라." 정말 주님은 위로의 하나님이십니다. 오늘 아침 회진 후 교수님이 항암제 용량을 정해주시면 약제실에서 남편 체중에 맞춰서 주사약을 섞어서 올라오면 오후 1시부터 8시간에 걸쳐서 4가지 항암주사를 순서대로 맞게 됩니다. 중보기도를 부탁드려요.

① 항암주사 부작용이 고통 없이 가볍게 지나가도록 간절히 기도해 주세요.
② 항암제가 암세포를 모두 박멸하고 좋은 세포들이 되살아나도록 기도해 주세요.
③ 3차 항암치료로 인해 백혈구 수치가 감소하지 않고, 안정적으로 유지되기를 기도해 주세요.
④ 감염으로부터 잘 지켜주시고, 항암주사로 인해 간 기능, 신장 기능 등이 나빠지지 않도록 기도해 주세요.

⑤ 딸들의 건강도 주님께서 돌봐주시도록 기도해 주세요.

⑥ 남편이 위원장으로 있는 의료 선교 위원회와 제가 봉사하는 루체포레 카페가 주님의 도우심으로 잘 이끌어지기를 기도해 주세요.

〈10〉 부인이 2019년 3월 7일(목)에 올린 글 (3차 항암치료 위해 입원)

모든 분의 기도와 힘으로 어제 남편이 4가지 항암주사를 6시간으로 단축해서 맞았어요. 기도해 주셔서 주사 맞는 동안 부작용이 안 일어나서 얼마나 감사한지요. 새벽에 항암주사 후 혈액검사 결과도 정상이에요. 아침 회진 때 컨디션이 좋으니, 내일 퇴원하라고 하셨어요.

〈11〉 부인이 2019년 3월 27일(수)에 올린 글 (4차 항암치료 위해 입원)

샬롬. 어느덧 다시 3주일의 시간이 지나서 4차 항암치료 위해 어제 입원했어요. 병원으로 오는 길목에 개나리와 목련꽃을 보았습니다. 2019년 새해 초부터 병마와 싸우면서 겨울을 보냈는데 어느덧 봄이 무릎 위에 와 있었어요. 3차 항암치료 후 퇴원했을 땐 1, 2차 항암치료완 달리 남편의 식성과 식욕이 달라졌어요. 식성은 달고 짠 것으로 바뀌었고, 식사량은 줄어들었고, 갑자기 체중도 줄었어요. 아마 항암제가 축적되어서 변화가 온 것 같네요. 그래서 메뉴를 다마리 간장 치킨, 맛 탕, 유부초밥으로 바꾸니 다시 식사를 하네요. 귀가 후 가발을 찾으러 가서 남편이 쓰더니 참 좋아했어요. 1월에 발병 이후 2달 넘도록 백혈구 감소로 방 안에서만 생활하니 지루함도 느껴지고 무력감도 생겼어요. 그러나 그럴 때마다 5개 채널의 기독교 방송을 통해 여러 목사님의 말씀도 듣고 특히 주일날은 CTS 방송을 통해 김정석 담임 목사님의 3부 예배를 생방송으로 드리면서 하나님의 말씀만이 우리의 위로가 됨을 느낍니다. "우리의 인생이 쉬웠던 적이 있었던가. 인내란 어려운 환경 가운데 그저 지나가기만을 기다리는 것이 아니라. 환난과 핍박 가운데 어떤 믿음의 자세를 지키고 살아내느냐를 말하는 것이다. 수고하고 인내하는 믿음을 주님이 아시며 내가 너와 함께 있으리라. 내가 너를 붙들고 있으리라."는 말씀이 우리 가족에게 큰 위로가 되었어요. 특별히 제가 주일날 예배드리고 나올 때마다 담임목사님을 뵈면 항상 엄지손가락을 치켜세우시면서 "문 장로님께 힘내시라고 전해주세요. 지금 많은 분이 문 장로님을 위해서 얼마나 기도하고 있는지 모릅니다."라고 하시고 제가 귀가해서 주일날 만나는 장로님들과 권사님들의 격려를 남편에게 전하면 남편의 얼굴이 환해지며 기뻐해요. 특별히 이번 입원 동안은 지금까지 3번의 항암치료에 대해 중간평가를 하게 된다고 하네요. 그래서 지금 이 글을 쓰는 이 시간에 남편은 2차 PET-CT를 촬영하고 있어요. 오늘도 중보기도 부탁드려요.

① 3차 항암치료를 마친 가운데 중간평가 검사를 통해 암세포가 모두 사라진 것이 확인되기를 기도해 주세요.

② 4차 항암치료도 부작용 없이 편안한 마음으로 잘 견뎌내도록 기도해 주세요.

③ 4차 항암치료 후 백혈구 수치가 안정적으로 유지되도록 기도해 주세요.

④ 이 모든 투병과정을 마음과 육신이 모두 잘 이겨내고 다시 이전보다 더욱 건강한 몸으로 회복되어서 살아계신 주님을 증거하며 살아가는 문 장로가 되게 하여 주시옵소서.

⑤ 지금까지 사업장을 지켜주신 주님께서 잘 운영되도록 해주시길 기도해 주세요.

⑥ 제가 감기나 질병에 걸리지 않게 하셔서 남편 간병을 잘할 수 있도록 기도해 주세요.

⟨12⟩ 부인이 2019년 3월 28일(목)에 올린 글 (4차 항암치료 위해 입원)

할렐루야. 어제도 담임목사님, 장로님들, 권사님들의 강력한 중보기도의 힘으로 남편이 4가지 항암주사를 안정적인 상태에서 무사히 부작용 없이 잘 맞았어요. 중간에 부작용이 발생하면 부작용 없애는 치료제를 중간마다 투입하면서 맞아야 할 땐 8시간 이상 소요됐는데, 별다른 부작용을 보이지 않아서 곧이어 맞다 보니 6시간 만에 다 맞았어요. 무엇보다 감사하고 기쁘게 전할 소식은 어제 2차 CT 검사와 PTE-CT 검사로 3차 항암제 평가를 시행하였는데, 결과에서 전신의 암 덩어리가 사라졌다고 하네요. 그렇지만 6차 항암까지 진행한다고 하니 이제는 정말 감사한 마음으로 나머지 투병생활을 이겨내도록 기도해 주세요.

⟨13⟩ 부인이 2019년 4월 17일(수)에 올린 글 (5차 항암치료 위해 입원)

샬롬. 완연한 봄 날씨의 화창함을 뒤로하고 어제 5차 항암치료를 위해 다시 입원했어요. 3차 항암치료 후 감사하게도 2차 CT와 PET-CT에선 암이 사라졌으니 이제 남은 골수검사에서도 사라지면 완전관해가 되네요. 항암치료 후반기에 접어들었으나 후반기로 갈수록 남편의 체력과 입맛이 더욱 저하되네요. 30년 동안 음식 투정 없이 조용히 식사하던 남편이었는데 얼마 전부터는 "된장국이 싫다. 청국장이 싫다."라는 표현도 하고 평소엔 안 먹던 라면을 달라는 횟수가 늘었어요. 4차 항암치료 후 외래 진료에서 혈액검사결과 백혈구 수치가 610으로 떨어지고 호중구 수치는 100으로 급격히 감소하였어요. 4차 항암치료 마치고 퇴원 전 뉴라스타 백혈구 촉진제를 맞았는데도 불구하고 호중구가 zero에 가깝게 떨어졌어요. 그래서 다시 그라신 백혈구 촉진제를 계속 맞고 혈액검사를 계속하면서 지난 한 주를 보냈어요. 그리고 어제 입원해서 다시 혈액검사를 해보니 백혈구 4,360, 호중구 3,170으로 오늘 5차 항암치료를 받기에 최적의 수치가 되었어요. 저희 남편을 위해서 끊임없이 기도해 주시는 감독님 내외분, 담임목사님 내외분, 장로님들 그리고 권사님들의 기도 힘으로 이렇게 항암치료 횟수가 지연되지 않고 순조롭게 이어지게 됨을 너무나 감사드려요. 남편과 똑같은 림프종 4기로 3년 전 항암치료받고 지금은 건강하게 회복된 친정 언니의 절친한 분께서 경험자로서 저에게 조언을 해주시는데 문 장로의 항암치료 과정은 참으로 순탄한 과정을 거치고 있는 거라고 하네요. 본인은 너무 힘들어서 응급실에 실려 가기도 하고 수치가 회복이 안 되어 수혈을 여러 번 받아가면서 한 치수의 항암제 용량을 몇 회에 나누어 주사 맞았다고 하네요. 남편은 지금까지 3주마다 꼬박 미뤄지지 않고 항암치료를 받을 수 있었으니 빨리 치료가 될 수 있다고 위로의 말을 해주었어요. 생각해보면 작년 12월 31일 송구영신 예배를 드리고 2019년 새해를 맞으면서 남편에게 저희 가정에 이런 일이 생길 줄은 꿈에도 몰랐던 일이죠. 요즘은 설교 말씀을 들으면서 이런 깨달음이 오네요. 파도가 너무 세고, 넘칠 때는 왜 이 파도가 일어났지? 어떻게 이 파도를 넘어가지? 이 파도에 휩쓸려서 어디로 떠내려가는 걸까? 라는 생각을 할 것이 아니라 어떠한 상황 속에서도 우리를 붙들어 주시는 하나님께 나를 그대로 맡기고 파도가 넘실거리면 넘실거리는 대로 파도 타기 하듯 나에게 주어진 앞만 바라보면서 가다 보면 어느 순간에 나도 모르게 파도를 넘어 가리라는 믿음을 붙들어보려 합니다. 그래서 "믿는 이에게는 자신에게 일어나는 사건을 새롭게 해석해서 받아들이면서 진정한 치유는 신앙 안에서만 가능하고 우리 인생의 Blind spot는 하나님의 말씀을 붙잡을 때 비로소 알 수 있다."는 목사님 말씀에 큰 은혜를 받았어요. 이 고난 주간에 저희 부부는 예수님을 마음에 모시고 구원의 감격 속에 최후 승리를 경험하며 살아가리라는 것도 다짐해 봅니다. 문자를 쓰는 와중에 간호사들이 들어와서 항암치료 전 구토 억제 주사부터 꽂기 시작했어요. 첫 항암제인 리툭시맙을 조금 전에 맞았어요. 이 주사는 표적항암제라고 하는데 암세포가 가진 특수 단백질에만 작용하므로 정상 세포를 공격하지 않아 부작용이 별로 없다고 하네요. 이 주사를 두 시간 맞고 나면 이어서 앤독산 주사를 맞는데 암세포의 합성을 저해하는 항암작용을 한다고 하네요. 세 번째 주사는 아드리아마이신이라는 빨간색 주사로서 부작용은 탈모와 구내염을 일으키는데 남편은 완전 탈모가 된 상태이지만 구내염은 약하게 생겼어요. 마지막으로 빈크리신 주사를 맞게 되는데, 암세포의 세포분열을 억제하는 항암효과를 나타낸다고 하네요. 부작용으로 근육감소가 생기는데 남편은 2019년 1월 항암치료 전보다 현재 체중이 8㎏이 빠진 상태에요. 3차 항암치료 때보다 4차 항암치료 후 살이 확연히 빠졌어요. 3차 항암치료 이후 모든 사라진 암 덩어리로 인해 기뻤지만, 후반기 항암치료로 인해서는 체력이 저하되고 체중감소가 걱정되네요. 6차 항암지료 후 큰딸 결혼식 때 모습이 어떻게 변할지 걱정되니 모두 기도해 주세요. 오늘도 중보기도 부탁드려요.

① 남은 6차 항암치료까지 체력적으로 잘 견디고 체중감소로 인해 힘들어하지 않기를 기도해 주세요.

② 오늘 맞은 5차 R-CHOP 4가지 항암주사를 편안한 마음으로 맞고 항암제의 부작용은 비켜 가게 하시고, 좋은 치료 효과만 나타내서 남아 있는 암세포가 모두 사라지게 하여 주시옵소서.

③ 5차 항암치료 후에도 감염관리가 잘 되고 백혈구 수치가 떨어지지 않고 안정되기를 기도해 주세요. 항암치료 끝날 때까지 최상의 컨디션을 유지할 수 있게 도와주세요.

④ 5월 25일까지 한 달 남은 큰딸의 결혼준비가 차질 없이 되길 기원하며 결혼식 날 화창한 날씨와 더불어 남편이 빨리 회복되어 최상의 체력을 유지하게 기도해 주세요.

⑤ 남편 직장이 계속 안정된 상태로 운영되길 기도합니다. 그래서 큰 병을 이겨낸 원장으로서 아픈 이들을 위로하고 복음을 전하는 도구가 되는 병원이 되기를 기도해 주세요. 병원 직원들에게 지치지 않는 체력을 주시도록 기도해 주세요.

⑥ 최근 자주 몸살을 앓는 저에게 힘을 주시고 남편을 더욱 잘 보필하

며 딸의 결혼준비로 실수함이 없도록 능력 주시며 맡겨주신 루레포레 카페봉사도 주님 은혜 안에 잘 이끌어가도록 기도해 주세요.

〈14〉 부인이 2019년 5월 8일(수)에 올린 글 (6차 항암치료 위해 입원)

어제 마지막 6차 항암치료를 위해 다시 입원했어요. 지금 오후 2시 15분에 항암제 투여가 시작되었어요. 항암 회차가 거듭되면서 5차 항암치료 후에는 목소리가 안 나와서 처음 수술했던 이비인후과 외래에서 후두 내시경 검사를 해보니 왼쪽 성대마비가 왔다고 하네요. 그리고 누적된 항암제의 영향으로 손가락, 발가락 피부가 검은색으로 변하는 것을 보니 항암제가 얼마나 독한지 실감할 수 있었어요. 암 자체가 주는 통증은 별로 없는데 암이라는 어휘가 주는 중압감과 더불어 독한 항암주사가 암세포뿐만 아니라 정상세포까지 공격해서 전신이 휘청거리는 부작용이 합쳐져서 힘들어하네요. 그래서 암과의 싸움은 정신력의 싸움이고 믿음이 없다면 이겨낼 수 없는 믿음의 싸움이라는 것을 느껴요. 얼마나 긍정적인 마음을 잘 유지하느냐가 문제인데 남편이 잘 이겨내려고 노력하는 모습으로 앉아있지만, 가끔 멍하니 창밖을 내다보는 모습에선 힘들어하는 것을 알 수가 있어요. 어떨 때 남편 얼굴에 난 '억울해' 라고 쓰여 있는 것 같아서 제가 "자기 지금 억울하지?"라고 물어보면 "그걸 어떻게 알았어?"라는 거예요. 그래서 "33년을 같이 살다 보니 눈빛만 봐도 알 수 있는 그런 게 있다"고 하니 남편은 씩 웃고 말더라고요. 어제는 제가 결혼 전 영락교회 다닐 때 고등학교 때부터 성가대 친구였고, 지금은 시애틀 타코마 중앙장로교회 담임목사의 사모가 된 친구가 남편인 이형석 목사님과 병문안 오셨어요. 아이들 어릴 때부터 계속 교류해 와서 저희 가정 사정을 누구보다도 잘 아시는 이 목사님이시라서 큰딸 결혼을 축복해주시고 저희 내외에게 많은 위로와 권면의 말씀을 해주셨어요.

"시편 46편 말씀: 하나님은 우리의 피난처시오. 힘이시니 환난 중에 만날 큰 도움이시라. 그러므로 땅이 변하든지 산이 바다 가운데 빠지든지 산이 흔들릴지라도 우리는 두려워하지 아니하리로다. 하나님이 그 성 중에 계시매 성이 흔들리지 아니할 것이라. 새벽에 하나님이 도우시리로다. 만군의 여호와께서 우리와 함께하시니 야곱의 하나님은 우리의 피난처시로다."

"시편 51편 말씀: 하나님이여. 주의 인자를 따라 내게 은혜를 베푸시며 주의 긍휼을 따라 내 죄악을 말갛게 씻으시며 나의 죄를 깨끗이 제하소서. 하나님이여 내 속에 정한 마음을 창조하시고 내 안에 정직한 영을 새롭게 하소서. 나를 주 앞에서 쫓아내지 마시며 주의 성령을 내게서 거두지 마소서. 주의 구원의 즐거움을 내게 회복시켜 주시고 자원하는 심령을 주사. 나를 붙드소서. 하나님이여 상하고 통회하는 마음을 주께서 멸하지 아니하시리이다."

"시편 73편 말씀: 하나님이 참으로 이스라엘 중 마음이 정결한 자에게 선을 행하시니 나는 넘어질 뻔하였고 미끄러질 뻔하였으니 내가 항상 주와 함께하니 주께서 내 오른손을 붙드셨나이다. 주의 교훈으로 나를 인도하시고 영광으로 나를 영접하시리니 주 외에 누가 내게 있으리요. 주 밖에 내가 사모할 이 없나이다. 내 육체와 마음은 쇠약하나 하나님은 내 마음의 반석이시오. 영원한 분깃이시라."

"시편 91편 말씀: 지존자의 은밀한 곳에 지주하며 전능자의 그늘 아래에 사는 자녀 그분은 나의 피난처요. 나의 요새요. 내가 의뢰하는 하나님이라 하리니. 그가 너를 올무와 전염병에서 건지실 것임이로다. 그가 너를 그의 깃으로 덮으리시니. 네가 그의 날개 아래에 피하리로다. 그의 진실함은 방패와 손방패가 되시나니. 너는 공포와 화살과 전염병과 재앙을 두려워하지 아니하리로다. 이 재앙이 네게 가까이하지 못 하리로다. 오직 너는 똑똑히 보리니 악인들의 보응을 네가 보리로다. 여호와는 나의 피난처시라하고 지존자를 너희 거처로 삼았으므로 화가 네게 미치지 못하며 재앙이 네 장막에 가까이 오지 못하리니 그가 너를 위하여 그의 천사들을 명령하사 네 모든 길에서 너를 지키게 하심이라. 하나님이 이르시되. 그가 나를 사랑한 즉 내가 그를 건지리라. 그가 내 이름을 안 즉 내가 그를 높이리라. 그들이 환난 당할 때에 내가 그와 함께하여 그를 건지고 영화롭게 하리라. 내가 그를 장수하게 함으로 그를 만족하게 하며 나의 구원을 그에게 보이리라 하시도다."

어제 남편이 저녁 식사를 거의 못 했는데, 이렇게 영혼의 양식을 충만하게 먹고 나니 영적인 배부름에 의해서 육체의 배고픔은 느껴지지 않고 얼굴이 편안해지더군요. 남편을 위해 제가 기도했어요. "속이 많이 상하겠지요. 하고 있던 많은 일과 계획했던 많은 일과 여러 직책으로 인한 할 일들이 산적한데 이렇게 갑자기 멈춰버린 인생 앞에서 남편이 느끼고 있을 어려운 마음을 헤아려 보려고 합니다. 그러나 아무리 가까운 일심동체의 배우자라고 할지라도 삼시 세끼 식사는 제가 정성껏 해결해 줄 수 있지만, 이 부분만은 남편이 주님 앞에 혼자 독대해야만 해결이 되겠지요. 이 영적인 전쟁에서 강하게 이겨내서 암을 거뜬히 물리치고 강건한 모습으로 거듭나게 되기를 기도합니다."

오늘도 중보기도를 부탁드려요.

① 오늘 항암제를 맞은 후 백혈구 증강제를 몇 차례 맞고 퇴원하면 2주 후에 큰딸의 결혼식이 있어요. 아빠가 빨리 회복되어 좋은 모습으로 딸의 손을 잡고 결혼식장에 걸어 들어갈 수 있도록 기도해 주세요.

② 어느 때보다 밝고 기쁜 모습으로 하객들을 맞이할 수 있는 체력이 되도록 기도해 주세요.

③ 주님께서 남편의 마음을 강력하게 잡아주셔서 6번째 항암제까지 부작용 없이 투여되게 기도해 주세요. 특히 빈크라스틴 항암제의 부작용인 근육감소가 심하니 더 심한 부작용이 안 생기도록 기도해 주세요.

④ 남편 체중이 벌써 10kg 이상 빠져있어요. 체력을 잘 유지하며 입맛을 찾아서 잘 회복되길 기도해 주세요.

사돈댁에서 혼인을 진행하시면서 일체의 예단, 함, 폐백을 생략하고 아들딸이 각기 어려운 공부 하느라고 고생했는데 무엇이라도 하나 더 아이들을 위해서 해주자고 하셨어요. 그러다가 갑자기 신랑이 함을 들고 오는 모습을 보여주면 항암치료받는 아빠가 힘을 얻을 거라고 하시면서 함을 보겠다고 하셔서 6차 항암치료 전날에 신부 집으로 신랑 혼자서 함을 예쁘게 들고 왔네요. 사돈의 정성스러운 함을 받고 이제 다섯 식구가 된 가족이 한 상에 둘러앉아 식사를 하면서 사위를 통해서 남편이 참으로 기쁨을 느끼고 위안을 얻는 모습이 감사함으로 충만함을 받는 날이었어요. 지금은 입원 2일째로 첫 번째 항암제를 맞고 있어요. 모든 분이 지속해서 기도해 주셔서 이렇게 6차 항암치료까지의 스케줄이 잘 진행되게 하심을 감사드려요.

〈15〉 부인이 2019년 6월 15일(토)에 올린 글 (7차 항암치료 위해 6일째 입원 중)

샬롬. 오랜만에 안부 인사 전해요. 5월 25일 저희 큰딸 결혼식에 참석해서 축하해주셔서 다시 한 번 감사의 인사를 드려요. 결혼 날짜를 지난해 10월에 잡아놓았는데 2019.1.21. 남편의 갑작스러운 암 진단 이후 7차례의 항암제 치료를 위한 입원을 반복하기를 결혼식 2주 전까지 해 오느라 정말 경황없이 준비한 결혼식이었어요. 결혼식을 마치고 뒤돌아보니 저희 가정을 위해 기도해 주신 장로님들, 권사님들의 기도 힘과 주님의 크신 은혜 가운데 풍성한 예식을 치렀음을 느껴요. 지금 남편은 마무리 공고 항암요법을 위해서 6월 10일에 입원해있어요. 지난 6차에 걸친 R-CHOP 전신 항암치료와 2차에 걸친 MTX-AraC 척수 항암치료를 했는데, 검사결과에 상관없이 척수 전이 예방을 위해 MTX-AraC 전신 항암치료를 위해 입원했어요. 6월 7차 항암치료에는 20일간을 입원하고 7월 8차 항암치료에도 다시

20일간 입원을 해야 한다고 하네요. 6차례의 R-CHOP 전신 항암치료 땐 5일씩 입원했는데 2차례(7차, 8차)의 MTX-AraC 복합 항암제는 부작용이 너무 심하다고 해요. 구토, 안구결막염, 호중구 제로, 신장 독성 등의 독성 때문에 20일씩이나 입원해서 매일매일 혈액 검사하면서 MTX의 독성수치를 체크해야 되고, MTX 항암제 500㎖를 24시간에 걸쳐서 천천히 주사 맞고 AraC 항암제를 3시간씩 4번에 걸쳐 나눠서 주사 맞는 것을 4일간에 걸쳐서 맞았어요. 지금 맞는 MTX-AraC 마무리 항암 요법은 공고요법(Consolidation Therapy)으로 지금까지 받은 항암치료를 더욱 확고하게 다져주는 재발방지요법이라고 해요. 너무나 감사하게도 5월 31일의 3차 CT 검사, PET-CT 검사결과가 흔적만 남긴 채 모두 깨끗이 사라졌다고 하네요. 그동안 가장 걱정했던 2차 골수검사에서도 전이 상태가 완전히 사라졌다고 합니다. 골수로 전이된 상태에선 곧장 척수로 전이되어 척수 신경을 타고 뇌로 전이되는데, 골수 전이가 사라졌다니 너무 기뻐요. 그러나 검사결과는 너무 좋은데 지금의 컨디션은 제일 나쁘니 아이러니하네요. 6차 항암치료 때까진 식사 도중에 속이 울렁거리기만 했는데 7차 항암치료 중에 계속 구토해서 식사를 전혀 못 하고 있어요. 그래도 감사하게 생각해야 하는 것은 항암제에 효과가 없어 암 덩어리가 그대로 남아있으면서 구토하고 있다면 얼마나 참담하고 더 힘들었을까 싶어요. 정하원 장로님이 알려준 '뉴케어'를 식사 대체식으로 먹을 수 있고, 소량의 과일과 마카롱을 식사 대신으로 먹을 수 있는 점은 참 감사하네요. 큰딸 결혼식에 머리카락과 눈썹이 모두 빠져있어 화장 연필로 눈썹을 그리고 가발을 사용했는데 지금은 갑자기 눈썹이 막 자라기 시작하고 있어요. 오늘은 아침부터 유난히도 햇살이 쨍한 토요일이네요. 병실 창밖으로 내다보이는 눈부신 햇빛 때문에 블라인드를 내렸어요. 그러자 10분도 안 지나서 갑자기 굵은 빗방울이 유리창을 때리고 하늘엔 짙은 회색의 먹구름이 몰려오면서 조금 전의 화창함은 온데간데없어지고 말았어요. 다시 블라인드를 슬금슬금 올렸어요. 그러자 회색빛 먹구름 사이사이로 가는 빛이 아래로 쏟아지는 장관을 보이다가 곧이어 햇

빛이 병실 유리창으로 쏟아져 들어오네요. 자연의 환상이 5분 후도 예상치 못하게 바뀌는 것을 보면서 우리가 어찌 기도 없이 하루하루를 살 수 있을까 싶네요.

저는 병실에서 간호하고 자면서 새벽에 호렙산 기도를 다니고 있어요. 작년의 새벽기도 때를 생각해보니 제가 작년에 산부인과에서 큰 수술을 받고 집에서 혼자 인터넷으로 라이브로 호렙산 새벽기도를 드린 것이 생각났어요. 그 당시는 내년 이맘때 남편이 암 투병을 할 거라곤 상상도 못 했으니 우리는 하루 한 치 앞날도 알 수 없이 인생의 여정을 살아가고 있다는 것을 절실히 느껴요. 남편은 아직도 불같이 뜨거운 터널을 통과하는 중이에요. 지금까지 저희 부부가 이 터널을 잘 빠져나올 수 있도록 손잡아주시고 기도해 주신 장로님들 권사님들의 기도를 더욱 기억하고 함께 의지하며 먹구름 뒤에 햇살이 감추어져 있는 것처럼 저 터널 끝의 보이지 않는 밝은 빛을 향해 오늘도 힘을 내보려고 해요. 이번 주 호렙산 새벽기도회에서 목사님 말씀이 지금까지도 가슴에 와 닿아요.

"빌립보서 4장 6~7절 말씀: 아무것도 염려하지 말고 다만 모든 일에 기도와 간구로 너희 구할 것을 감사함으로 하나님께 아뢰라. 그리하면 모든 지각에 뛰어나는, 하나님의 평강이 그리스도 예수 안에서 너희 마음과 생각을 지키시리라."

"고린도후서 12장 9절 말씀: 나에게 이르시기를 내 은혜가 네게 족하도다. 이는 내 능력이 약한 데서 온전하여 짐이라 하신지라. 그러므로 도리어 크게 기뻐함으로 나의 여러 약한 것들에 대하여 자랑하리니. 이는 그리스도의 능력이 내게 머물게 함이라."

어려움이 있을 때마다 엎드려 「예수의 기도」를 드리는 거룩한 습관의 소유자가 되어 우리의 삶을 넉넉히 이겨나가고, 사자 굴에 던져져도 하나님의 주권을 믿고 기도한 「다니엘의 기도」를 드리려고 합니다. 절망과 좌절과 낙심의 시기인 물고기 뱃속에서도 내게 베푸신 은혜를 기억하며 기도한「요나의 기도」를 배워서 고난을 통한 내 안의 회복 역사를 이루고, 내 인생이 하나님의 손에 있음을 고백하며 내 모든 삶이 기도 앞에 놓여 있음을 알고 기도하여 삶의 역경을 바꾼「한나의 기도」처럼 지속해서 기도하려고 합니다. 시기마다 나를 도우셨던 하나님의 손길을 증거하며, 일거수일투족 기도하며 살았던「다윗의 기도」처럼 기도하며, 내 약함과 부족함을 하나님께 고백하고 내게 올바른 분별력과 판단력을 주시기를 기도하며 나로 하여금 하나님의 거룩한 영향력을 넓히게 해달라고 기도했던「야베스의 기도」를 드리려고 합니다. 우리는 하루하루도 앞을 알지 못하는 인생의 여정을 살아가지만, 마음이 든든할 수 있는 것은 그야말로 하나님께 계속된 기도를 통해서임을 다시 한 번 배웁니다.

〈16〉 부인이 2019년 6월 27일(목)에 올린 글 (7차 항암치료 위해 8일째 입원 중)

샬롬. 드디어 18박 19일의 긴 입원 여정을 마치고 내일 퇴원하게 되었어요. 이번 항암제의 강한 독성에 의해서 호중구가 zero이라는 숫자를 눈으로 접하고 나니 너무나 긴장되었어요. 호중구 수치가 계속 오르지 않고 zero를 연속으로 기록하니 세균감염이 될까 싶어서 얼마나 조심을 해야 했는지요. 병실 문 앞엔「면역저하 환자로 면회금지」팻말이 붙여지고 사람 많은 곳에 보호자가 가면 안 된다고 해서 저는 교회 새벽기도도 못 가고 인터넷으로 새벽예배를 드리고 있어요. 호중구가 바닥을 치고 있을 동안 다가오는 견디기 힘든 무력감과 더불어 계속되는 적혈구 수혈과 혈소판 수혈로 인한 부작용과 독한 항암제로 인한 부작용을 예방하기 위한 수십 번의 주사가 주입되는 이 모든 것이 남편을 위해 기도해 주시는 장로님들 권사님들의 중보기도의 힘이 없었으면 정말 이 시간을 어떻게 버텨냈을까 싶어요. 특히 이번 호렙산 새벽기도 중에 담임 목사님께서 "나의 고난에 초점을 맞추지 말고, 그 뒤에 계시는 하나님께 초점을 맞추고 기도하다 보면 모든 문제는 지나가고 해결될 것"이라는 말씀이 얼마나 위로가 되고 저희를 붙잡아 주시는지요. 음식이 간이 안 되어 있어 맛없는 병원 식사를 거부하고 식욕도 떨어진 남편을 위해 집을 오가며 음식을 해 와서 병실에서 하루 세끼를 꼬박 챙기면서 저도 병실 3주째가 되니 그로기 상태가 되었네요. 내일 퇴원하라고 하니 얼른 짐 싸서 돌아가고 싶은 마음이에요. 귀가해서 체력 보강해서 회복되어 7월 8차 항암치료에 다시 20일 동안 공고 항암요법을 해야 하니 계속 기도 부탁드려요.

〈17〉 부인이 2019년 7월 24일(수)에 올린 글 (8차 항암치료 위해 입원 중)

샬롬. 2번째 공고요법을 위해 7월 22일에 입원했어요. 그동안 1차 항암치료 시작부터 지금까지 동행해주신 기도의 힘으로 저희가 이렇게 잘 견뎌 낼 수 있었던 것이 얼마나 감사한지요. 8차 항암제는 마지막 항암치료로서 끝까지 잘 견디고 좋은 효과로 마무리 치료 되도록 기도해 주세요. 40일간의 호렙산 새벽기도회 마지막 날의 말씀을 저희는 붙잡고 나아가려 합니다. "모든 것을 합하여 선을 이루시는 하나님을 믿어야 한다. 하나님의 계획이 있음을 믿어야 한다. 기다림은 낭비가 아니다. 기다림은 하나님의 시간이다. 하나님의 능력과 기적의 역사를 기대하며 기다려야 한다."

제 오른쪽 손목이 너무 아파서 어제 이곳 서울 성모병원 정형외과 전양국 교수님 외래 진료 시 MRI를 찍어보니 인대가 늘어나고 협착성 건초염으로 관절 내 주사를 맞은 후 스프린트로 고정하는 바람에 오른손을 사용할 수가 없게 되어 왼손가락으로 문자를 보내는데 서툴러서 짧게 올려요. 남편을 돌봐야 하는데 오른손이 망가져서 속상하네요. 저의 오른손 회복 위한 기도를 같이 부탁드려요.

〈18〉 부인이 2019년 11월 2일(토)에 올린 글 (8차 항암치료와 1달 방사선 치료를 모두 마친 상태)

샬롬. 장로님들, 권사님들께 오랜만에 소식을 전하게 되었어요. 어느덧 계절이 바뀌어서 늦가을이네요. 남편이 1월에 수술받고 1월에 항암치료 시작해서 8월에 끝냈어요. 혈액 수치가 정상화 될 때까지 9월 한 달은 계속 백혈구 증가제 주사를 맞은 후 10월 한 달간 방사선치료를 받았어요. 1월에 시작한 치료가 10월에 끝을 내니 그 안에 겨울, 봄, 여름, 가을이 다 들어있었네요. 바뀌는 계절을 느낄 여력도 없이 다음번 병원 가야 하는 날짜만 적어놓고 열심히 다니던 한 해였어요. 이래서 암이 두렵고 무서운 병인가 봐요. 저희 부부에게 전신 갑주를 입혀주셔서 이 모든 것을 이겨내게 하시는 하나님과 뒤에서 지원해주시는 강건한 기도 부대가 계셔서 물과 불을 통과하는 터널을 지나오면서도 물에 잠기지도 않으면서 불에 살라지지도 않으며 그저 감사하면서 여기까지 올 수 있었던 것 같아요. 때마다 이곳에 저희의 상황과 기도 제목을 올려놓으면 쉬지 않고 기도해 주셨던 장로님들, 권사님들께 말로 다 할 수 없는 감사를 드려요. 길고 길었던 8차에 걸친 항암치료와 1달간 방사선치료를 마치고 이제 완전관해 판정을 받았어요. 앞으로 건강에 유의하면서 정기적으로 전신 CT와 PET-CT 검사를 해 나가면서 5년 후 재발이 없으면 완치판정을 받을 수 있다고 하네요. 남편이 좋은 결과를 받기까지, 저를 만날 때마다 항상 위로와 용기의 말씀을 주시면서 손잡아주신 장로님들과 권사님들께 말로 다 할 수 없는 큰 기도의 빚을 졌음을 느껴요. 남편이 눈썹이 다시 다 자랐고, 머리카락도 요즘 조국사태로 삭발한 사람들 수준으로 자랐고, 몸무게는 18킬로 빠진 상태에서 아직 회복은 안 되었지만 컨디션은 어느 정도 회복이 되어서 내일 처음으로 교회 출석해서 장로 티타임에 나가고 9시 2부 예배에 참석하려고 해요. 기도 이외에 다른 것으로는 나갈 수 없느니라 하시니라 하신 예수님의 말씀을 간증하는 마음을 지닐 거예요. 다시 한 번 감사의 말씀을 드려요.

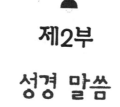

제2부

성경 말씀

저자가 치료 동안 가슴에 새긴 성경 구절 11곳

구약	신명기 31장 6절
	시편 91편 전체
	시편 121편 7절
	잠언 30장 5절
	이사야 41장 10절
신약	마태 7장 7~8절 (누가 11:9-13)
	마가 11장 24절 (마태 21:20-22)
	요한 14장 13절
	로마서 5장 3~4절
	신명기 28장 61절, 갈라디아 3장 13절
	요한 3서 1장 2절

특히 시편 91편은 광림교회 김정석 담임목사님 내외분께서 병원에 문병 오셔서 말씀해주셨던 성경 구절로써 제가 제일 많이 묵상하고 있습니다.

① 신명기 31:6

너희는 강하고 담대하라 두려워하지 말라 그들 앞에서 떨지 말라 이는 네 하나님 여호와 그가 너와 함께 가시며 결코 너를 떠나지 아니하시며 버리지 아니하실 것이니라

② 시편 91:4

여호와가 너를 그의 것으로 덮으시리니 네가 그의 날개 아래에 피하리로

다 그의 진실함은 방패와 손방패가 되시나니

② 시편 91:5-6

너는 밤에 찾아오는 공포와 낮에 날아드는 화살과 어두울 때 퍼지는 전염병과 밝을 때 닥쳐오는 재앙을 두려워하지 아니하리로다

② 시편 91:9-11

네가 말하기를 여호와는 나의 피난처시라 하고 지존자를 너의 거처로 삼았으므로 화가 네게 미치지 못하며 재앙이 네 장막에 가까이 오지 못하리니 그가 너를 위하여 그의 천사들을 명령하사 네 모든 길에서 너를 지키게 하심이라 그들이 그들의 손으로 너를 붙들어 발이 돌에 부딪히지 아니하게 하리로다

② 시편 91:14-15

하나님이 이르시되 그가 나를 사랑한즉 내가 그를 건지리라 그가 내 이름을 안즉 내가 그를 높이리라 그가 내게 간구하리니 내가 그에게 응답하리라 그들이 환난 당할 때에 내가 그와 함께하여 그를 건지고 영화롭게 하리라

② 시편 91:16

하나님이 이르시되 내가 그를 장수하게 함으로 그를 만족하게 하며 나의 구원을 그에게 보이리라 하시도다

③ 시편 121:7

여호와께서 너를 지켜 모든 환난을 면하게 하시며 또 네 영혼을 지키시리로다

④ 잠언 30:5

하나님의 말씀은 다 순전하며 하나님은 그를 의지하는 자의 방패시니라

⑤ 이사야 41:10

두려워하지 말라 내가 너와 함께 함이라 놀라지 말라 나는 네 하나님이 됨이라 내가 너를 굳세게 하리라 참으로 너를 도와주리라 참으로 나의 의로운 오른손으로 너를 붙들리라

⑥ 마태 7:7-8

구하라 그리하면 너희에게 주실 것이요 찾으라 그리하면 찾아낼 것이요 문을 두드리라 그리하면 너희에게 열릴 것이니 구하는 이마다 받을 것이요 찾는 이는 찾아낼 것이요 두드리는 이에게는 열릴 것이니라

⑦ 마가 11:24 (마태 21:20-22)

내가 너희에게 말하노니 무엇이든지 기도하고 구하는 것은 받은 줄로 믿으라 그리하면 너희에게 그대로 되리라

⑧ 요한 14:13

너희가 내 이름으로 무엇을 구하든지 내가 행하리니 이는 아버지로 하여금 아들로 말미암아 영광을 받으시게 하려 함이라

⑨ 로마서 5:3-4

우리가 환난 중에도 즐거워하나니 이는 환난은 인내를, 인내는 연단을, 연단은 소망을 이루는 줄 앎이로다

⑩ 신명기 28:61 & 갈라디아 3:13

신명기 : 나의 질병은 율법의 저주다

갈라디아 : 그러나 그리스도께서 우리를 위하여 율법의 저주에서 우리를 속량하셨다

⑪ **요한 3서 1:2**

사랑하는 자여 네 영혼이 잘됨같이 네가 범사에 잘되고 강건하기를 내가 간구하노라

02

4 복음서의 예수님 치유 사역들 31곳

	마 태	마 가	누 가	요 한
가버나움에서 안식일에 귀신들린 사람을 치유		1:21-28	4:31-37	
베드로의 장모를 치유	8:14-15	1:29-31	4:38-39	
해질 무렵에 병자들을 치유	8:16-17	1:32-34	4:40-41	
나병환자 치유	8:1-4	1:40-45	5:12-16	
중풍환자 치유	9:1-8	2:1-12	5:17-26	
맹인 환자 두 명 치유	9:27-31			
귀신들린 벙어리 환자 치유	9:32-33			
회당에서 모든 병과 모든 약한 환자 치유	9:35-36			
손 마른 환자 치유	12:9-14	3:1-6	6:6-11	
갈릴리에서 많은 병자와 귀신들린 이들을 치유	12:15-18	3:7-12	6:17-19	
가다라 광인 치유	8:28-34	5:11-20	8:26-39	
회당장 야이로의 12살 된 외동딸을 살리심	9:18-19 9:23-26	5:21-24 5:35-43	8:40-42 8:49-56	
12년 된 혈루병 여인 치유	9:20-22	5:25-34	8:43-48	
게네사렛 병자 치유	14:34-36	6:53-56		
수로보니게 여인의 딸 치유	15:21-28	7:24-30		
귀머거리 & 벙어리 환자 치유		7:31-37		
벳새다의 맹인 치유		8:22-26		
귀신들린 아이 치유	17:14-21	9:14-29	9:37-43	
여리고에서 소경 바디매오 치유	20:29-34	10:46-52	18:35-43	

중풍걸린 백부장하인을 치유	8:5-13		7:1-30	4:46-53
갈릴리에서 많은 병자를 치유	15:29-31			
나인성 과부의 아들을 살리심			7:11-17	
꼬부라진 여인을 치유			13:10-17	
수종병 환자 치유			14:1-6	
10명의 나병 환자 치유			17:11-19	
대제사장 하인의 귀를 붙여줌			22:51	
베데스다 연못의 38년 된 병자 치유				5:1-9
나면서부터의 맹인을 치유				9:1-41
마리아와 마르다 자매의 형제인 나사로를 무덤에서 살리심				11:1-44
마지막 예루살렘 입성 후 성전에서 장사치를 쫓아내신 후 맹인과 저는 자들을 고치심	21:14	11:15	19:45	2:13

☾ 03

4 복음서의 예수님 치유사역 중 죽은 자를 살리는 기적 3곳

나인성 과부의 아들을 살리심	누가 7:11-17
회당장 야이로의 12살 된 외동딸을 살리심	마태 9:18-19, 마가 5:21, 누가 8:40
마리아와 마르다 자매의 형제인 나사로를 무덤에서 살리심	요한 11:1-44

☾ 04

사도행전에서의 사도들의 치유 사역들 12곳

베드로와 요한이 나면서 앉은뱅이가 된 이를 치유	3:1-10
베드로가 침대에 누운 병자들을 고치고 예루살렘 부근의 사람들이 병든 이와 귀신에게 괴로움을 당하는 이들을 데리고 와서 치유 받음	5:12-21
빌립이 사마리아 섬에서 귀신들린 환자들과 중풍 환자들과 못 걷는 환자들을 치유	8:6-7
베드로가 룻다에서 애니아라는 중풍 환자를 치유	9:32-35
베드로가 욥바에서 병들어 죽어 다락에 누인 도르가를 살리심	9:36-42
바울이 루스드라에서 앉은뱅이를 치유	14:8-10
바울이 귀신들린 여종을 치유	16:16-18
에베소에서 바울의 손수건이나 앞치마를 사람들이 환자에게 얹으면 병이 떠나고 악귀가 나가더라	19:11-12
바울이 드로아에서 강론 시 유두고 청년이 졸다가 3층에서 떨어져 죽자 살리심	20:7-12
바울이 멜리데섬에서 독사에게 물렸으나 아무 이상이 없자 사람들이 그를 신이라 하더라	28:3-6
바울이 멜리데섬에서 열병과 이질에 걸린 보블리오의 부친을 치유	28:7-8
바울이 멜리데섬에서 병자들을 치유	28:9

☾ 05

사도행전에서 사도들 치유 사역 중 죽은 자를 살리는 기적 2곳

베드로가 욥바에서 병들어 죽어 다락에 누인 도르가를 살리심	9:36-42
바울이 드로아에서 떨어져 죽은 유두고 청년을 살리심	20:7-12

☾ 06

구약성경에서 치유 구절

① 창세기 12:2

내가 너로 큰 민족을 이루고 네게 복을 주어 네 이름을 창대하게 하리니 너는 복이 될지라

① 창세기 15:1

여호와의 말씀이 아브람에게 임하여 이르시되 아브람아 두려워하지 말라 나는 네 방패요 너의 지극히 큰 상급이니라

① 창세기 20:17

아브라함이 하나님께 기도하매 하나님이 아비멜락과 그 아내와 여종을 치료하사 출산하게 하셨으니

① 창세기 28:15

나 여호와가 너 야곱과 함께 있어 네가 어디로 가든지 너를 지키며 너를 이끌어 이 땅으로 돌아오게 할지라 내가 네게 허락한 것을 다 이루기까지 너를 떠나지 아니하리라 하신지라

① 창세기 50:20

하나님은 악을 선으로 바꾸사 오늘과 같이 많은 백성의 생명을 구원하게 하시려 하셨나니라

① 창세기 50:25

요셉이 이스라엘 자손에게 맹세시켜 이르시길 하나님이 반드시 당신들을 돌보시리나라

② 출애굽기 13:21-22

여호와께서 광야 끝 에담에서 백성들 앞에서 가시며 낮에는 구름 기둥으로 그들의 길을 인도하시고 밤에는 불기둥을 그들에게 비취사 낮이나 밤이나 진행하게 하시니 낮에는 구름 기둥, 밤에는 불기둥이 백성 앞에서 떠나지 아니하니라

② 출애굽기 14:13

모세가 백성에게 이르되 너희는 두려워하지 말고 가만히 서서 여호와께서 오늘 너희를 위하여 행하시는 구원을 보라 너희가 오늘 본 애굽 사람을 영원히 다시 보지 아니하리라

② 출애굽기 14:14

여호와께서 너희를 위하여 싸우시리니 너희는 가만히 있을지니라

② 출애굽기 15:2

여호와는 나의 힘이요 노래시며 나의 구원이시로다 그는 나의 하나님이시니 그를 찬송할 것이요 내 아버지의 하나님이시니 내가 그를 높이리로다

② 출애굽기 15:13

주의 인자하심으로 주께서 구속하신 백성을 인도하시되 주의 힘으로 그들을 주의 거룩한 처소에 들어가게 하시나이다

② 출애굽기 15:17

주께서 백성을 인도하사 그들을 주의 기업의 산에 심으시리이다 이것이 주의 손으로 세우신 성소로소이다

② 출애굽기 15:22-25

모세가 홍해에서 이스라엘 백성을 인도하매 마라에 이르렀더니 그곳 물이 써서 마시지 못하겠으므로 그 이름을 마라라 하였더라 모세가 여호와께 부르짖었더니 여호와께서 그에게 한 나무를 가리키시니 그가 물에 던지니 물이 달게 되었더라

② 출애굽기 15:26

이르시되 너희가 나 여호와의 말을 들어 순종하고 내가 보기에 의를 행하며 내 계명에 귀를 기울이며 내 모든 규례를 지키면 내가 애굽 사람에게 내린 모든 질병 중 하나도 너희에게 내리지 아니하리니 나는 너희를 치료하는 여호와임이라

② 출애굽기 16:1-4

이스라엘 온 회중이 엘림과 시내산 사이에 있는 신 광야에 이르니 모세와 아론이 이 광야로 우리를 인도해 내어 이 온 회중이 주려 죽게 하는도다 그때에 여호와께서 모세에게 이르시되 보라 내가 너희를 위하여 하늘에서 양식을 비같이 내리리니 백성이 나가서 일용할 것을 날마다 거둘 것이라

② 출애굽기 17:1

이스라엘 온 회중이 신 광야에서 떠나 르비딤에 장막을 쳤으나 백성이 마실 물이 없는지라 나 여호와가 호렙산에 있는 반석 위에 서리니 너 모세는 그 반석을 치라 그것에서 물이 나오리니 백성이 마시리라 모세가 이스라엘 장로들의 목전에서 그대로 행하니라

② 출애굽기 17:11-13

모세가 손을 들면 이스라엘이 이기고 모세가 손을 내리면 아말렉이 이기더니 모세의 팔이 피곤하매 아론과 훌이 모세의 손을 올렸더니 그 손이 해가 지도록 내려오지 아니한지라 여호수아가 칼로 아말렉을 쳐서 무찌르니라

② 출애굽기 19:5-6

세계가 다 나 여호와에게 속하였나니 너희가 내 말을 잘 듣고 내 언약을 지키면 너희는 모든 민족 중에서 내 소유가 되겠고 너희가 내게 대하여 제사장 나라가 되며 거룩한 백성이 되리라 너는 이 말을 이스라엘 자손에게 전할지니라

② 출애굽기 20:1-2

하나님이 이 모든 말씀으로 말씀하여 이르시되 나는 너를 애굽 땅 종 되었던 집에서 인도하여 낸 네 하나님 여호와니라

② 출애굽기 20:6

하나님이 이르시되 나를 사랑하고 내 계명을 지키는 자에게는 천 대까지 은혜를 베푸느니라

② 출애굽기 23:25

네 여호와를 섬기라 그리하면 여호와가 너희의 양식과 물에 복을 내리고 너희 중에서 병을 제하리니

② 출애굽기 24:3-8

모세가 여호와의 모든 말씀과 그의 모든 율례를 백성에게 전하매 그들이 응답하여 이르되 여호와께서 말씀하신 모든 것을 우리가 준행하리이다 모세가 여호와의 모든 말씀을 기록하고 제단을 쌓고 열두 기둥을 세우고 여

호와께 소로 번제와 화목제를 드리게 하고 모세가 피를 가지고 백성에게 뿌리며 이르되 이는 여호와께서 이 모든 말씀에 대하여 너희와 세우신 언약의 피니라

② 출애굽기 33:13

모세인 내가 참으로 주의 목전에 은총을 입었사오면 원하건대 주의 길을 내게 보이사 내게 주를 알리시고 나로 주의 목전에 은총을 입게 하시며 이 족속을 주의 백성으로 여기소서

② 출애굽기 33:14

여호와께서 이르시되 내가 친히 가리라 내가 너를 쉬게 하리라

② 출애굽기 33:17-19

여호와께서 모세에게 이르시되 너는 내 목전에 은총을 입었느니라 내 모든 선한 것을 네 앞으로 지나가게 하고 여호와의 이름을 네 앞에 선포하리라 나는 은혜를 베풀고 긍휼을 베푸느니라

② 출애굽기 33:21-22

여호와께서 이르시기를 너는 반석 위에 서라 내 영광이 지나갈 때 내가 너를 반석 틈에 두어 내 등을 볼 것이요 얼굴은 보지 못하리라

② 출애굽기 34:6-7

여호와께서 모세에게 선포하시되 나는 자비롭고 은혜롭고 노하기를 더디 하고 인자와 진실이 많은 하나님이라 인자를 천대까지 베풀며 악과 과실과 죄를 용서하리라

② 출애굽기 34:9

모세가 이르되 주여 내가 주께 은총을 입었거든 원하건대 주는 우리와 동행하옵소서 우리의 악과 죄를 사하시고 우리를 주의 기업으로 삼으소서

③ 레위기 14:1

여호와께서 모세에게 이르시되 나병환자가 정결하게 되는 날에 기름을 제사장이 그의 머리에 발라 여호와 앞에서 그를 위하여 속죄할 것이니라

③ 레위기 15:13

유출병이 있는 자는 그의 옷을 빨고 흐르는 물에 몸을 씻을 것이라 그러면 그가 정하리니라

③ 레위기 19:14

너는 귀먹은 자를 저주하지 말며 맹인 앞에 장애물을 놓지 말고 네 하나님을 경외하라

③ 레위기 26:6-9

나 여호와가 그 땅에 평화를 줄 것인즉 너희가 누울 때 너희를 두렵게 할 자가 없을 것이다 내가 너희를 돌보아 번성하게 하고 창대하게 할 것이며 내가 너희와 함께한 내 언약을 이행하리라

③ 레위기 26:12

나는 너희 중에 행하여 너희의 하나님이 되고 너희는 내 백성이 될 것이니라

④ 민수기 6:24-26

여호와는 네게 복을 주시고 너를 지키시기를 원하며 여호와는 그의 얼

굴을 네게 비추사 은혜 베푸시기를 원하며 여호와는 그 얼굴을 네게로 향하여 드사 평강주시기를 원하노라 할지니라 하라

④ 민수기 14:18-20

여호와는 노하기를 더디하시고 인자가 많아 죄악과 허물을 사하시나이다 구하옵나니 주의 인자하심을 따라 이 백성의 죄악을 사하시되 애굽에서부터 지금까지 이 백성을 사하신 것 같이 사하시옵소서 여호와께서 이르시되 내가 네 말대로 사하노라

④ 민수기 23:20-22

발람인 내가 축복할 것을 받았으니 하나님이 주신 복을 내가 돌이키지 않으리라 하나님이 이스라엘 백성과 함께 계시니 왕을 부르는 소리가 그중에 있도다 하나님이 그들을 애굽에서 인도하여 내셨으니 그의 힘이 들소와 같도다

⑤ 신명기 2:7

여호와께서 네가 하는 모든 일에 네게 복을 주시고 네가 이 큰 광야에 다님을 알고 여호와께서 사십 년 동안을 너와 함께 하셨으므로 네가 부족함이 없었느니라 하시느니라

⑤ 신명기 5:33

너희 하나님 여호와께서 너희에게 명령하신 모든 도를 행하라 그리하면 너희가 살 것이요 복이 너희에게 있을 것이며 너희가 차지한 땅에서 너희의 날이 길리라

⑤ 신명기 6:3

이스라엘아 듣고 행하라 그리하면 네가 복을 받고 여호와께서 네게 허락

하심 같이 젖과 꿀이 흐르는 땅에서 네가 크게 번성하리라

⑤ 신명기 6:4-5

이스라엘아 들으라 여호와는 오직 유일한 여호와이시니 너는 마음을 다하고 뜻을 다하고 힘을 다하여 네 하나님 여호와를 사랑하라

⑤ 신명기 6:6-7

오늘 여호와인 내가 이스라엘 너희에게 명하는 여호와를 사랑하라는 이 말씀을 너희는 마음에 새기고 네 자녀에게 부지런히 가르치며 이 말씀을 강론할 것이며

⑤ 신명기 7:15

여호와께서 또 모든 질병을 네게서 멀리하사 너희가 애굽의 악질에 걸리지 않게 하시고 너를 미워하는 모든 자에게 임하게 하실 것이라

⑤ 신명기 7:21

너는 그들을 두려워하지 말라 너희의 하나님 여호와 곧 크고 두려운 하나님이 너희 중에 계심이니라

⑤ 신명기 8:3

만나를 네게 먹이신 것은 사람이 떡으로만 사는 것이 아니요 여호와의 입에서 나오는 모든 말씀으로 사는 줄을 네가 알게 하려 하심이니라

⑤ 신명기 20:4

너희 하나님 여호와는 너희와 함께 행하시며 너희를 위하여 너희 적국과 싸우시고 구원하실 것이라 할 것이며

⑤ 신명기 26:1-11

네 하나님 여호와께서 네게 기업으로 주어 차지하게 하실 땅에 네가 거주할 때에 그 토지의 모든 소산의 만물을 거둔 후에 여호와께서 택하신 곳으로 그것을 가지고 가서 너는 여호와 앞에 이르기를 내 조상은 아람 사람으로서 애굽에 내려가 번성한 민족이 되었는데 애굽 사람이 우리를 학대하며 중노동을 시키므로 우리가 여호와께 부르짖었더니 여호와께서 위엄과 이적과 기사로 우리를 애굽에서 인도하여 내시고 이곳으로 인도하사 이 땅곧 젖과 꿀이 흐르는 땅을 주셨나이다 여호와여 이제 주께서 내게 주신 토지 소산의 만물을 가져왔나이다 그것을 여호와 앞에 경배할 것이며 여호와께서 너와 네 집에 주신 모든 복으로 말미암아 너는 즐거워할지니라

⑤ 신명기 28:2

네가 네 하나님 여호와의 말씀을 청종하면 이 모든 복이 네게 임하며 네게 이르리니

⑤ 신명기 28:8

여호와께서 명령하사 네 창고와 네 손으로 하는 모든 일에 복을 내리시고 네 하나님 여호와께서 네게 주시는 땅에서 네게 복을 주실 것이며

⑤ 신명기 30:19

내가 오늘 하늘과 땅을 불러 너희에게 증거를 삼노라 내가 생명과 사망과 복과 저주를 네 앞에 두었은즉 너와 네 자손이 살기 위하여 생명을 택하고, 네 하나님 여호와를 사랑하고 그의 말씀을 청종하며 또 그를 의지하라 그는 네 생명이시요 네 장수이시니 여호와께서 네 조상 아브라함과 이삭과 야곱에게 주시라고 맹세하신 땅에 네가 거주하리라

⑤ 신명기 31:6

너희는 강하고 담대하라 두려워하지 말라 그들 앞에서 떨지 말라 이는 네 하나님 여호와 그가 너와 함께 가시며 결코 너를 떠나지 아니하시며 버리지 아니하실 것임이라 하고

⑤ 신명기 31:8

그리하면 여호와 그가 네 앞에서 가시면 너와 함께 하사 너를 떠나지 아니하시며 버리지 아니하시리니 너는 두려워하지 말라 놀라지 말라

⑤ 신명기 33:27

영원하신 하나님이 네 처소가 되시니 그의 영원하신 팔이 네 아래에 있도다 그가 네 앞에서 대적을 쫓으시며 멸하라 하시도다

⑥ 여호수아 1:5-7

네 평생에 너를 능히 대적할 자가 없으리니 내가 모세와 함께 있었던 것 같이 너와 함께 있을 것임이니라 내가 너를 떠나지 아니하며 버리지 아니하리니 강하고 담대하라 너는 내가 그들의 조상에게 맹세하여 그들에게 주리라 한 땅을 이 백성에게 차지하게 하리라 오직 강하고 극히 담대하여 나의 종 모세가 네게 명령한 그 율법을 다 지켜 행하라 그리하면 어디로 가든지 형통하리니라

⑥ 여호수아 1:9

내가 네게 명령한 것이 아니냐 강하고 담대하라 두려워하지 말며 놀라지 말라 네가 어디로 가든지 네 하나님 여호와가 너와 함께 하시리라 하시니라

⑧ 룻기 2:12

여호와께서 네가 행한 일에 보답하시기를 원하며 이스라엘의 하나님 여호와께서 그의 날개 아래에 보호를 받으러 온 네게 온전한 상 주시기를 원하노라 하는지라

⑨ 사무엘상 1:10-11

한나가 마음이 괴로워서 여호와께 기도하고 통곡하며 서원하여 이르되 여호와여 만일 주의 여종의 고통을 돌보시고 나를 기억하사 주의 여종에게 아들을 주시면 내가 그의 평생에 그를 여호와께 드리겠나이다

⑨ 사무엘상 2:1-2

한나가 기도하여 이르되 내 마음이 여호와로 말미암아 즐거워하며 내 입이 크게 열렸으니 이는 내가 주의 구원으로 말미암아 기뻐함이니이다 여호와 같은 거룩하신 이가 없으시니 이는 주 밖에 다른 이가 없고 우리 하나님 같은 반석도 없으심이니이다

⑨ 사무엘상 12:10-11

백성이 여호와께 부르짖어 이르되 우리가 여호와를 버리고 범죄하였나이다 이제 우리를 원수들의 손에서 건져내소서 그리하시면 우리가 주를 섬기겠나이다 하매 여호와께서 여룹바알과 베단과 입다와 사무엘을 보내사 너희를 암몬왕 나하스의 손에서 건져내사 안전하게 살게 하셨다

⑨ 사무엘상 12:16

너희는 이제 가만히 서서 여호와께서 너희 목전에 행하시는 이 큰 일을 보라

⑨ **사무엘상 12:20**

사무엘이 백성에게 이르되 두려워하지 말라 너희가 악을 행하였으나 여호와를 따르는 데에서 돌아서지 말고 오직 너희의 마음을 다하여 여호와를 섬기라

⑨ **사무엘상 12:22**

여호와께서는 너희를 자기 백성으로 삼으신 것을 기뻐하셨으므로 여호와께서는 그의 크신 이름을 위해서라도 자기 백성을 버리지 아니하실 것이요

⑨ **사무엘상 12:23-24**

나는 너희를 위하여 기도하기를, 죄를 여호와 앞에 결단코 범하지 아니하고 선하고 의로운 길을 너희에게 가르칠 것인즉 너희는 여호와께서 너희를 위하여 행하신 큰 일을 생각하여 오직 그를 경외하며 너희 마음을 다하여 진실히 섬기라

⑨ **사무엘상 20:42**

요나단이 다윗에게 이르되 평안히 가라 우리 두 사람이 여호와의 이름으로 맹세하여 이르기를 여호와께서 영원히 나와 너 사이에 계시고 우리 자손 사이에 계시리라 하였느니라 하니라

⑨ **사무엘상 25:28-30**

저, 아비가일의 허물을 용서하여 주옵소서 여호와께서 내 주를 위하여 든든한 집을 세우시리니다 사람이 일어나서 내 주를 쫓아 내 주의 생명을 찾을지라도 내 주의 생명은 여호와와 함께 생명싸개 속에 싸였을 것이요 여호와께서 내 주에 대하여 하신 말씀대로 모든 선을 내 주에게 행하시니라

⑨ **사무엘상 26:24**

오늘 사울왕의 생명을 나 다윗이 중히 여긴 것 같이 내 생명을 여호와께서 중히 여기셔서 모든 환난에서 나를 구하여 내시기를 바라나이다 하니라

⑩ **사무엘하 7:8-11**

여호와께서 다윗에게 말씀하시기를 내가 너를 내 백성 이스라엘의 주권자로 삼고 땅에서 위대한 자들의 이름같이 네 이름을 위대하게 만들어 주리라 너를 모든 원수에게서 벗어나 편히 쉬게 하리라

⑩ **사무엘하 7:24-26**

주께서 이스라엘 백성을 세우사 주의 백성으로 삼으셨사오니 여호와께서 그들의 하나님이 되셨나이다 사람이 영원히 주의 이름을 크게 높여 이르기를 만군의 여호와는 이스라엘의 하나님이라 하게 하옵소서

⑩ **사무엘하 7:27-29**

만군의 여호와 이스라엘의 하나님이여 주의 종의 귀를 여시고 이르시기를 내가 너를 위하여 집을 세우리라 하셨으므로 주의 종이 이 기도로 주께 간구할 마음이 생겼나이다 주 여호와여 오직 주는 하나님이시며 주의 말씀들이 참되시니이다 주께서 이 좋은 것을 주의 종에게 말씀하셨사오니 이제 청하건대 종의 집에 복을 주사 주 앞에 영원히 있게 하옵소서 주 여호와께서 말씀하셨사오니 주의 종의 집이 영원히 복을 받게 하옵소서 하니라

⑩ **사무엘하 22:2-3**

여호와는 나의 반석이시요 나의 요새시요 나를 위하여 나를 건지시는 자시요 내가 피할 나의 반석의 하나님이시요 나의 방패시요 그에게 피할 나의

피난처시요 나의 구원자시라

⑩ **사무엘하 22:7-17**

내가 환난 중에 여호와께 아뢰었더니 그가 위에서 손을 내미사 나를 붙드심이여 많은 물에서 나를 건져내셨도다

⑩ **사무엘하 22:19-20**

여호와께서 나의 의지가 되셨도다 나를 넓은 곳으로 인도하시고 나를 기뻐하시므로 구원하셨도다

⑩ **사무엘하 22:26-28**

자비한 자에게는 주의 자비하심을 나타내시며 완전한 자에게는 주의 완전하심을 보이시며 깨끗한 자에게는 주의 깨끗하심을 보이시니 주께서 곤고한 백성은 구원하시리이다

⑩ **사무엘하 22:29-31**

여호와여 주는 나의 등불이시니 여호와께서 나의 어둠을 밝히시리이다 하나님의 도는 완전하고 여호와의 말씀은 진실하니 그는 자기에게 피하는 모든 자에게 방패시로다

⑩ **사무엘하 22:33-34**

하나님은 나의 견고한 요새시며 나를 안전한 곳으로 인도하시며 나를 높은 곳에 세우시도다

⑩ **사무엘하 22:36**

주께서 주의 구원의 방패를 내게 주시며 주의 온유함이 나를 크게 하셨나이다

⑩ **사무엘하 22:44**

주께서 나를 건지시고 나를 보존하사 모든 민족의 으뜸으로 삼으셨나이다

⑩ **사무엘하 22:49-50**

나를 원수들에게서 이끌어 내시며 나를 높이시고 나를 건지시는도다 여호와여 내가 주께 감사하며 주의 이름을 찬양하리이다

⑩ **사무엘하 23:4-5**

하나님은 돋는 해의 아침 빛 같고 구름 없는 아침 같고 비 내린 후의 광선으로 땅에서 움이 돋는 새 싹 같으니라 하시도다 하나님이 나와 더불어 영원한 언약을 세우사 만사에 구비하고 견고하게 하셨으니 나의 모든 구원과 나의 모든 소원을 어찌 이루지 아니하시랴

⑪ **열왕기상 2:1-3**

다윗이 죽을 날이 임박하여 아들 솔로몬에게 이르되 네 하나님 여호와의 명령을 지켜 모세의 율법에 기록된 대로 지켜라 그리하면 네가 무엇을 하든지 어디로 가든지 형통할지라

⑪ **열왕기상 3:6-12**

솔로몬이 이르되 내 아버지 다윗이 성실과 공의와 정직한 마음으로 주 앞에서 행하므로 주께서 그에게 큰 은혜를 베푸셨나이다 주의 백성을 재판하여 선악을 분별하게 하는 힘을 저에게 주소서 하나님이 그에게 이르시되 네가 장수하기를 구하지 않고 부귀를 구하지 않고 오직 송사를 분별하는 지혜를 구하였으니 네게 지혜롭고 총명한 마음을 주리니 너와 같은 자가 없으리라

⑪ **열왕기상 8:56-57**

여호와를 찬송할지로다 그가 말씀하신 대로 그의 백성 이스라엘에게 태평을 주셨으니 말씀하신 그 모든 약속이 하나도 이루어지지 아니함이 없도다 여호와께서 우리와 함께 계시옵고 우리를 떠나지 마시오며 버리지 마시옵소서

⑪ **열왕기상 17:13-14**

엘리야가 사르밧 지역의 과부에게 이르되 두려워하지 말라 통의 가루 한 움큼과 병의 기름 조금으로 나를 위해 작은 떡 한 개를 만들고 그 후에 너와 네 아들을 위해 만들라 여호와께서 비를 지면에 내리는 날까지 그 통의 가루와 그 병의 기름이 없어지지 아니하리라 하셨느니라

⑪ **열왕기상 17:17-24**

사르밧 지역 과부집의 주인되는 여인의 아들이 병들어 숨이 끊어진지라 엘리야가 그 여인의 품에서 죽은 아들을 받아 다락 침상에 누이고 여호와께 부르짖어 아이의 혼이 그의 몸에 돌아오게 원하자 아이가 살아난지라

⑫ **열왕기하 20:5**

너는 돌아가서 내 백성의 주권자 히스기야에게 이르기를 왕의 조상 다윗의 하나님 여호와의 말씀이 내가 네 기도를 들었고 네 눈물을 보았노라 내가 너를 낫게 하리니 네가 삼 일 만에 여호와의 성전에 올라가겠고

⑬ **역대상 4:10**

야베스가 하나님께 이르되 주께서 내게 복에 복을 주시려거든 나의 지역을 넓히시고 주의 손으로 나를 도우사 나로 환난을 벗어나 내게 근심이 없게 하옵소서 하였더니 하나님이 그가 구하는 것을 허락하셨더라

⑬ **역대상 29:10**

다윗이 회중 앞에서 여호와를 송축하여 이르되 여호와여 주는 영원부터 영원까지 송축을 받으시옵소서

⑬ **역대상 29:11**

여호와여 위대하심과 권능과 영광과 승리와 위엄이 다 주께 속하였사오니 천지에 있는 것이 다 주의 것이로소이다 여호와여 주권도 주께 속하였사오니 주는 높으사 만물의 머리이심이니이다

⑬ **역대상 29:12**

부와 귀가 주께로 말미암고 또 주는 만물의 주제가 되사 손에 권세와 능력이 있사오니 모든 사람을 크게 하심과 강하게 하심이 주의 손에 있나이다

⑭ **역대하 6:39-40**

주는 계신 곳 하늘에서 그들의 기도와 간구를 들으시고 그들의 일을 돌보시오며 주께 범죄한 주의 백성을 용서하옵소서 나의 하나님이여 이제 이곳에서 하는 기도에 눈을 드시고 귀를 기울이소서

⑭ **역대하 7:12-14**

밤에 여호와께서 솔로몬에게 나타나사 이르시되 내가 네 기도를 듣고 성전을 삼았으니 전염병이 유행할 때에 내 이름으로 일컫는 내 백성이 그들의 악한 길에서 떠나 스스로 낮추고 기도하여 내 얼굴을 찾으면 내가 하늘에서 듣고 그들의 죄를 사하고 그들의 땅을 고칠지라

⑭ **역대하 7:15-16**

이제 이곳에서 하는 기도에 내가 눈을 들고 귀를 기울이리니 이는 내가

이미 이 성전을 택하고 거룩하게 하여 내 이름을 여기에 영원히 있게 하였음이라 내 눈과 내 마음이 항상 여기에 있으리라

⑭ 역대하 20:8-9

여호사밧이 간구하기를 이스라엘 백성이 이 땅에 살면서 주의 이름을 위하여 한 성소를 주를 위해 건축하고 이르기를 만일 재앙이나 난리나 견책이나 전염병이나 기근이 우리에게 임하면 주의 이름이 이 성전에 있으니 우리가 이 성전 앞과 주 앞에 서서 이 환난 가운데에서 주께 부르짖은즉 들으시고 구원하시리라 하였나이다

⑭ 역대하 30:20

여호와께서 히스기야 왕의 기도를 들으시고 백성을 고치셨더라

⑯ 느헤미야 9:15-19

그들의 굶주림 때문에 그들에게 양식을 주시며 그들의 목마름 때문에 그들에게 반석에서 물을 내시고 주께서는 용서하시는 하나님이시라 은혜로우시며 긍휼히 여기시며 더디 노하시며 인자가 풍부하시므로 그들을 버리지 아니하셨나이다

⑱ 욥기 5:26

네가 장수하다가 무덤에 이르리니 마치 곡식단을 제때에 들어 올림 같으니라

⑱ 욥기 6:10

그러할지라도 내가 오히려 위로를 받고 그칠 줄 모르는 고통 가운데서도 기뻐하는 것은 내가 거룩하신 이의 말씀을 거역하지 아니하였음이라

⑱ 욥기 8:5-7

네가 만일 하나님을 찾으며 전능하신 이에게 간구하고 또 청결하고 정직하면 반드시 너를 돌보시고 네 의로운 처소를 평안하게 하실 것이라 네 시작은 미약하였으나 네 나중은 심히 창대하리라

⑱ 욥기 8:20-22

하나님은 순전한 사람을 버리지 아니하시고 악한 자를 붙들어 주지 아니하시므로 너를 미워하는 자는 부끄러움을 당할 것이라 악인의 장막은 없어지리라

⑱ 욥기 10:11-12

피부와 살을 내게 입히시며 뼈와 힘줄로 나를 엮으시고 생명과 은혜를 내게 주시고 나를 보살피심으로 내 영을 지키셨나이다

⑱ 욥기 11:13-18

만일 네가 마음을 바로 정하고 주를 향하여 손을 들 때에 네 손에 죄악이 있거든 멀리 버리라 불의가 네 장막에 있지 못하게 하라 그리하면 네가 반드시 흠 없는 얼굴을 들게 되고 굳게 서서 두려움이 없으리니 곧 네 환난을 잊을 것이라 네가 기억할지라도 물이 흘러감 같을 것이며 네 생명의 날이 대낮보다 밝으리니 어둠이 있다 할지라도 아침과 같이 될 것이요 네가 희망이 있으므로 안전할 것이며 두루 살펴보고 평안히 쉬리라

⑱ 욥기 20:21-22

너는 하나님과 화목하고 평안하라 그리하면 복이 네게 임하리라 청하건대 너는 하나님의 입에서 교훈을 받고 하나님의 말씀을 네 마음에 두라

⑱ 욥기 23:10

나의 가는 길을 그가 아시나니 그가 나를 단련하신 후에는 내가 순금같이 되어 나오리라

⑱ 욥기 23:13-14

그는 뜻이 일정하시니 누가 능히 돌이키랴 그의 마음에 하고자 하시는 것이면 그것을 행하시나니 그런즉 내게 작정하신 것을 이루실 것이라

⑱ 욥기 25:2-3

하나님은 주권과 위엄을 가지셨고 높은 곳에서 화평을 베푸시느라 그가 비추는 광명을 받지 않는 자가 누구냐

⑱ 욥기 33:18

하나님은 사람의 혼을 구덩이에 빠지지 않게 하시며 그 생명을 칼에 맞아 멸망하지 않게 하시느니라

⑱ 욥기 33:24-28

하나님이 그 사람을 불쌍히 여기사 그를 건져서 구덩이에 내려가지 않게 하라 내가 대속물을 얻었다 하시리라 그의 살이 청년보다 부드러워지며 젊음을 회복하리라 그는 하나님께 기도하므로 하나님이 은혜를 베푸사 그로 말미암아 기뻐 외치며 하나님의 얼굴을 보게 하시고 사람에게 그의 공의를 회복시키시느니라 하나님이 내 영혼을 건지사 구덩이에 내려가지 않게 하셨으니 내 생명이 빛을 보겠구나 하리라

⑱ 욥기 36:15

하나님은 곤고한 자를 그 곤고에서 구원하시며 학대당할 즈음에 그의 귀를 여시나니

⑲ 시편 1:3

그는 시냇가에 심은 나무가 철을 따라 열매를 맺으며 그 잎사귀가 마르지 아니함 같으니 그가 하는 모든 일이 다 형통하리로다

⑲ 시편 3:3

여호와여 주는 나의 방패시요 나의 영광이시요 나의 머리를 드시는 자이시니이다

⑲ 시편 4:1

내 의의 하나님이여 내가 부를 때에 응답하소서 곤란 중에 나를 너그럽게 하셨사오니 내게 은혜를 베푸사 나의 기도를 들으소서

⑲ 시편 4:8

내가 평안히 눕고 자기도 하리니 나를 안전히 살게 하시는 이는 오직 여호와이시니이다

⑲ 시편 5:1-2

여호와여 나의 말에 귀를 기울이사 나의 심정을 헤아려 주소서 나의 왕, 나의 하나님이여 내가 부르짖는 소리를 들으소서 내가 주께 기도하나이다

⑲ 시편 5:3

여호와여 아침에 주께서 나의 소리를 들으시리니 아침에 내가 주께 기도하고 바라나이다

⑲ 시편 5:12

여호와여 주는 의인에게 복을 주시고 방패로 함 같이 은혜로 그를 호위하시리이다

⑲ 시편 6:2 &6:4

여호와여 내가 수척하였사오니 내게 은혜를 베푸소서 여호와여 나의 뼈가 떨리오니 나를 고치소서 여호와여 돌아와 나의 영혼을 건지시며 주의 사랑으로 나를 구원하소서

⑲ 시편 7:1

여호와 내 하나님이여 내가 주께 피하오니 나를 쫓아오는 모든 자들에게서 나를 구원하여 내소서

⑲ 시편 8:1

여호와여 주의 이름이 온 땅에 어찌 그리 아름다운지요 주의 영광이 하늘을 덮었나이다

⑲ 시편 8:4

사람이 무엇이기에 주께서 그를 생각하시며 인자가 무엇이기에 주께서 그를 돌보시나이까

⑲ 시편 9:9

여호와는 압제를 당하는 자의 요새이시요 환난 때의 요새이시로다

⑲ 시편 9:10

여호와여 주의 이름을 아는 자는 주를 의지하오리니 이는 주를 찾는 자들을 버리지 아니하심이니이다

⑲ 시편 9:13

여호와여 내게 은혜를 베푸소서 나를 사망의 문에서 일으키시는 주여 나를 미워하는 자에게서 받는 나의 고통을 보소서

⑲ 시편 10:17

여호와여 주는 겸손한 자의 소원을 들으셨사오니 그들의 마음을 준비하시며 귀를 기울여 들으시고

⑲ 시편 12:1

여호와여 도우소서 경건한 자가 끊어지며 충실한 자들이 인생 중에 없어지나이다

⑲ 시편 12:7

여호와여 그들을 지키사 이 세대로부터 영원까지 보존하시리이다

⑲ 시편 13:3

여호와 내 하나님이여 나를 생각하사 응답하시고 나의 눈을 밝히소서 두렵건대 내가 사망의 잠을 잘까 하오며

⑲ 시편 13:5-6

나는 오직 주 사랑을 의지하였사오니 나의 마음은 주의 구원을 기뻐하리이다 내가 여호와를 찬송하리니 이는 주께서 내게 은덕을 베푸심이로다

⑲ 시편 16:1-2

하나님이여 나를 지켜주소서 내가 주께 피하나이다 내가 여호와께 아뢰되 주는 나의 주님이시오니 주 밖에는 나의 복이 없다 하였나이다

⑲ 시편 16:3

땅에 있는 성도들은 존귀한 자들이니 나의 모든 즐거움이 그들에게 있도다

⑲ 시편 16:8-9

내가 여호와를 항상 내 앞에 모심이여 그가 나의 오른쪽에 계시므로 내가 흔들리지 아니하리로다 이러므로 나의 마음이 기쁘고 나의 영도 즐거워하며 내 육체도 안전히 살리니

⑲ 시편 16:11

주께서 생명의 길을 내게 보이시리니 주의 앞에는 충만한 기쁨이 있고 주의 오른쪽에는 영원한 즐거움이 있나이다

⑲ 시편 17:1

여호와여 의의 호소를 들으소서 나의 울부짖음에 주의하소서 거짓되지 아니한 입술에서 나오는 나의 기도에 귀를 기울이소서

⑲ 시편 17:8

나를 눈동자 같이 지키시고 주의 날개 그늘 아래에 감추사

⑲ 시편 18:2

여호와는 나의 반석이시요 나의 요새시요 나를 건지시는 이시요 나의 하나님이시요 내가 그 안에 피할 나의 바위시요 나의 방패시요 나의 구원의 뿔이시요 나의 산성이시로다

⑲ 시편 18:6

내가 환난 중에서 여호와께 아뢰며 나의 하나님께 부르짖었더니 그가 그의 성전에서 내 소리를 들으심이여 그의 앞에서 나의 부르짖음이 그의 귀에 들렸도다

⑲ 시편 18:16

그가 높은 곳에서 손을 펴사 나를 붙잡아 주심이여 많은 물에서 나를 건져 내셨도다

⑲ 시편 18:19

나를 넓은 곳으로 인도하시고 나를 기뻐하시므로 나를 구원하셨도다

⑲ 시편 18:20

여호와께서 내 의를 따라 상주시며 내 손의 깨끗함을 따라 내게 갚으셨으니

⑲ 시편 18:23-24

나는 그의 앞에 완전하여 나의 죄악에서 스스로 자신을 지켰나니 그러므로 여호와께서 내 의를 따라 갚으시되 그의 목전에서 내 손이 깨끗한 만큼 내게 갚으셨도다

⑲ 시편 18:25-26

자비로운 자에게는 주의 자비로우심을 나타내시며 완전한 자에게는 주의 완전하심을 보이시며 깨끗한 자에게는 주의 깨끗하심을 보이시며 사악한 자에게는 주의 거스르심을 보이시리니

⑲ 시편 18:28

주께서 나의 등불을 켜심이여 여호와께서 내 흑암을 밝히시리이다

⑲ 시편 18:30

하나님의 도는 완전하고 여호와의 말씀은 순수하니 그는 자기에게 피하는 모든 자의 방패시도다

⑲ 시편 18:35

주께서 주의 구원하는 방패를 내게 주시며 주의 오른손이 나를 붙들고 주의 온유함이 나를 크게 하셨나이다

⑲ 시편 18:46

여호와는 살아계시니 나의 반석을 찬송하며 내 구원의 하나님을 높일지로다

⑲ 시편 19:7-8

여호와의 율법은 완전하여 영혼을 소성시키며 여호와의 증거는 확실하여 우둔한 자를 지혜롭게 하며 여호와의 교훈은 정직하여 마음을 기쁘게 하고 여호와의 계명은 순결하여 눈을 밝게 하시도다

⑲ 시편 19:14

나의 반석이시요 나의 구속자이신 여호와여 내 입의 말과 마음의 묵상이 주님 앞에 열납되기를 원하나이다

⑲ 시편 20:4

네 마음의 소원대로 허락하시고 네 모든 계획을 이루어 주시기를 원하노라

⑲ 시편 20:6

여호와께서 자기에게 기름 부음 받은 자를 구원하시는 줄 이제 내가 아노니 그의 오른손의 구원하는 힘으로 그의 거룩한 하늘에서 그에게 응답하시리로다

⑲ 시편 21:2

그의 마음의 소원을 들어 주셨으며 그의 입술의 요구를 거절하지 아니하셨나이다

⑲ 시편 21:3-7

주의 아름다운 복으로 그를 영접하시고 순금관을 그의 머리에 씌우셨나이다 그가 생명을 구하매 주께서 그에게 주셨으니 곧 영원한 장수로소이다 주의 구원이 그의 영광을 크게 하시고 존귀와 위엄을 그에게 입히시나이다 그가 영원토록 지극한 복을 받게 하시며 주 앞에서 기쁘고 즐겁게 하시나이다 왕이 여호와를 의지하오니 지존하신 이의 인자함으로 흔들리지 아니하리이다

⑲ 시편 22:1

내 하나님이여 어찌 나를 버리셨나이까 어찌 나를 멀리하여 돕지 아니하시오며 내 신음 소리를 듣지 아니하시나이까

⑲ 시편 22:3

이스라엘의 찬송 중에 계시는 주여 주는 거룩하시니이다

⑲ 시편 22:5

저희가 주께 부르짖어 구원을 얻고 주께 의뢰하여 수치를 당하지 아니하였나이다

⑲ 시편 22:11

나를 멀리하지 마옵소서 환난이 가까우나 도울 자 없나이다

⑲ 시편 22:19

여호와여 멀리하지 마옵소서 나의 힘이시여 속히 나를 도우소서

⑲ 시편 22:26

겸손한 자는 먹고 배부를 것이며 여호와를 찾는 자는 그를 찬송할 것이라 너희 마음은 영원히 살지어다

⑲ 시편 23:1-4

여호와는 나의 목자시니 내게 부족함이 없으리로다 그가 나를 푸른 풀밭에 누이시며 쉴 만한 물가로 인도하시는도다 내 영혼을 소생시키시고 자기 이름을 위하여 의의 길로 인도하시는도다 내가 사망의 음침한 골짜기로 다닐지라도 해를 두려워하지 않을 것은 주께서 나와 함께 하심이라 주의 지팡이와 막대기가 나를 안위하시나이다

⑲ 시편 23:6

내 평생에 선하심과 인자하심이 반드시 나를 따르리니 내가 여호와의 집에 영원히 살리로다

⑲ 시편 24:3

여호와의 산에 오를 자가 누구며 그의 거룩한 곳에 설 자가 누구인가

⑲ 시편 24:5

그는 여호와께 복을 받고 구원의 하나님께 의를 얻으리니

⑲ 시편 24:10

영광의 왕이 누구시냐 만군의 여호와께서 곧 영광의 왕이시로다

⑲ 시편 25:1

여호와여 나의 영혼이 주를 우러러보나이다

⑲ 시편 25:4-5

여호와여 주의 도를 내게 보이시고 주의 길을 내게 가르치소서 주의 진리로 나를 지도하시고 교훈하소서 주는 내 구원의 하나님이시니 내가 종일 주를 기다리나이다

⑲ 시편 25:7

여호와여 내 젊은 시절의 죄와 허물을 기억하지 마시고 주의 인자하심을 따라 주께서 나를 기억하시되 주의 선하심으로 하옵소서

⑲ 시편 25:11-14

여호와여 나의 죄악이 크오니 주의 이름으로 말미암아 사하소서 여호와를 경외하는 자 누구냐 그가 택할 길을 그에게 가르치시리로다 그의 영혼은 평안히 살고 그의 자손은 땅을 상속하리로다 여호와의 친밀하심이 그를 경외하는 자들에게 있음이여 그의 언약을 그들에게 보이시리로다

⑲ 시편 25:15-17

내 눈이 항상 여호와를 바라봄은 내 발을 그물에서 벗어나게 하실 것임이로다 주여 나는 외롭고 괴로우니 내게 돌이키사 나에게 은혜를 베푸소서 내 마음의 근심이 많사오니 나를 고난에서 끌어내소서

⑲ 시편 25:20-21

내 영혼을 지켜 나를 구원하소서 내가 주께 피하오니 수치를 당하지 않게 하소서 내가 주를 바라오니 성실과 정직으로 나를 보호하소서

⑲ 시편 26:8-9

여호와여 내가 주께서 계신 집과 주의 영광이 머무는 곳을 사랑하오니 내 생명을 거두지 마소서

⑲ 시편 26:11

나는 나의 완전함에 행하오리니 나를 속량하시고 내게 은혜를 베푸소서

⑲ 시편 27:1

여호와는 나의 빛이요 나의 구원이시니 내가 누구를 두려워하리요 여호와는 내 생명의 능력이시니 내가 누구를 무서워하리요

⑲ 시편 27:4

내가 여호와께 바라는 한 가지 일 그것을 구하리니 곧 내가 내 평생에 여호와의 집에 살면서 여호와의 아름다움을 바라보며 그의 성전에서 사모하는 그것이라

⑲ 시편 27:7

여호와여 내가 소리 내어 부르짖을 때에 들으시고 또한 나를 긍휼히 여기사 응답하소서

⑲ 시편 27:9

주의 얼굴을 내게서 숨기지 마시고 주의 종을 노하여 버리지 마소서 주는 나의 도움이 되셨나이다 나의 구원의 하나님이시여 나를 버리지 마시고 떠나지 마소서

⑲ 시편 27:14

너는 여호와를 기다릴지어다 강하고 담대하며 여호와를 기다릴지어다

⑲ 시편 28:1-2

여호와여 내가 주께 부르짖으오니 나의 반석이여 내게 귀를 막지 마소서 주께서 내게 잠잠하시면 내가 무덤에 내려가는 자와 같을까 하나이다 내가 주의 지성소를 향하여 나의 손을 들고 주께 부르짖을 때에 나의 간구하는 소리를 들으소서

⑲ 시편 28:6

여호와를 찬송함이여 내 간구하는 소리를 들으심이로다

⑲ 시편 28:7-9

여호와는 나의 힘과 나의 방패이시니 내 마음이 그를 의지하여 도움을 얻었도다 그러므로 내 마음이 크게 기뻐하며 내 노래로 그를 찬송하리로다 여호와는 그들의 힘이시요 그의 기름 부음 받은 자의 구원의 요새이시로다 주의 백성을 구원하시며 주의 산업에 복을 주시고 또 그들의 목자가 되시어 영원토록 그들을 인도하소서

⑲ 시편 29:11

여호와께서 자기 백성에게 힘을 주심이여 여호와께서 자기 백성들에게 평강의 복을 주시리로다

⑲ 시편 30:2-3

여호와 내 하나님이여 내가 주께 부르짖으매 나를 고치셨나이다 여호와여 주께서 내 영혼을 스올에서 끌어내어 나를 살리사 무덤으로 내려가지 아니하게 하셨나이다

⑲ 시편 30:4

주의 성도들아 여호와를 찬송하며 그의 거룩함을 기억하며 감사하라

⑲ 시편 30:10

여호와여 들으시고 내게 은혜를 베푸소서 여호와여 나를 돕는 자가 되소서 하였나이다

⑲ 시편 31:1

여호와여 내가 주께 피하오니 나를 영원히 부끄럽게 하지 마시고 주의 공의로 나를 건지소서

⑲ 시편 31:3

주는 나의 반석과 산성이시니 그러므로 주의 이름을 생각하셔서 나를 인도하시고 지도하소서

⑲ 시편 31:5

내가 나의 영을 주의 손에 부탁하나이다 진리의 하나님 여호와여 나를 속량하셨나이다

⑲ 시편 31:7

내가 주의 인자하심을 기뻐하며 즐거워할 것은 주께서 나의 고난을 보시고 환난 중에 있는 내 영혼을 아셨으며

⑲ 시편 31:9

여호와여 내가 고통 중에 있사오니 내게 은혜를 베푸소서 내가 근심 때문에 눈과 영혼과 몸이 쇠하였나이다

⑲ 시편 31:14-16

여호와여 그러하여도 나는 주께 의지하고 말하기를 주는 내 하나님이시라 하였나이다 주의 얼굴을 주의 종에게 비추시고 주의 사랑하심으로 나

를 구원하소서

⑲ 시편 31:19

주를 두려워하는 자를 위하여 쌓아 두신 은혜 곧 주께 피하는 자를 위하여 인생 앞에 베푸신 은혜가 어찌 그리 큰지요

⑲ 시편 31:22

내가 놀라서 말하기를 주의 목전에서 끊어졌다 하였사오나 내가 주께 부르짖을 때에 주께서 나의 간구하는 소리를 들으셨나이다

⑲ 시편 31:23

너희 모든 성도들아 여호와를 사랑하라 여호와께서 진실한 자를 보호하시고 교만하게 행하는 자에게 엄중히 갚으시느니라

⑲ 시편 31:24

여호와를 바라는 너희들아 강하고 담대하라

⑲ 시편 32:5-6

내가 이르기를 내 허물을 여호와께 자복하리라 하고 주께 내 죄를 아뢰고 내 죄를 숨기지 아니하였더니 곧 주께서 내 죄악을 사하셨나이다 이로 말미암아 모든 경건한 자는 주를 만날 기회를 얻어서 주께 기도할지라 진실로 홍수가 범람할지라도 그에게 미치지 못하리이다

⑲ 시편 32:7

주는 나의 은신처이오니 환난에서 나를 보호하시고 구원의 노래로 나를 두르시리이다

⑲ 시편 33:4-5

여호와의 말씀은 정직하며 그가 행하는 일은 다 진실하시도다 그는 공의와 정의를 사랑하심이여 세상에는 여호와의 인자하심이 충만하도다

⑲ 시편 33:12

여호와를 자기 하나님으로 삼은 나라 곧 하나님의 기업으로 선택된 백성은 복이 있도다

⑲ 시편 33:13-15

여호와께서 하늘에서 굽어보사 모든 인생을 살피심이여 곧 그가 거하시는 곳에서 세상의 모든 거민들을 굽어살피시는도다 그는 그들 모두의 마음을 지으시며 그들이 하는 일을 굽어살피시는 이로다

⑲ 시편 33:18-19

여호와는 그를 경외하는 자 곧 그의 인자하심을 바라는 자를 살피사 그들의 영혼을 사망에서 건지시며 그들이 굶주릴 때에 그들을 살리시는도다

⑲ 시편 33:20

우리 영혼이 여호와를 바람이여 그는 우리의 도움과 방패시로다

⑲ 시편 33:22

여호와여 우리가 주께 바라는 대로 주의 인자하심을 우리에게 베푸소서

⑲ 시편 34:4

내가 여호와께 간구하매 내게 응답하시고 내 모든 두려움에서 나를 건지셨도다

⑲ 시편 34:6

곤고한 자가 부르짖으매 여호와께서 들으시고 그의 모든 환난에서 구원하셨도다

⑲ 시편 34:8

너희는 여호와의 선하심을 맛보아 알지어다 그에게 피하는 자는 복이 있도다

⑲ 시편 34:10

젊은 사자는 궁핍하여 주릴지라도 여호와를 찾는 자는 모든 좋은 것에 부족함이 없으리로다

⑲ 시편 34:15

여호와의 눈은 의인을 향하시고 그의 귀는 그들의 부르짖음에 기울이시는도다

⑲ 시편 34:18

여호와는 마음이 상한 자를 가까이하시고 충심으로 통회하는 자를 구원하시는도다

⑲ 시편 34:19-20

의인은 고난이 많으나 여호와께서 그의 모든 고난에서 건지시는도다 그의 모든 뼈를 보호하심이여 그 중에서 하나도 꺾이지 아니하도다

⑲ 시편 34:22

여호와께서 그의 종들의 영혼을 속량하시나니 그에게 피하는 자는 다 벌을 받지 아니하리로다

⑲ 시편 36:6

주의 의는 하나님의 산들과 같고 주의 심판은 큰 바다와 같으니이다 여호와여 주는 사람을 구하여 주시나이다

⑲ 시편 36:7

하나님이여 주의 인자하심이 어찌 그리 보배로우신지요 사람들이 주의 날개 그늘 아래에 피하나이다

⑲ 시편 36:9

진실로 생명의 원천이 주께 있사오니 주의 빛 안에서 우리가 빛을 보리이다

⑲ 시편 37:4-5

여호와를 기뻐하라 그가 네 마음의 소원을 네게 이루어 주시리로다 네 길을 여호와께 맡기라 그를 의지하면 그가 이루시니라

⑲ 시편 37:7

여호와 앞에 잠잠하고 참고 기다리라 자기 길이 형통하며 악한 꾀를 이루는 자 때문에 불평하지 말지어다

⑲ 시편 37:11

온유한 자들은 땅을 차지하며 풍성한 화평으로 즐거워하리로다

⑲ 시편 37:18-19

여호와께서 온전한 자의 날을 아시나니 그들은 영원하리로다 그들은 환난 때에 부끄러움을 당하지 아니하며 기근의 날에도 풍족할 것이나

⑲ 시편 37:22-24

주의 복을 받은 자들은 땅을 차지하리로다 여호와께서 사람의 걸음을 정하시고 그의 길을 기뻐하시나니 그는 넘어지나 아주 엎드러지지 아니함은 여호와께서 그의 손으로 붙드심이로다

⑲ 시편 37:31

의인의 마음에는 하나님의 법이 있으니 그의 걸음은 실족함이 없으리로다

⑲ 시편 37:34

여호와를 바라고 그의 도를 지키라 그리하면 네가 땅을 차지하게 하실 것이라 악인이 끊어질 때에 네가 똑똑히 보리로다

⑲ 시편 37:37

온전한 사람을 살피고 정직한 자를 볼지어다 모든 화평한 자의 미래는 평안이로다

⑲ 시편 37:39-40

의인들의 구원은 여호와로부터 오나니 그는 환난 때에 그들의 요새이시로다 여호와께서 그들을 도와 건지시되 악인들에게서 건져 구원하심은 그를 의지한 까닭이로다

⑲ 시편 39:12-13

여호와여 나의 기도를 들으시며 나의 부르짖음에 귀를 기울이소서 내가 눈물 흘릴 때에 잠잠하지 마옵소서 주는 나를 용서하사 내가 떠나 없어지기 전에 나의 건강을 회복시키소서

⑲ 시편 40:1

내가 여호와를 기다리고 기다렸더니 귀를 기울이사 나의 부르짖음을 들으셨도다

⑲ 시편 40:2

나를 웅덩이와 수렁에서 끌어올리시고 내 발을 반석 위에 두사 내 걸음을 견고하게 하셨도다

⑲ 시편 40:5

여호와 주께서 행하신 기적이 많고 우리를 향하신 주의 생각도 많아 누구도 주와 견줄 자가 없나이다 내가 널리 알려 말하고자 하나 너무 많아 그 수를 셀 수도 없나이다

⑲ 시편 40:11

여호와여 주의 긍휼을 내게서 거두지 마시고 주의 인자와 진리로 나를 항상 보호하소서

⑲ 시편 40:13

여호와여 은총을 베푸사 나를 구원하소서 여호와여 속히 나를 도우소서

⑲ 시편 40:16

주를 찾는 자는 다 주 안에서 즐거워하고 기뻐하게 하시며 주의 구원을 사랑하는 자는 항상 말하기를 여호와는 위대하시다 하게 하소서

⑲ 시편 40:17

나는 가난하고 궁핍하오나 주께서는 나를 생각하시오니 주는 나의 도움

이시요 나를 건지시는 이시라 나의 하나님이여 지체하지 마소서

⑲ 시편 41:1

가난한 자를 보살피는 자에게 복이 있음이여 재앙의 날에 여호와께서 그를 건지시리로다

⑲ 시편 41:2-3

여호와께서 그를 지키사 살게 하시리니 그가 이 세상에서 복을 받을 것이라 여호와께서 그를 병상에서 붙드시고 그가 누워 있을 때마다 그의 병을 고쳐 주시나이다

⑲ 시편 41:12

주께서 나를 온전한 중에 붙드시고 영원히 주 앞에 세우시나이다

⑲ 시편 42:2

내 영혼이 하나님 곧 살아 계시는 하나님을 갈망하나니 내가 어느 때에 나아가서 하나님의 얼굴을 뵈올까

⑲ 시편 42:5

내 영혼아 네가 어찌하여 낙심하며 어찌하여 내 속에서 불안해하는가 너는 하나님께 소망을 두라 그가 나타나 도우심으로 말미암아 내가 여전히 찬송하리로다

⑲ 시편 43:3

주의 빛과 주의 진리를 보내시어 나를 인도하시고 주의 거룩한 산과 주께서 계시는 곳에 이르게 하소서

⑲ 시편 43:5

내 영혼아 네가 어찌하여 낙심하며 어찌하여 내 속에서 불안해하는가 너는 하나님께 소망을 두라 그가 나타나 도우심으로 말미암아 내 하나님을 여전히 찬송하리로다

⑲ 시편 44:24-26

어찌하여 주의 얼굴을 가리시고 우리 고난과 압제를 잊으시나이까 우리 영혼은 진토 속에 파묻히고 우리 몸은 땅에 붙었나이다 일어나 우리를 도우소서 주의 인자하심으로 말미암아 우리를 구원하소서

⑲ 시편 46:1

하나님은 우리의 피난처시요 힘이시니 환난 중에 만날 큰 도움이시라

⑲ 시편 46:3

바닷물이 솟아나고 뛰놀든지 그것이 넘침으로 산이 흔들릴지라도 우리는 두려워하지 아니하리로다

⑲ 시편 46:5

하나님이 그 성중에 계시매 성이 흔들리지 아니할 것이라 새벽에 하나님이 도우시리로다

⑲ 시편 46:7

만군의 여호와께서 우리와 함께하시니 야곱의 하나님은 우리의 피난처시로다

⑲ 시편 48:9

하나님이여 우리가 주의 전 가운데에서 주의 인자하심을 생각하였나

이다

⑲ 시편 48:14

하나님은 영원히 우리 하나님이시니 그가 우리를 죽을 때까지 인도하시리로다

⑲ 시편 50:15

환난 날에 나를 부르라 내가 너를 건지리니 네가 나를 영화롭게 하리로다

⑲ 시편 50:23

감사로 제사를 드리는 자가 나를 영화롭게 하나니 그 행위를 옳게 하는 자에게 내가 하나님의 구원을 보이리라

⑲ 시편 51:1-2

하나님이여 주의 인자를 따라 내게 은혜를 베푸시며 주의 많은 긍휼을 따라 내 죄악을 지워주소서 나의 죄악을 말갛게 씻으시며 나의 죄를 깨끗이 제하소서

⑲ 시편 51:10-12

하나님이여 내 속에 정한 마음을 창조하시고 내 안에 정직한 영을 새롭게 하소서 나를 주 앞에서 쫓아내지 마시며 주의 성령을 내게서 거두지 마소서 주의 구원의 즐거움을 내게 회복시켜 주시고 자원하는 심령을 주사 나를 붙드소서

⑲ 시편 51:14

하나님이여 나의 구원의 하나님이여 피 흘린 죄에서 나를 건지소서 내 혀가 주의 의를 높이 노래하리이다

⑲ 시편 51:17

하나님께서 구하시는 제사는 상한 심령이라 하나님이여 상하고 통회하는 마음을 주께서 멸시하지 아니하시리이다

⑲ 시편 52:8

나는 하나님의 집에 있는 푸른 감람나무 같음이여 하나님의 인자하심을 영원히 의지하리로다

⑲ 시편 52:9

주께서 이를 행하셨으므로 내가 영원히 주께 감사하고 주의 이름이 선하시므로 주의 성도 앞에서 내가 주의 이름을 사모하리이다

⑲ 시편 53:2

하나님이 하늘에서 인생을 굽어살피사 지각이 있는 자와 하나님을 찾는 자가 있는가 보려 하신즉

⑲ 시편 54:1-2

하나님이여 주의 이름으로 나를 구원하시고 주의 힘으로 나를 변호하소서 하나님이여 내 기도를 들으시며 내 입의 말에 귀를 기울이소서

⑲ 시편 54:4

하나님은 나를 돕는 이시며 주께서는 내 생명을 붙들어 주시는 이시나이다

⑲ 시편 55:16-17

나는 하나님께 부르짖으리니 여호와께서 나를 구원하시리로다 저녁과 아침과 정오에 내가 근심하여 탄식하리니 여호와께서 내 소리를 들으시리

로다

⑲ 시편 55:22

네 짐을 여호와께 맡기라 그가 너를 붙드시고 의인의 요동함을 영원히 허락하지 아니하시리로다

⑲ 시편 56:4

내가 하나님을 의지하고 그 말씀을 찬송하올지라 내가 하나님을 의지하였은즉 두려워하지 아니하리니

⑲ 시편 56:13

주께서 내 생명을 사망에서 건지셨음이라 주께서 나로 하나님 앞, 생명의 빛에 다니게 하시려고 실족하지 아니하게 하지 아니하셨나이까

⑲ 시편 57:1-2

하나님이여 내게 은혜를 베푸소서 내게 은혜를 베푸소서 내 영혼이 주께로 피하되 주의 날개 그늘 아래에서 이 재앙들이 지나기까지 피하리이다 내가 지존하신 하나님께 부르짖음이여 곧 나를 위하여 모든 것을 이루시는 하나님께로다

⑲ 시편 58:11

그때에 사람의 말이 진실로 의인에게 갚음이 있고 진실로 땅에서 심판하시는 하나님이 계시다 하리로다

⑲ 시편 59:1

나의 하나님이여 내 원수에게서 나를 건지시고 일어나 치려는 자에게서 나를 높이 드소서

⑲ 시편 59:9

하나님은 나의 요새이시니 그의 힘을 말미암아 내가 주를 바라리이다

⑲ 시편 59:16-17

나는 주의 힘을 노래하며 아침에 주의 인자하심을 높이 부르오리니 주는 나의 요새이시며 나의 환난 날에 피난처심이니이다 나의 힘이시여 내가 주께 찬송하오리니 하나님은 나의 요새이시며 나를 긍휼히 여기시는 하나님이심이니이다

⑲ 시편 60:5

주의 사랑하시는 자를 건지시기 위하여 주의 오른손으로 구원하시고 응답하소서

⑲ 시편 60:12

우리가 하나님을 의지하고 용감하게 행하리니 그는 우리의 대적을 밟으실 이심이로다

⑲ 시편 61:1-2

하나님이여 나의 부르짖음을 들으시며 내 기도에 유의하소서 내 마음이 약해질 때에 땅끝에서부터 주께 부르짖으오리니 나보다 높은 바위에 나를 인도하소서

⑲ 시편 61:3-4

주는 나의 피난처시요 원수를 피하는 견고한 망대이심이니이다 내가 영원히 주의 장막에 머물며 내가 주의 날개 아래로 피하리이다

⑲ 시편 61:7

그가 영원히 하나님 앞에서 거주하리니 인자와 진리를 예비하사 그를 보호하소서

⑲ 시편 62:1-2

나의 영혼이 잠잠히 하나님만 바람이여 나의 구원이 그에게서 나오는도다 오직 그만이 나의 반석이시요 나의 구원이시요 나의 요새이시니 내가 크게 흔들리지 아니하리로다

⑲ 시편 62:7

나의 구원과 영광이 하나님께 있음이여 내 힘의 반석과 피난처도 하나님께 있도다

⑲ 시편 62:12

주여 인자함은 주께 속하오니 주께서 각 사람이 행한 대로 갚으심이니이다

⑲ 시편 63:3

주의 인자하심이 생명보다 나으므로 내 입술이 주를 찬양할 것이라

⑲ 시편 63:5-6

골수와 기름진 것을 먹음과 같이 나의 영혼이 만족할 것이라 나의 입이 기쁜 입술로 주를 찬송하되 내가 나의 침상에서 주를 기억하며 새벽에 주의 말씀을 작은 소리로 읊조릴 때에 하오리니다

⑲ 시편 63:7-8

주는 나의 도움이 되셨음이라 내가 주의 날개 그늘에서 즐겁게 부르리이

다 나의 영혼이 주를 가까이 따르니 주의 오른손이 나를 붙드시거니와

⑲ 시편 64:1

하나님이여 내가 근심하는 소리를 들으시고 원수의 두려움에서 나의 생명을 보존하소서

⑲ 시편 65:2

기도를 들으시는 주여 모든 육체가 주께 나아오리이다

⑲ 시편 65:4

주께서 택하시고 가까이 오게 하사 주의 뜰에 살게 하신 사람은 복이 있나이다 우리가 주의 집 곧 주의 성전의 아름다움으로 만족하리이다

⑲ 시편 66:9

그는 우리 영혼을 살려 두시고 우리의 실족함을 허락하시지 아니하시는 주시로다

⑲ 시편 66:19-20

하나님이 실로 들으셨음이여 내 기도 소리에 귀를 기울이셨도다 하나님을 찬송하리로다 그가 내 기도를 물리치지 아니하시고 그의 인자하심을 내게서 거두지도 아니하셨도다

⑲ 시편 67:1-2

하나님은 우리에게 은혜를 베푸사 복을 주시고 그의 얼굴 빛을 우리에게 비추사 주의 도를 땅 위에 주의 구원을 모든 나라에게 알리소서

⑲ 시편 67:7

하나님이 우리에게 복을 주시리니 땅의 모든 끝이 하나님을 경외하리
로다

⑲ 시편 68:19-20

날마다 우리 짐을 지시는 주 곧 우리의 구원이신 하나님을 찬송할지로다
하나님은 우리에게 구원의 하나님이시라 사망에서 벗어남은 주 여호와로
말미암거니와

⑲ 시편 69:1

하나님이여 나를 구원하소서 물들이 내 영혼에까지 흘러 들어왔나이다

⑲ 시편 69:13

여호와여 나를 반기시는 때에 내가 주께 기도하오니 하나님이여 많은 인
자와 구원의 진리로 내게 응답하소서

⑲ 시편 69:16-17

여호와여 주의 인자하심이 선하시오니 내게 응답하시며 주의 많은 긍휼
에 따라 내게로 돌이키소서 주의 얼굴을 주의 종에게서 숨기지 마소서 내
가 환난 중에 있사오니 속히 내게 응답하소서

⑲ 시편 69:29

오직 나는 가난하고 슬프오니 하나님이여 주의 구원으로 나를 높이소서

⑲ 시편 70:1

하나님이여 나를 건지소서 여호와여 속히 나를 도우소서

⑲ 시편 70:4

주를 찾는 모든 자들이 주로 말미암아 기뻐하고 즐거워하게 하시며 주의 구원을 사랑하는 자들이 항상 말하기를 하나님은 위대하시다 하게 하소서

⑲ 시편 70:5

나는 가난하고 궁핍하오니 하나님이여 속히 내게 임하소서 주는 나의 도움이시요 나를 건지시는 이시오니 여호와여 지체하지 마소서

⑲ 시편 71:1-3

여호와여 내가 주께 피하오니 내가 영원히 수치를 당하게 하지 마소서 주의 의로 나를 건지시며 나를 풀어 주시며 주의 귀를 내게 기울이사 나를 구원하소서 주는 내가 항상 피하여 숨을 바위가 되소서 주께서 나를 구원하라 명령하셨으니 이는 주께서 나의 반석이시요 나의 요새이심이니이다

⑲ 시편 71:5-6

주 여호와여 주는 나의 소망이시요 내가 어릴 때부터 신뢰한 이시라 내가 모태에서부터 주를 의지하였으며 나의 어머니 배에서부터 주께서 나를 택하셨사오니 나는 항상 주를 찬송하리이다

⑲ 시편 71:9

늙을 때에 나를 버리지 마시며 내 힘이 쇠약할 때에 나를 떠나지 마소서

⑲ 시편 71:12

하나님이여 나를 멀리 하지 마소서 나의 하나님이여 속히 나를 도우소서

⑲ 시편 71:14-15

나는 항상 소망을 품고 주를 더욱더욱 찬송하리이다 내가 측량할 수 없

는 주의 공의와 구원을 내 입으로 종일 전하리이다

⑲ 시편 71:18

하나님이여 내가 늙어 백발이 될 때에도 나를 버리지 마시며 내가 주의 힘을 후대에 전하고 주의 능력을 장래의 모든 사람에게 전하기까지 나를 버리지 마소서

⑲ 시편 71:20-21

우리에게 여러 가지 심한 고난을 보이신 주께서 우리를 다시 살리시며 땅 깊은 곳에서 다시 이끌어 올리시리이다 나를 더욱 창대하게 하시고 돌이키사 나를 위로하소서

⑲ 시편 72:7

그의 날에 의인이 흥왕하여 평강의 풍성함이 달이 다할 때까지 이르리로다

⑲ 시편 72:13

그는 가난한 자와 궁핍한 자를 불쌍히 여기며 궁핍한 자의 생명을 구원하며

⑲ 시편 73:23-24

내가 항상 주와 함께 하니 주께서 내 오른손을 붙드셨나이다 주의 교훈으로 나를 인도하시고 후에는 영광으로 나를 영접하시리니

⑲ 시편 73:26

내 육체와 마음은 쇠약하나 하나님은 내 마음의 반석이시요 영원한 분깃이시라

⑲ 시편 73:28

하나님께 가까이 함이 내게 복이라 내가 주 여호와를 나의 피난처로 삼아 주의 모든 행적을 전파하리이다

⑲ 시편 74:12

하나님은 예로부터 나의 왕이시라 사람에게 구원을 베푸셨나이다

⑲ 시편 74:19

주의 멧비둘기의 생명을 들짐승에게 주지 마시며 주의 가난한 자의 목숨을 영원히 잊지 마소서

⑲ 시편 75:7

오직 재판장이신 하나님이 이를 낮추시고 저를 높이시느니라

⑲ 시편 77:1

내가 내 음성으로 하나님께 부르짖으리니 내 음성으로 하나님께 부르짖으면 내게 귀를 기울이시리로다

⑲ 시편 79:9

우리 구원의 하나님이여 주의 이름의 영광스러운 행사를 위하여 우리를 도우시며 주의 이름을 증거하기 위하여 우리를 건지시며 우리 죄를 사하소서

⑲ 시편 79:11

갇힌 자의 탄식을 주의 앞에 이르게 하시며 죽이기로 정해진 자도 주의 크신 능력을 따라 보존하소서

⑲ 시편 79:13

우리는 주의 백성이요 주의 목장의 양이니 우리는 영원히 주께 감사하며 주의 영예를 대대에 전하리이다

⑲ 시편 80:2-3

에브라임과 베냐민과 므낫세 앞에서 주의 능력을 나타내사 우리를 구원하러 오소서 하나님이여 우리를 돌이키시고 주의 얼굴빛을 비추사 우리가 구원을 얻게 하소서

⑲ 시편 80:7

만군의 하나님이여 우리를 회복하여 주시고 주의 얼굴의 광채를 비추사 우리가 구원을 얻게 하소서

⑲ 시편 80:17-18

주의 오른쪽에 있는 자 곧 주를 위하여 힘있게 하신 인자에게 주의 손을 얹으소서 그리하시면 우리가 주에게서 물러가지 아니하오리니 우리를 소생하게 하소서 우리가 주의 이름을 부르리이다

⑲ 시편 80:19

만군의 하나님 여호와여 우리를 돌이켜 주시고 주의 얼굴의 광채를 우리에게 비추소서 우리가 구원을 얻으리이다

⑲ 시편 81:6

하나님이 이르시되 내가 그의 어깨에서 짐을 벗기고 그의 손에서 광주리를 놓게 하였도다

⑲ 시편 81:7

네가 고난 중에 부르짖으매 내가 너를 건졌고 우렛소리의 은밀한 곳에서 네게 응답하며 므리바 물 가에서 너를 시험하였도다

⑲ 시편 81:10

나는 너를 애굽 땅에서 인도하여 낸 여호와 네 하나님이니 네 입을 크게 열라 내가 채우리라 하였으니라

⑲ 시편 84:2

내 영혼이 여호와의 궁정을 사모하여 쇠약함이여 내 마음과 육체가 살아 계시는 하나님께 부르짖나이다

⑲ 시편 84:4-5

주의 집에 사는 자들은 복이 있나니 그들이 항상 주를 찬송하리이다 주께 힘을 얻고 그 마음에 시온의 대로가 있는 자는 복이 있나이다

⑲ 시편 84:10

주의 궁정에서의 한 날이 다른 곳에서의 천 날보다 나은즉 악인의 장막에 사는 것보다 내 하나님의 성전 문지기로 있는 것이 좋사오니

⑲ 시편 84:11

여호와 하나님은 해요 방패이시라 여호와께서 은혜와 영화를 주시며 정직하게 행하는 자에게 좋은 것을 아끼지 아니하실 것임이니이다

⑲ 시편 85:6-7

주께서 우리를 다시 살리사 주의 백성이 주를 기뻐하도록 하지 아니하시겠나이까 여호와여 주의 인자하심을 우리에게 보이시며 주의 구원을 우리

에게 주소서

⑲ 시편 85:9

진실로 그의 구원이 그를 경외하는 자에게 가까우니 영광이 우리 땅에
머무르리이다

⑲ 시편 86:1

여호와여 나는 가난하고 궁핍하오니 주의 귀를 기울여 내게 응답하소서

⑲ 시편 86:2-4

나는 경건하오니 내 영혼을 보존하소서 내 주 하나님이여 주를 의지하는
종을 구원하소서 주여 내게 은혜를 베푸소서 내가 종일 주께 부르짖나이
다 주여 내 영혼이 주를 우러러보오니 주여 내 영혼을 기쁘게 하소서

⑲ 시편 86:7

나의 환난 날에 내가 주께 부르짖으리니 주께서 내게 응답하시리이다

⑲ 시편 86:11

여호와여 주의 도를 내게 가르치소서 내가 주의 진리에 행하오리니 일심
으로 주의 이름을 경외하게 하소서

⑲ 시편 86:15-17

주는 긍휼히 여기시며 은혜를 베푸시며 노하기를 더디하시며 인자와 진
실이 풍성하신 하나님이시오니 내게로 돌이키사 내게 은혜를 베푸소서 주
의 종에게 힘을 주시고 구원하소서 은총의 표적을 내게 보이소서 여호와
여 주는 나를 돕고 위로하시는 이시니이다

⑲ 시편 88:1-2

여호와 내 구원의 하나님이여 내가 주야로 주 앞에서 부르짖었사오니 나의 기도가 주 앞에 이르게 하시며 나의 부르짖음에 주의 귀를 기울여 주소서

⑲ 시편 89:1

내가 여호와의 인자하심을 영원히 노래하며 주의 성실하심을 내 입으로 대대에 알게 하리이다

⑲ 시편 89:11

하늘이 주의 것이요 땅도 주의 것이라 세계와 그 중에 충만한 것을 주께서 건설하셨나이다

⑲ 시편 89:26

그가 내게 부르기를 주는 나의 아버지시요 나의 하나님이시요 나의 구원의 바위시라 하리로다

⑲ 시편 90:8

주께서 우리의 죄악을 주의 앞에 놓으시며 우리의 은밀한 죄를 주의 얼굴 빛 가운데에 두셨사오니

⑲ 시편 90:14

아침에 주의 인자하심이 우리를 만족하게 하사 우리를 일생 동안 즐겁고 기쁘게 하소서

⑲ 시편 90:16

주께서 행하신 일을 주의 종들에게 나타내시며 주의 영광을 그들의 자손

에게 나타내소서

⑲ 시편 91:4

여호와가 너를 그의 깃으로 덮으시리니 네가 그의 날개 아래에 피하리로다 그의 진실함은 방패와 손 방패가 되시나니

⑲ 시편 91:5-6

너는 밤에 찾아오는 공포와 낮에 날아드는 화살과 어두울 때 퍼지는 전염병과 밝을 때 닥쳐오는 재앙을 두려워하지 아니하리로다

⑲ 시편 91:9-11

네가 말하기를 여호와는 나의 피난처시라 하고 지존자를 너의 거처로 삼았으므로 화가 네게 미치지 못하며 재앙이 네 장막에 가까이 오지 못하리니 그가 너를 위하여 그의 천사들을 명령하사 네 모든 길에서 너를 지키게 하심이라 그들이 그들의 손으로 너를 붙들어 발이 돌에 부딪히지 아니하게 하리로다

⑲ 시편 91:14-15

하나님이 이르시되 그가 나를 사랑한즉 내가 그를 건지리라 그가 내 이름을 안즉 내가 그를 높이리라 그가 내게 간구하리니 내가 그에게 응답하리라 그들이 환난 당할 때에 내가 그와 함께 하여 그를 건지고 영화롭게 하리라

⑲ 시편 91:16

하나님이 이르시되 내가 그를 장수하게 함으로 그를 만족하게 하며 나의 구원을 그에게 보이리라 하시도다

⑲ 시편 92:1-3

여호와께 감사하며 주의 이름을 찬양하고 아침마다 주의 인자하심을 알리며 밤마다 주의 성실하심을 베풂이 좋으니이다

⑲ 시편 92:4-5

여호와여 주께서 행하신 일로 나를 기쁘게 하셨으니 주의 손이 행하신 일로 말미암아 내가 높이 외치리이다 여호와여 주께서 행하신 일이 어찌 그리 크신지요 주의 생각이 매우 깊으시나이다

⑲ 시편 94:14-15

여호와께서는 자기 백성을 버리지 아니하시며 자기의 소유를 외면하지 아니하시리로다 심판이 의로 돌아가리니 마음이 정직한 자가 다 따르리로다

⑲ 시편 94:18

여호와여 나의 발이 미끄러진다고 말할 때에 주의 인자하심이 나를 붙드셨사오며

⑲ 시편 94:22

여호와는 나의 요새이시요 나의 하나님은 내가 피할 반석이시라

⑲ 시편 95:1-2

오라 우리가 여호와께 노래하며 우리의 구원의 반석을 향하여 즐거이 외치자

⑲ 시편 95:6-7

오라 우리가 굽혀 경배하며 우리를 지으신 여호와 앞에 무릎을 꿇자 그는 우리의 하나님이시요 우리는 그가 기르시는 백성이며 그의 손이 돌보시

는 양이기 때문이라 너희가 오늘 그의 음성을 듣거든

⑲ **시편 96:2**

여호와께 노래하여 그의 이름을 송축하며 그의 구원을 날마다 전파할지어다

⑲ **시편 97:10-11**

여호와를 사랑하는 너희여 악을 미워하라 그가 그의 성도의 영혼을 보전하사 악인의 손에서 건지시느니라 의인을 위하여 빛을 뿌리고 마음이 정직한 자를 위하여 기쁨을 뿌리시는도다

⑲ **시편 98:1**

새 노래로 여호와께 찬송하라 그는 기이한 일을 행하사 그의 오른손과 거룩한 팔로 자기를 위하여 구원을 베푸셨음이로다

⑲ **시편 98:3**

그가 이스라엘의 집에 베푸신 인자와 성실을 기억하셨으므로 땅 끝까지 이르는 모든 것이 우리 하나님의 구원을 보았도다

⑲ **시편 100:1-3**

온 땅이여 여호와께 즐거운 찬송을 부를지어다 기쁨으로 여호와를 섬기며 노래하면서 그의 앞에 나아갈지어다 여호와가 우리 하나님이신 줄 너희는 알지어다 그는 우리를 지으신 이요 우리는 그의 것이니 그의 백성이요 그의 기르시는 양이로다

⑲ **시편 100:4**

감사함으로 그의 궁정에 들어가며 찬송함으로 그의 궁정에 들어가서 그

에게 감사하며 그의 이름을 송축할지어다

⑲ **시편 100:5**

여호와는 선하시니 그의 인자하심이 영원하고 그의 성실하심이 대대에 이르리로다

⑲ **시편 101:6**

내 눈이 이 땅의 충성된 자를 살펴 나와 함께 살게 하리니 완전한 길에 행하는 자가 나를 따르리로다

⑲ **시편 102:2**

나의 괴로운 날에 주의 얼굴을 내게서 숨기지 마소서 주의 귀를 내게 기울이사 내가 부르짖는 날에 속히 내게 응답하소서

⑲ **시편 102:20**

갇힌 자의 탄식을 들으시며 죽이기로 정한 자를 해방하사

⑲ **시편 102:24**

나의 하나님이여 나의 중년에 나를 데려가지 마옵소서 주의 연대는 대대에 무궁하니이다

⑲ **시편 103:3-4**

그가 네 모든 죄악을 사하시며 네 모든 병을 고치시며 네 생명을 파멸에서 속량하시는도다

⑲ **시편 103:8**

여호와는 긍휼이 많으시고 은혜로우시며 노하기를 더디 하시고 인자하

심이 풍부하시도다

⑲ **시편 103:11**

이는 하늘이 땅에서 높음 같이 그를 경외하는 자에게 그의 인자하심이
로다

⑲ **시편 103:13**

아버지가 자식을 긍휼히 여김 같이 여호와께서는 자기를 경외하는 자를
긍휼히 여기시나니

⑲ **시편 104:33-34**

내가 평생토록 여호와께 노래하며 내가 살아있는 동안 내 하나님을 찬
양하리로다 나의 기도를 기쁘게 여기시기를 바라나니 나는 여호와로 말미
암아 즐거워하리로다

⑲ **시편 105:4**

여호와와 그의 능력을 구할지어다 그의 얼굴을 항상 구할지어다

⑲ **시편 105:15**

이르시기를 나의 기름 부은 자를 손대지 말며 나의 선지자들을 해하지
말라 하셨도다

⑲ **시편 106:1**

할렐루야 여호와께 감사하라 그는 선하시며 그 인자하심이 영원함이
로다

⑲ 시편 106:4

여호와여 주의 백성에게 베푸시는 은혜로 나를 기억하시며 주의 구원으로 나를 돌보사

⑲ 시편 106:47

여호와 우리 하나님이여 우리를 구원하사 우리가 주의 거룩하신 이름을 감사하며 주의 영예를 찬양하게 하소서

⑲ 시편 107:2-3

여호와의 속량을 받은 자들은 이같이 말할지어다 여호와께서 대적의 손에서 그들을 속량하사 동서남북 각 지방에서부터 모으셨도다

⑲ 시편 107:6-7

그들이 근심 중에 여호와께 부르짖으매 그들의 고통에서 건지시고 또 바른길로 인도하사 거주할 성읍에 이르게 하셨도다

⑲ 시편 107:8-9

여호와의 인자하심과 인생에게 행하신 기적으로 말미암아 그를 찬송할지로다 여호와가 사모하는 영혼에게 만족을 주시며 주린 영혼에게 좋은 것으로 채워주심이로다

⑲ 시편 107:13-15

이에 그들이 그 환난 중에 여호와께 부르짖으매 그들의 고통에서 구원하시되 흑암과 사망의 그늘에서 인도하여 내시고 그들의 얽어맨 줄을 끊이셨도다 여호와의 인자하심과 인생에게 행하신 기적으로 말미암아 그를 찬송할지로다

⑲ 시편 107:19-20

그들이 그들의 고통 때문에 여호와께 부르짖으매 그가 그들의 고통에서 그들을 구원하시되 그가 그의 말씀을 보내어 그들을 고치시고 위험한 지경에서 건지시는도다

⑲ 시편 107:30

그들이 평온함으로 말미암아 기뻐하는 중에 여호와께서 그들이 바라는 항구로 인도하시는도다

⑲ 시편 108:1

하나님이여 내 마음을 정하였사오니 내가 노래하며 나의 마음을 다하여 찬양하리로다

⑲ 시편 108:6

주께서 사랑하시는 자들을 건지시기 위하여 우리에게 응답하사 오른손으로 구원하소서

⑲ 시편 109:21

주 여호와여 주의 이름으로 말미암아 나를 선대하소서 주의 인자하심이 선하시오니 나를 건지소서

⑲ 시편 109:26

여호와 나의 하나님이여 나를 도우시며 주의 인자하심을 따라 나를 구원하소서

⑲ 시편 109:28

그들은 내게 저주하여도 주는 내게 복을 주소서 그들은 일어날 때에 수

치를 당할지라도 주의 종은 즐거워하리이다

⑲ 시편 110:3

주의 권능의 날에 주의 백성이 거룩한 옷을 입고 즐거이 헌신하니 새벽 이슬 같은 주의 청년들이 주께 나오는도다

⑲ 시편 111:4

그의 기적을 사람이 기억하게 하셨으니 여호와는 은혜로우시고 자비로우시도다

⑲ 시편 111:5

여호와께서 자기를 경외하는 자들에게 양식을 주시며 그의 언약을 영원히 기억하시리로다

⑲ 시편 111:9-10

여호와께서 그의 백성을 속량하시며 그의 언약을 영원히 세우셨으니 그의 이름이 거룩하고 지존하시도다 여호와를 경외함이 지혜의 근본이라 그의 계명을 지키는 자는 다 훌륭한 지각을 가진 자이니 여호와를 찬양함이 영원히 계속되리로다

⑲ 시편 112:1

할렐루야 여호와를 경외하며 그의 계명을 크게 즐거워하는 자는 복이 있도다

⑲ 시편 112:4

정직한 자들에게는 흑암 중에 빛이 일어나나니 그는 자비롭고 긍휼이 많으며 의로운 이로다

⑲ 시편 115:1

여호와여 영광을 우리에게 돌리지 마옵소서 우리에게 돌리지 마옵소서 오직 주는 인자하시고 진실하시므로 주의 이름에만 영광을 돌리소서

⑲ 시편 115:11

여호와를 경외하는 자들아 너희는 여호와를 의지하여라 그는 너희의 도움이시요 너희의 방패시로다

⑲ 시편 115:13

높은 사람이나 낮은 사람을 막론하고 여호와를 경외하는 자들에게 복을 주시리로다

⑲ 시편 116:1-2

여호와께서 내 음성과 내 간구를 들으시므로 내가 그를 사랑하는도다 그의 귀를 내게 기울이셨으므로 내가 평생에 기도하리로다

⑲ 시편 116:4-6

내가 여호와의 이름으로 기도하기를 여호와여 주께 구하오니 내 영혼을 건지소서 하였도다 여호와는 은혜로우시며 의로우시며 우리 하나님은 긍휼이 많으시도다 여호와께서는 순진한 자를 지키시나니 내가 어려울 때에 나를 구원하셨도다

⑲ 시편 116:7-8

내 영혼아 네 평안함으로 돌아갈지어다 여호와께서 너를 후대하심이로다 주께서 내 영혼을 사망에서, 내 눈을 눈물에서, 내 발을 넘어짐에서 건지셨나이다

⑲ 시편 116:9-10 & 116:12

내가 생명이 있는 땅에서 여호와 앞에 행하리로다 내가 크게 고통을 당하였다고 말할 때에도 나는 믿었도다 내게 주신 모든 은혜를 내가 여호와께 무엇으로 보답할까

⑲ 시편 116:16

여호와여 나는 진실로 주의 종이요 주의 여종의 아들 곧 주의 종이라 주께서 나의 결박을 푸셨나이다

⑲ 시편 117:2

우리에게 향하신 여호와의 인자하심이 크시고 여호와의 진실하심이 영원함이로다 할렐루야

⑲ 시편 118:5-6

내가 고통 중에 여호와께 부르짖었더니 여호와께서 응답하시고 나를 넓은 곳에 세우셨도다 여호와는 내 편이시라 내가 두려워하지 아니하리니 사람이 내게 어찌할까

⑲ 시편 118:13-14

너는 나를 밀쳐 넘어뜨리려 하였으나 여호와께서는 나를 도우셨도다 여호와는 나의 능력과 찬송이시요 또 나의 구원이 되셨도다

⑲ 시편 118:19

내게 의의 문들을 열지어다 내가 그리로 들어가서 여호와께 감사하리로다

⑲ 시편 118:21

주께서 내게 응답하시고 나의 구원이 되셨으니 내가 주께 감사하리이다

⑲ 시편 118:25

여호와여 구하옵나니 이제 구원하소서 여호와여 우리가 구하옵나니 이제 형통하게 하소서

⑲ 시편 118:26

여호와의 이름으로 오는 자가 복이 있음이여 우리가 여호와의 집에서 너희를 축복하였도다

⑲ 시편 118:28-29

주는 나의 하나님이시라 내가 주께 감사하리이다 주는 나의 하나님이시라 내가 주를 높이니이다 여호와께 감사하라 그는 선하시며 그의 인자하심이 영원함이로다

⑲ 시편 119:2

여호와의 증거들을 지키고 전심으로 여호와를 구하는 자는 복이 있도다

⑲ 시편 119:5

내 길을 굳게 정하사 주의 율례를 지키게 하소서

⑲ 시편 119:37

내 눈을 돌이켜 허탄한 것을 보지 말게 하시고 주의 길에서 나를 살아나게 하소서

⑲ 시편 119:41

여호와여 주의 말씀으로 주의 인자하심과 주의 구원을 내게 임하게 하
소서

⑲ 시편 119:49-50

주의 종에게 하신 말씀을 기억하소서 주께서 내게 소망을 가지게 하셨
나이다 이 말씀은 나의 고난 중의 위로라 주의 말씀이 나를 살리셨기 때문
이니이다

⑲ 시편 119:58

내가 진심으로 주께 간구하였사오니 주의 말씀대로 내게 은혜를 베푸
소서

⑲ 시편 119:66-67

내가 주의 계명들을 믿었사오니 좋은 명철과 지식을 내게 가르치소서 고
난당하기 전에는 내가 그릇 행하였더니 이제는 주의 말씀을 지키나이다

⑲ 시편 119:71

고난당한 것이 내게 유익이라 이로 말미암아 내가 주의 율례들을 배우
게 되었나이다

⑲ 시편 119:75

여호와여 내가 알거니와 주의 심판은 의로우시고 주께서 나를 괴롭게
하심은 성실하심 때문이니이다

⑲ 시편 119:77

주의 긍휼히 여기심이 내게 임하사 내가 살게 하소서 주의 법은 나의 즐

거움이니이다

⑲ 시편 119:88

주의 인자하심을 따라 나를 살아나게 하소서 그리하시면 주의 입의 교훈들을 내가 지키리이다

⑲ 시편 119:92-93

주의 법이 나의 즐거움이 되지 아니하였더면 내가 내 고난 중에 멸망하였으리이다 내가 주의 법도들을 영원히 잊지 아니하오니 주께서 이것들 때문에 나를 살게 하심이니이다

⑲ 시편 119:105

주의 말씀은 내 발의 등이요 내 길에 빛이니이다

⑲ 시편 119:117

나를 붙드소서 그리하시면 내가 구원을 얻고 주의 율례들에 항상 주의하리이다

⑲ 시편 119:132

주의 이름을 사랑하는 자들에게 베푸시던대로 내게 돌이키사 내게 은혜를 베푸소서

⑲ 시편 119:146

내가 주께 부르짖었사오니 나를 구원하소서 내가 주의 증거들을 지키리이다

⑲ 시편 119:149

주의 인자하심을 따라 내 소리를 들으소서 여호와여 주의 규례들을 따라 나를 살리소서

⑲ 시편 119:154

주께서 나를 변호하시고 나를 구하사 주의 말씀대로 나를 살리소서

⑲ 시편 119:156

여호와여 주의 긍휼이 많으오니 주의 규례들에 따라 나를 살리소서

⑲ 시편 119:59

내가 주의 법도들을 사랑함을 보옵소서 여호와여 주의 인자하심을 따라 나를 살리소서

⑲ 시편 119:165

주의 법을 사랑하는 자에게는 큰 평안이 있으니 그들에게 장애물이 없으리이다

⑲ 시편 119:169-170

여호와여 나의 부르짖음이 주의 앞에 이르게 하시고 주의 말씀대로 나를 깨닫게 하소서 나의 간구가 주의 앞에 이르게 하시고 주의 말씀대로 나를 건지소서

⑲ 시편 119:173

내가 주의 법도들을 택하였사오니 주의 손이 항상 나의 도움이 되게 하소서

⑲ 시편 119:175

내 영혼을 살게 하소서 그리하시면 주를 찬송하리이다 주의 규례들이 나를 돕게 하소서

⑲ 시편 120:1-2

내가 환난 중에 여호와께 부르짖었더니 내게 응답하였도다 여호와여 거짓된 입술과 속이는 혀에서 내 생명을 건져주소서

⑲ 시편 121:1-2

내가 산을 향하여 눈을 들리라 나의 도움이 어디서 올까 나의 도움은 천지를 지으신 여호와에게서로다

⑲ 시편 121:3

여호와께서 너를 실족하지 아니하게 하시며 너를 지키시는 이가 졸지 아니하시리로다

⑲ 시편 121:5-6

여호와는 너를 지키시는 이시라 여호와께서 네 오른쪽에서 네 그늘이 되시나니 낮의 해가 너를 상하게 하지 아니하며 밤의 달도 너를 해치지 아니하니로다

⑲ 시편 121:7-8

여호와께서 너를 지켜 모든 환난을 면하게 하시며 또 네 영혼을 지키시리로다 여호와께서 너의 출입을 지금부터 영혼까지 지키시리로다

⑲ 시편 123:1-2

하늘에 계시는 주여 내가 눈을 들어 주께 향하나이다 우리의 눈이 여호

와 우리 하나님을 바라보며 우리에게 은혜 베풀어주시기를 기다리나이다

⑲ 시편 124:8

우리의 도움은 천지를 지으신 여호와의 이름에 있도다

⑲ 시편 125:1

여호와를 의지하는 자는 시온 산이 흔들리지 아니하고 영원히 있음 같도다

⑲ 시편 125:4

여호와여 선한 자들과 마음이 정직한 자들에게 선대하소서

⑲ 시편 126:3

여호와께서 우리를 위하여 큰일을 행하셨으니 우리는 기쁘도다

⑲ 시편 126:5-6

눈물을 흘리며 씨를 뿌리는 자는 기쁨으로 거두리로다 울며 씨를 뿌리러 나가는 자는 반드시 기쁨으로 그 곡식 단을 가지고 돌아오리로다

⑲ 시편 128:1

여호와를 경외하며 그의 길을 걷는 자마다 복이 있도다

⑲ 시편 130:2

주여 내 소리를 들으시며 나의 부르짖는 소리에 귀를 기울이소서

⑲ 시편 130:5-6

나 곧 내 영혼은 여호와를 기다리며 나는 주의 말씀을 바라는 도다 파

수꾼이 아침을 기다림보다 내 영혼이 주를 더 기다리나니 참으로 파수꾼이 아침을 기다림보다 더하도다

⑲ 시편 130:7

여호와를 바랄지어다 여호와께서는 인자하심과 풍성한 속량이 있음이라

⑲ 시편 134:3

천지를 지으신 여호와께서 시온에서 네게 복을 주실지어다

⑲ 시편 136:1 & 136:23

여호와께 감사하라 그는 선하시며 그 인자하심이 영원함이로다 우리를 비천한 가운데에서도 기억해주신 이에게 감사하라 그 인자하심이 영원함이로다

⑲ 시편 138:3

내가 간구하는 날에 주께서 응답하시고 내 영혼에 힘을 주어 나를 강하게 하셨나이다

⑲ 시편 138:7-8

내가 환난 중에 다닐지라도 주께서 나를 살아나게 하시고 주의 오른손이 나를 구원하시리이다 여호와께서 나를 위하여 보상해주시리이다 여호와여 주의 인자하심이 영원하오니 주의 손으로 지으신 것을 버리지 마옵소서

⑲ 시편 139:2-3

주께서 내가 앉고 일어섬을 아시고 멀리서도 나의 생각을 밝히 아시오며

나의 모든 길과 내가 눕는 것을 살펴보셨으므로 나의 모든 행위를 익히 아시오니이다

⑲ 시편 139:5

주께서 나의 앞뒤를 둘러싸시고 내게 안수하셨나이다

⑲ 시편 139:9-10

내가 새벽 날개를 치며 바다 끝에 가서 거주할지라도 거기서도 주의 손이 나를 인도하시여 주의 오른손이 나를 붙드시리이다

⑲ 시편 139:17

하나님이여 주의 생각이 내게 어찌 그리 보배로우신지요 그 수가 어찌 그리 많은지요

⑲ 시편 140:6

내가 여호와께 말하기를 주는 나의 하나님이시니 여호와여 나의 간구하는 소리에 귀 기울이소서 하였나이다

⑲ 시편 140:13

진실로 의인들이 주의 이름에 감사하며 정직한 자들이 주의 앞에서 살리이다

⑲ 시편 141:1

여호와여 내가 주를 불렀사오니 속히 내게 오시옵소서 내가 주께 부르짖을 때에 내 음성에 귀를 기울이소서

⑲ 시편 141:3

여호와여 내 입에 파수꾼을 세우시고 내 입술의 문을 지키소서

⑲ 시편 142:5-6

여호와여 내가 주께 부르짖어 말하기를 주는 나의 피난처시요 살아있는 사람들의 땅에서 나의 분깃이시라 하였나이다 나의 부르짖음을 들으소서 나는 심히 비천하나이다 나를 핍박하는 자들에게서 나를 건지소서 그들은 나보다 강하나이다

⑲ 시편 142:7

내 영혼을 옥에서 이끌어내사 주의 이름을 감사하게 하소서 주께서 나에게 갚아주시리니 의인들이 나를 두드리이다

⑲ 시편 143:6

주를 향하여 손을 펴고 내 영혼이 마른 땅같이 주를 사모하나이다

⑲ 시편 143:8

아침에 나로 하여금 주의 인자한 말씀을 듣게 하소서 내가 주를 의뢰함이니이다 내가 다닐 길을 알게 하소서 내가 내 영혼을 주께 드림이니이다

⑲ 시편 143:11

여호와여 주의 이름을 위하여 나를 살리시고 주의 의로 내 영혼을 환난에서 끌어내소서

⑲ 시편 144:2

여호와는 나의 사랑이시오 나의 요새이시오 나의 산성이시오 나를 건지시는 이시오 나의 방패이시니 내가 그에게 피하였나이다

⑲ 시편 145:8-9

여호와는 은혜로우시며 긍휼이 많으시며 노하기를 더디 하시며 인자하심이 크시도다 여호와께서는 모든 것을 선대하시며 그 지으신 모든 것에 긍휼을 베푸시는 도다

⑲ 시편 145:15-17

모든 사람의 눈이 주를 앙망하오니 주는 때를 따라 그들에게 먹을 것을 주시며 손을 펴사 모든 생명의 소원을 만족하게 하시나이다 여호와께서는 그 모든 행위에 의로우시며 그 모든 일에 은혜로우시도다

⑲ 시편 145:18-19

여호와께서는 자기에게 간구하는 모든 자 곧 진실하게 간구하는 모든 자에게 가까이 하시는 도다 그는 자기를 경외하는 자들의 소원을 이루시며 또 그들의 부르짖음을 들으사 구원하시리로다

⑲ 시편 146:5

야곱의 하나님을 자기의 도움으로 삼으며 여호와 자기 하나님에게 자기의 소망을 두는 자는 복이 있도다

⑲ 시편 146:8

여호와께서 맹인들의 눈을 여시며 여호와께서 비굴한 자들을 일으키시며 여호와께서 의인들을 사랑하시도다

⑲ 시편 147:3

상심한 자들을 고치시며 그들의 상처를 싸매시는 도다

⑳ 잠언 3:1

내 아들아 나의 법을 잊어버리지 말고 네 마음으로 나의 명령을 지켜라 그리하면 그것이 네게 장수하여 많은 해를 누리게 하며 평강을 더하게 하리라

⑳ 잠언 3:5-6

너는 마음을 다하여 여호와를 신뢰하고 네 명철을 의지하지 말라 너는 범사에 그를 인정하라 그리하면 네 길을 지도하시리라

⑳ 잠언 3:7-8

스스로 지혜롭게 여기지 말지어다 여호와를 경외하며 악을 떠날지어다 이것이 네 몸에 양약이 되어 네 골수를 윤택하게 하리라

⑳ 잠언 3:16-17

그의 오른손에는 장수가 있고 왼손에는 부귀가 있나니 그 길은 즐거운 길이요 그의 지름길은 다 평강이니라

⑳ 잠언 3:21-23

내 아들아 완전한 지혜와 근신을 지키고 이것들이 네 눈앞에서 떠나지 말게 하라 그리하면 그것이 네 영혼의 생명이 되며 네 목에 장식이 되리니 네가 네 길을 평안히 행하겠고 네 발이 거치지 아니하겠으며

⑳ 잠언 3:24-26

네가 누울 때에 두려워하지 아니하겠고 네가 누운즉 네 잠이 달리로다 너는 갑작스러운 두려움도 두려워하지 말라 대저 여호와는 네가 의지할 이시니라 네 발을 지켜 걸리지 않게 하시리라

㉟ 잠언 4:22

나의 말은 얻는 자에게 생명이 되며 그의 온 육체의 건강이 됨이니라(하나님의 말씀은 우리 온 육체의 처방약이므로 고치지 못할 것이 없다)

㉟ 잠언 4:23

모든 지킬만한 것 중에 더욱 네 마음을 지키라 생명의 근원이 이에서 남이니라

㉟ 잠언 4:25-26

네 눈은 바로 보며 네 눈꺼풀은 네 앞을 곧게 살펴 네 발이 행할 길을 평탄하게 하며 네 모든 길을 든든히 하라

㉟ 잠언 8:17

나를 사랑하는 자들이 나의 사랑을 입으며 나를 간절히 찾는 자가 나를 만날 것이니라

㉟ 잠언 8:32-35

아들들아 이제 내게 들어라 내 도를 지키는 자가 복이 있느니라 누구든지 내게 들으며 날마다 내 문 곁에서 기다리며 문설주 옆에서 기다리는 자는 복이 있나니 대저 나를 얻는 자는 생명을 얻고 여호와께 은총을 얻을 것임이니라

㉟ 잠언 9:6

어리석음을 버리고 생명을 얻으라 명철의 길을 행하라 하느니라

㉟ 잠언 9:10

여호와를 경외하는 것이 지혜의 근본이요 거룩하신 자를 아는 것이 명

철이니라

⑳ 잠언 9:11

나 지혜로 말미암아 네 날이 많아질 것이요 네 생명의 해가 네게 더하리라

⑳ 잠언 10:2-3

공의는 죽음에서 건지느니라 여호와께서 의인의 영혼을 주리지 않게 하시느니라

⑳ 잠언 10:6-9

의인의 머리에는 복이 임하고, 마음이 지혜로운 자는 계명을 받고, 바른 길로 행하는 자는 걸음이 평안하려니와

⑳ 잠언 10:11-17길

의인의 입은 생명의 샘이고, 의인의 수고는 생명에 이르고 훈계를 지키는 자는 생명 길로 행하느니라

⑳ 잠언 10:22

여호와께서 주시는 복은 사람을 부하게 하고, 근심을 겸하여 주지 아니하시느니라

⑳ 잠언 10:24-25

의인은 그 원하는 것이 이루어지고 의인은 영원한 기초 같으니라

⑳ 잠언 10:27-29

여호와를 경외하면 장수하느니라 의인의 소망은 즐거움을 이루며 여호

와의 도가 정직한 자에게는 산성이니라

⑳ 잠언 11:3-6

정직한 자의 성실은 자기를 인도하고 공의는 죽음에서 건지느니라 공의
는 자기의 길을 곧게 하고, 공의는 자기를 건지려니라

⑳ 잠언 11:8-9

의인은 환난에서 구원을 얻으며 의인은 그의 지식으로 말미암아 구원을
얻느니라

⑳ 잠언 11:17-19

인자한 자는 자기의 영혼을 이롭게 하고, 공의를 뿌린 자의 상은 확실하
니라 공의를 굳게 지키는 자는 생명에 이르느니라

⑳ 잠언 11:20-23

행위가 온전한 자는 여호와의 기뻐하심을 받느니라 의인의 자손은 구원
을 얻으리라 의인의 소원은 오직 선하니라

⑳ 잠언 11:27-28

선을 간절히 구하는 자는 은총을 얻으려니와 의인은 푸른 잎사귀 같아
서 번성하리라

⑳ 잠언 11:30-31

의인의 열매는 생명나무라 지혜로운 자는 사람을 얻느니라 보라 의인이
라도 이 세상에서 보응을 받겠거든

⑳ 잠언 12:2-3

선인은 여호와께 은총을 받으려니와 의인의 뿌리는 움직이지 아니하느니라

⑳ 잠언 12:12-13

의인은 그 뿌리로 말미암아 결실하느니라 의인은 환난에서 벗어나느니라

⑳ 잠언 12:21-22

의인에게는 어떤 재앙도 임하지 아니하려니와 진실하게 행하는 자는 여호와의 기뻐하심을 받느니라

⑳ 잠언 12:28

공의로운 길에 생명이 있나니 그 길에는 사망이 없느니라

⑳ 잠언 13:3-4

입을 지키는 자는 자기의 생명을 보존하며 부지런한 자의 마음은 풍족함을 얻느니라

⑳ 잠언 13:6-9

공의는 행실이 정직한 자를 보호하고 의인의 빛은 환하게 빛나느니라

⑳ 잠언 13:12-14

소원이 이루어지는 것은 곧 생명나무니라 지혜 있는 자의 교훈은 생명의 샘이니 사망의 그물에서 벗어나게 하느니라

⑳ 잠언 14:26-27

여호와를 경외하는 자에게는 견고한 의뢰가 있나니 그 자녀들에게 피난처가 있으리라 여호와를 경외하는 것은 생명의 샘이니 사망의 그물에서 벗어나게 하느니라

⑳ 잠언 14:30-32

평온한 마음은 육신의 생명이며 의인은 그의 죽음에도 소망이 있느니라

⑳ 잠언 15:29

여호와는 악인을 멀리하시고 의인의 기도를 들으시느니라

⑳ 잠언 16:9

사람이 마음으로 자기의 길을 계획할지라도 그의 걸음을 인도하시는 이는 여호와시니라

⑳ 잠언 16:17

자기의 길을 지키는 자는 자기의 영혼을 보전하느니라

⑳ 잠언 16:20

삼가 말씀에 주의하는 자는 좋은 것을 얻나니 여호와를 의지하는 자는 복이 있느니라

⑳ 잠언 18:10

여호와의 이름은 견고한 망대라 의인은 그리로 달려가서 안전함을 얻느니라

⑳ 잠언 18:14

사람의 심령은 그의 병을 능히 이기려니와 심령이 상하면 그것을 누가 일으키겠느냐

⑳ 잠언 19:21

솔로몬이 말하길 사람의 마음에는 많은 계획이 있어도 오직 여호와의 뜻만이 완전히 서리라

⑳ 잠언 20:22

너의 악을 갚겠다 말하지 말고, 여호와를 기다리라 그가 너를 구원하시리라

⑳ 잠언 21:23

입과 혀를 지키는 자는 자기의 영혼을 환난에서 보존하느니라

⑳ 잠언 23:15-19

내 아들아 만일 네 마음이 지혜로우면 내 마음이 즐겁겠고 만일 네 입술이 정직을 말하면 내 속이 유쾌하리라 네 마음으로 죄인의 형통을 부러워하지 말고 항상 여호와를 경외하라 네 미래가 있겠고 네 소망이 끊어지지 아니하리라 내 아들아 너는 듣고 지혜를 얻어 네 마음을 바른 길로 인도할지니라

⑳ 잠언 28:16-18

탐욕을 미워하는 자는 장수하리라 성실하게 행하는 자는 구원을 받을 것이라

⑳ 잠언 28:25-26

여호와를 의지하는 자는 풍족하게 되며, 지혜롭게 행하는 자는 구원을 얻을 자니라

⑳ 잠언 29:23-25

마음이 겸손하면 영예를 얻으리라 여호와를 의지하는 자는 안전하리라

⑳ 잠언 30:5

하나님의 말씀은 다 순전하며 하나님은 그를 의지하는 자의 방패시니라

⑳ 잠언 30:6

너는 하나님의 말씀에 더하지 말라 그가 너를 책망하시겠고 너는 거짓말하는 자가 될까 두려우니라

㉑ 전도서 3:11

하나님이 모든 것을 지으시되 때를 따라 아름답게 하셨고 또 사람들에게는 영원을 사모하는 마음을 주셨느니라

㉑ 전도서 3:14

하나님께서 행하시는 모든 것은 영원히 있을 것이라 하나님이 이같이 행하심은 사람들이 그의 앞에서 경외하게 하려 하심인 줄을 내가 알았도다

㉑ 전도서 3:17

악인을 하나님이 심판하시리니 이는 모든 소망하는 일과 모든 행사에 때가 있음이라 하였으며

㉑ 전도서 7:11-12

지혜는 우산같이 아름답고 햇빛을 보는 자에게 유익이 되도다 지혜에 관한 지식이 더 유익함은 지혜가 그 지혜 있는 자를 살리기 때문이니라

㉑ 전도서 8:1-5

사람의 지혜는 그의 얼굴에 광채가 나게 하나니 그의 얼굴의 사나운 것이 변하느니라 지혜자의 마음은 때와 판단을 분변하나니라

㉑ 전도서 9:1

의인들이나 지혜자들이나 그들의 행위나 모두 다 하나님의 손안에 있으니라

㉑ 전도서 9:9

네 평생의 모든 날 곧 하나님이 해 아래에서 네게 주신 모든 날에 네가 사랑하는 아내와 함께 즐겁게 살지어다 그것이 네가 평생에 해 아래에서 수고하고 얻은 네 몫이니라

㉑ 전도사 10:4

주권자가 네게 분을 일으키거든 너는 네 자리를 떠나지 말라 공손함이 큰 허물을 용서받게 하느니라

㉑ 전도사 11:7-8

빛은 실로 아름다운 것이라 눈으로 해를 보는 것이 즐거운 일이로다 사람이 여러 해를 살면 항상 즐거워할 지로다

㉑ 전도서 11:10

근심이 네 마음에서 떠나게 하며 악이 네 몸에서 물러나게 하라

㉑ 전도서 12:11

지혜자들의 말씀들은 찌르는 채찍들 같고 회중의 스승들의 말씀들은 박힌 못 같으니 다 한 목자가 주신 바이니라

㉑ 전도서 12:13-14

하나님을 경외하고 그의 명령들을 지킬지어다 이것이 모든 사람의 본분이니라 하나님은 모든 행위와 모든 은밀한 일을 선악 간에 심판하시리라

㉓ 이사야 1:16-17

너희는 스스로 씻으며 스스로 깨끗하게 하여 내 목전에서 너희 악한 행실을 버리며 행악을 그치고 선행을 배우며 정의를 구하며 학대받는 자를 도와주며 고아를 위하여 신원하며 과부를 위하여 변호하라 하셨느니라

㉓ 이사야 1:18

여호와께서 말씀하시되 너희의 죄가 주홍 같을지라도 눈과 같이 희어질 것이요 진홍같이 붉을지라도 양털같이 희게 되리라

㉓ 이사야 1:19

너희가 즐겨 순종하면 땅의 아름다운 소산을 먹을 것이요

㉓ 이사야 6:3

서로 불러 이르되 거룩하다 거룩하다 거룩하다 만군의 여호와여 그의 영광이 온 땅에 충만하도다 하더라

㉓ 이사야 12:2

보라 하나님은 나의 구원이시라 내가 신뢰하고 두려움이 없으려니 주 여호와는 나의 힘이시며 나의 노래시며 나의 구원심이라

㉓ **이사야 25:9**

그 날에 말하기를 이는 우리의 하나님이시라 우리가 그를 기다렸으니 그가 우리를 구원하시리로다 이는 여호와시라 우리가 그를 기다렸으니 우리는 그의 구원을 기뻐하며 즐거워하리라 할 것이며

㉓ **이사야 26:3-4**

주께서 심지가 견고한 자를 평강하고 평강하도록 지키시리니 이는 그가 주를 신뢰함이니이다 너희는 여호와를 영원히 신뢰하라 주 여호와는 영원한 반석이심이로다

㉓ **이사야 26:7**

의인의 길은 정직함이여 정직하신 주께서 의인의 첩경을 평탄하게 하시도다

㉓ **이사야 26:8**

여호와여 주께서 심판하시는 길에서 우리가 주를 기다렸사오며, 주의 이름을 위하여 또 주를 기억하려고 우리 영혼이 사모하나이다

㉓ **이사야 26:12**

여호와여 주께서 우리를 위하여 평강을 베푸시오리니 주께서 우리의 모든 일도 우리를 위하여 이루심이니이다

㉓ **이사야 26:13**

여호와 우리 하나님이시여 우리는 주만 의지하고 주의 이름을 부르리이다

㉓ **이사야 26:16**

여호와여 그들이 환난 중에 주를 앙모하였사오며 주의 징벌이 그들에게 임할 때에 그들이 간절히 주께 기도하였나이다

㉓ **이사야 26:19**

주의 죽은 자들은 살아나고 그들의 시체들은 일어나리이다 티끌에 누운 자들아 너희는 깨어 노래하라 주의 이슬은 빛난 이슬이니 땅이 죽은 자들을 내놓으리로다

㉓ **이사야 27:3**

나 여호와는 포도원지기가 됨이여 때때로 물을 주며 밤낮으로 간수하여 아무든지 이를 해치지 못하게 하리로다

㉓ **이사야 28:15**

너희가 말하기를 우리는 사망과 연약하였고 넘치는 재앙이 밀려올지라도 우리에게 미치지 못하리니

㉓ **이사야 29:18-19**

그 날에 못 듣는 사람이 책의 말을 들을 것이며 어둡고 캄캄한 데에서 맹인의 눈이 볼 것이며 겸손한 자에게 여호와로 말미암아 기쁨이 더하겠고 가난한 자가 이스라엘의 거룩한 이로 말미암아 즐거워하리니

㉓ **이사야 29:23**

그의 자손은 내 손이 그 가운데에서 행한 것을 볼 때에 내 이름을 거룩하다 하며 야곱의 거룩한 이를 거룩하다 하며 이스라엘의 하나님을 경외할 것이며

㉓ 이사야 30:15

주 여호와 이스라엘의 거룩하신 이가 이같이 말씀하시되 너희가 돌이켜 조용히 있어야 구원을 얻을 것이요 잠잠하고 신뢰하여야 힘을 얻을 것이리라

㉓ 이사야 30:18

여호와께서 기다리시나니 이는 너희에게 은혜를 베풀려하심이요 일어나시리니 이는 너희를 긍휼히 여기려 하심이라 대저 여호와는 정의의 하나님이심이라 그를 기다리는 자마다 복이 있도다

㉓ 이사야 30:19

백성아 너는 다시 통곡하지 아니할 것이라 그가 네 부르짖는 소리로 말미암아 네게 은혜를 베푸시되 그가 들으실 때에 네게 응답하시리라

㉓ 이사야 30:26

여호와께서 자기 백성의 상처를 싸매시며 그들의 맞은 자리를 고치시는 날에는 달빛은 햇빛 같겠고 햇빛은 일곱 배가 되어 일곱 날의 빛과 같으리라

㉓ 이사야 31:5

새가 날개 치며 그 새끼를 보호함 같이 나 만군의 여호와가 예루살렘을 보호할 것이라 그것을 호위하며 건지며 뛰어넘어 구원하리라 하셨느니라

㉓ 이사야 32:17-18

공의의 열매는 화평이요 공의의 결과는 영원한 평안과 안전이라 내 백성이 화평한 집과 안전한 거처와 조용히 쉬는 곳에 있으려니와

㉓ 이사야 33:2

여호와여 우리에게 은혜를 베푸소서 우리가 주를 앙망하오니 주는 아침마다 우리의 팔이 되시며 환난 때에 우리의 구원이 되소서

㉓ 이사야 33:22

대제 여호와는 우리 재판장이시요 여호와는 우리에게 율법을 세우신이요 여호와는 우리의 왕이시니 그가 우리를 구원하실 것임이라

㉓ 이사야 33:24

그 거주민은 내가 병들었노라 하지 아니할 것이라 거기에 사는 백성이 사죄함을 받으리라

㉓ 이사야 35:3-4

너희는 약한 손을 강하게 하며 떨리는 무릎을 굳게 하며 겁내는 자들에게 이르기를 굳세어라, 두려워하지 말라, 보라 너희 하나님이 오사 보복하시며 갚아주실 것이라 하나님이 오사 너희를 구하시리라 하라

㉓ 이사야 35:5-6

그때에 맹인의 눈이 밝을 것이며 못 듣는 사람의 귀가 열릴 것이며 그때에 저는 자는 사슴같이 뛸 것이며 말 못하는 자의 혀는 노래하리니 이는 광야에서 물이 솟겠고 사막에서 시내가 흐를 것임이라

㉓ 이사야 35:8

거기에 대로가 있어 그 길을 거룩한 길이라 일컫는바 되리니 깨끗하지 못한 자는 지나가지 못하겠고 오직 구속함을 입은 자들을 위하여 있게 될 것이라

㉓ 이사야 35:10

여호와의 속량함을 받은 자들이 돌아오되 노래하며 시온에 이르러 그들의 머리 위에 영영한 희락을 띠고 기쁨과 즐거움을 얻으리니 슬픔과 탄식이 사라지리로다

㉓ 이사야 37:20

우리 하나님 여호와여 이제 우리를 그의 손에서 구원하사 천하만국이 주 만이 여호와이신 줄을 알게 하옵소서 하니라

㉓ 이사야 38:5-6

이사야는 가서 히스기야에게 이르기를 네 조상 다윗의 하나님 여호와께서 이같이 말씀하시기를 내가 네 기도를 들었고 네 눈물을 보았노라 내가 너와 이 성을 앗수르 왕의 손에서 건져내겠고 내가 또 이 성을 보호하리라

㉓ 이사야 40:29

피곤한 자에게는 능력을 주시며 무능한 자에게는 힘을 더하시나니

㉓ 이사야 40:31

오직 여호와를 앙망하는 자는 새 힘을 얻으리니 독수리가 날개 치며 올라감 같을 것이요 달음박질하여도 곤비하지 아니하겠고 걸어가도 피곤하지 아니하리로다

㉓ 이사야 41:3-4

왕이 열국들을 쫓아가서 그의 발로 가보지 못한 길을 안전히 지났나니 이 일을 누가 행하였느냐 누가 이루었느냐 누가 처음부터 만대를 불러내었느냐 나 여호와라 처음에도 나요 나중 있을 자에게도 내가 곧 그니라

㉓ 이사야 41:9

내가 땅 끝에서부터 너를 붙들고 땅 모퉁이에서부터 너를 부르고 네게 이르기를 너는 나의 종이라 내가 너를 택하고 싫어하여 버리지 아니하였다 하였노라

㉓ 이사야 41:10

두려워하지 말라 내가 너와 함께 함이라 놀라지 말라 나는 네 하나님이 됨이라 내가 너를 굳세게 하리라 참으로 너를 도와주리라 참으로 나의 의로운 오른손으로 너를 붙들리라

㉓ 이사야 41:13

이는 나 여호와 너희 하느님이 네 오른손을 붙들고 네게 이르기를 두려워하지 말라 내가 너를 도우리라 할 것임이니라

㉓ 이사야 41:17

가련하고 가난한 자가 물을 구하되 물이 없어서 갈증으로 그들의 혀가 마를 때에 나 여호와가 그들에게 응답하겠고 나 이스라엘의 하나님이 그들을 버리지 아니할 것이라

㉓ 이사야 42:1

내가 붙드는 나의 종 내 마음에 기뻐하는 자 곧 내가 택한 사람을 보라 내가 나의 영을 그에게 주었은즉 그가 이방에 정의를 베풀리라

㉓ 이사야 42:4

그는 쇠하지 아니하며 낙담하지 아니하고 세상에 정의를 세우기에 이르리니 섬들이 그 교훈을 앙망하리라

㉓ 이사야 42:5-6

하늘을 창조하여 펴시고 땅과 그 소산을 내시며 땅 위의 백성에게 호흡을 주시며 땅에 행하는 자에게 영을 주시는 하나님 여호와께서 이같이 말씀하시되 나 여호와가 의로 너를 불렀은즉 내가 네 손을 잡아 너를 보호하며 너를 세워 백성의 언약과 이방의 빛이 되게 하리니

㉓ 이사야 42:16

내가 맹인들을 그들이 알지 못하는 길로 이끌며 그들이 알지 못하는 지름길로 인도하며 암흑이 그 앞에서 광명이 되게 하며 굽은 데를 곧게 할 것이라 내가 이일을 행하여 그들을 버리지 아니하리니

㉓ 이사야 43:1

야곱아 너를 창조하신 여호와께서 지금 말씀하시느니라 너는 두려워하지 말라 내가 너를 구속하셨고 내가 너를 지명하여 불렀나니 너는 내 것이라

㉓ 이사야 44:2-4

나의 종 야곱아 두려워하지 말라 나는 목마른 자에게 물을 주며 마른 땅에서 흐르게 하며 나의 업을 네 자손에게 나의 복을 네 후손에게 부어주리니 그들이 풀 가운데에서 솟아나기를 시냇가의 버들같이 할 것이라

㉓ 이사야 45:17

이스라엘은 여호와께 구원을 받아 영원한 구원을 얻으리니 너희가 영원히 부끄러움을 당하거나 욕을 받지 아니하리로다

㉓ 이사야 45:18

여호와께서 이같이 말씀하시되 하늘을 창조하신 이 그는 하나님이시되

그가 땅을 지으시고 그것을 만드셨으며 그것을 견고하게 하시되 혼돈하게 창조하지 아니하시고 사람이 거주하게 그것을 지으셨으니 나는 여호와라 나 외에 다른 이가 없느니라

㉓ 이사야 45:21

나 외에 다른 신이 없나니 나는 공의를 행하며 구원을 베푸는 하나님이라 나 외에 다른 이가 없느니라

㉓ 이사야 45:25

이스라엘 자손은 다 여호와로 말미암아 의롭다함을 얻고 자랑하리라 하느니라

㉓ 이사야 46:4

너희가 노년에 이르기까지 내가 그리하겠고 백발이 되기까지 내가 너희를 품을 것이라 내가 지었은즉 내가 업을 것이요 내가 품고 구하여 내리라

㉓ 이사야 46:10

내가 시초부터 종말을 알리며 아직 이루지 아니한 일을 옛적부터 보이고 이르기를 나의 뜻이 설 것이니 내가 나의 모든 기뻐하는 것을 이루리라 하였노라

㉓ 이사야 46:13

내가 나의 공의를 가깝게 할 것인즉 그것이 멀지 아니하나니 나의 구원이 지체하지 아니할 것이라 내가 나의 영광인 이스라엘을 위하여 구원을 시온에 베풀리라

㉓ 이사야 48:15

나 곧 내가 말하였고 또 내가 그를 부르며 그를 인도하였나니 그 길이 형통하리라

㉓ 이사야 48:17

너희의 구속자시오 이스라엘의 거룩하신 이이신 여호와께서 이르시되 나는 네게 유익하도록 가르치고 너를 마땅히 행할 길로 인도하는 네 하나님 여호와라

㉓ 이사야 49:5

이스라엘이 여호와에게로 모이는 도다 그러므로 내가 여호와 보시기에 영화롭게 되었으며 나의 하나님은 나의 힘이 되었도다

㉓ 이사야 49:6

내가 또 너를 이방의 빛으로 삼아 나의 구원을 베풀어 땅끝까지 이르게 하리라

㉓ 이사야 49:7

이는 이스라엘의 거룩하신 이 신설하신 여호와 그가 너를 택하였음이니라

㉓ 이사야 49:8

여호와께서 이같이 이르시되 은혜의 때에 내가 네가 응답하였고 구원의 날에 내가 너를 도왔도다 내가 점차 너를 보호하며 너를 백성의 언약으로 삼으며 나라를 일으켜 그들에게 그 황무하였던 땅을 기업으로 상속하게 하리라

㉓ 이사야 49:10

그들이 주리거나 목마르지 아니할 것이며 더위와 볕이 그들을 상하지 아니하리니 이는 그들을 긍휼히 여기는 이가 그들을 이끌되 샘물 근원으로 인도할 것임이라

㉓ 이사야 49:25

여호와가 이같이 말하노라 빼앗긴 것을 건져낼 것이니 이는 내가 너를 대적하는 자를 대적하고 네 자녀를 내가 구원할 것임이라

㉓ 이사야 51:1-3

의를 따르며 여호와를 찾아 구하는 너희는 내게 들을지어다 너희를 떠난 반석과 너희를 파낸 우묵한 구덩이를 생각하여 보라 나 여호와가 시온의 모든 황폐한 곳들을 위로하여 그 사막을 에덴 같게 그 광야를 여호와의 동산 같게 하였나니 그 가운데에 기뻐함과 즐거워함과 감사함과 창화하는 소리가 있으리라

㉓ 이사야 51:4-6

내 백성들여 내게 귀를 기울이라 내가 내 공의를 만민의 빛으로 세우리라 내 공의가 가깝고 내 구원이 나갔은즉 내 팔에 의지하리라 나의 구원은 영원히 있고, 나의 공의는 폐하여지지 아니하리라

㉓ 이사야 51:11-12

여호와께 구속받은 자들이 돌아와 노래하며 시온으로 돌아오니 영원한 기쁨이 그들의 머리 위에 있고 즐거움과 기쁨을 얻으리니 슬픔과 탄식이 달아나리이다 이르시되 너희를 위로하는 자는 나 곧 여호와이니라

㉓ 이사야 52:1-3

시온이여 깰지어다 깰지어다 네 힘을 낼지어다 너는 티끌을 털어 버릴지어다 예루살렘이여 일어나 앉을지어다 사로잡힌 딸 시온이여 네 목의 줄을 스스로 풀지어다 여호와께서 이와 같이 말씀하시되 너희가 값 없이 팔렸으니 돈 없이 속량되리라

㉓ 이사야 52:12

여호와께서 너희 앞에서 행하시며 이스라엘의 하나님이 너희 뒤에서 호위하시리니 너희는 황급히 나오지 아니하며 도망하듯 다니지 아니하리라

㉓ 이사야 52:13

보라 내 종이 형통하리니 받들어 높이 들려서 지극히 존귀하게 되리라

㉓ 이사야 53:5-6

그가 찔림은 우리의 허물 때문이요 그가 상함은 우리의 죄악 때문이라 그가 징계를 받으므로 우리는 평화를 누리고 그가 채찍에 맞으므로 우리는 나음을 받았도다 우리는 다 양 같아서 그릇 행하여 각기 제 길로 갔거늘 여호와께서는 우리 모두의 죄악을 그에게 담당시키셨도다

㉓ 이사야 53:10

여호와께서 그에게 상함을 받게 하시기를 원하사 질고를 당하게 하였은즉 그의 영혼을 속건 제물로 드리기에 이르면 그가 씨(자손)를 보게 되며 그의 날은 길 것이요 또 그의 손으로 여호와께서 기뻐하시는 뜻을 성취하리로다

㉓ 이사야 53:11

그가 자기 영혼의 수고한 것을 보고 만족하게 여길 것이라 나의 의로운

종이 자기 지식으로 많은 사람을 의롭게 하며 또 그들의 죄악을 친히 담당하리로다

㉓ 이사야 54:10

산들이 떠나면 언덕들은 옮겨질지라도 나의 자비는 네게서 떠나지 아니하며, 나의 화평의 언약은 흔들리지 아니하리라 너를 긍휼히 여기시는 여호와께서 말씀하셨느니라

㉓ 이사야 55:1

오호라 너희 모든 목마른 자들아 물로 나아오라 돈 없는 자도 오라 너희는 와서 사 먹되 돈 없이, 값없이 와서 포도주와 젖을 사라

㉓ 이사야 55:3

너희는 귀를 기울이고, 내게로 나아와 들으라 그리하면 너희의 영혼이 살리라 내가 너희를 위하여 영원한 언약을 맺으리니 곧 다윗에게 허락한 확실한 은혜이니라

㉓ 이사야 55:5

여호와 네 하나님 곧 이스라엘의 거룩하신 이로 말미암음이니라 이는 그가 너를 영화롭게 하였느니라

㉓ 이사야 55:6-7

너희는 여호와를 만날 만한 때에 찾으라 가까이 계실 때에 그를 부르라 여호와께로 돌아오라 그리하면 그가 긍휼히 여기시리라 우리 하나님께로 돌아오라 그가 너그럽게 용서하시리라

㉓ 이사야 55:12

너희는 기쁨으로 나아가며 평안히 인도함을 받을 것이요 산들과 언덕들이 너희 앞에서 노래를 발하고 들의 모든 나무가 손뼉을 칠 것이요

㉓ 이사야 56:1

여호와께서 이와 같이 말씀하시기를 너희는 정의를 지키며 의를 행하라 이는 나의 구원이 가까이 왔고, 나의 공의가 나타날 것임이라 하셨도다

㉓ 이사야 56:7

내가 곧 그들을 나의 성산으로 인도하여 기도하는 내 집에서 그들을 기쁘게 할 것이며 내 집은 만민이 기도하는 집이라 일컬음이 될 것임이라

㉓ 이사야 57:15

지극히 존귀하며 영원히 거하시며 거룩하다 이름하는 이가 이와 같이 말씀하시되 내가 높고 거룩한 곳에 있으며 또한 통회하고 마음이 겸손한 자와 함께 있나니 이는 겸손한 자의 영을 소생시키며 통회하는 자의 마음을 소생시키려 함이라

㉓ 이사야 57:18

내가 그의 길을 보았은즉 그를 고쳐줄 것이라 그를 인도하며 그와 그를 슬퍼하는 자들에게 위로를 다시 얻게 하리라

㉓ 이사야 57:19

입술의 열매를 창조하는 자 여호와가 말하노라 평강이 있을지어다 평강이 있을지어다 내가 그를 고치리라 하셨느니라

㉓ 이사야 58:1-2

크게 외쳐라 목소리를 아끼지 말라 네 목소리를 나팔같이 높여 내 백성에게 그들의 허물과 죄를 알려라 그들이 날마다 나를 찾아 의로운 판단을 내게 구하며 하나님과 가까이 하기를 즐거워하는도다

㉓ 이사야 58:8

그리하면 네 빛이 새벽같이 비칠 것이며 네 공의가 네 앞에 행하고 여호와의 영광이 네 뒤에 호위하리니

㉓ 이사야 58:9

네가 부를 때에는 나 여호와가 응답하겠고 네가 부르짖을 때에는 내가 여기 있다 하리라

㉓ 이사야 58:10

주린 자에게 네 심정이 동하여 괴로워하는 자의 심정을 만족하게 하면 네 빛이 흑암 중에서 떠올라 네 어둠이 낮과 같이 될 것이다

㉓ 이사야 58:11

여호와가 너를 항상 인도하여 메마른 곳에서도 네 영혼을 만족하게 하며 네 뼈를 견고하게 하리니, 너는 물댄 동산 같겠고, 물이 끊어지지 아니하는 샘 같을 것이라

㉓ 이사야 60:1

일어나라 빛을 발하라 이는 네 빛이 이르렀고, 여호와의 영광이 네 위에 임하였음이니라

㉓ 이사야 60:15-16

이제는 내가 너를 영원한 아름다움과 대대의 기쁨이 되게 하리니 나 여호와는 네 구원자 네 구속자 야곱의 전능자인 줄 알리라

㉓ 이사야 60:19-20

오직 여호와가 네게 영원한 빛이 되며 네 하나님이 네 영광이 되리니 다시는 네 해가 지지 아니하며, 네 달이 물러가지 아니할 것은 여호와가 네 영원한 빛이 되고 네 슬픔의 날이 끝날 것임이라

㉓ 이사야 61:1-2

주 여호와의 영이 내게 내리셨으니 내게 기름을 부으사 가난한 자에게 소식을 전하게 하려하심이라 나를 보내사 마음이 상한 자를 고치며 포로된 자에게 자유를 갇힌 자에게 놓임을 선포하며 여호와의 은혜의 해와 우리 하나님의 보복의 날을 선포하여 모든 슬픈 자를 위로하심이라

㉓ 이사야 61:10

내가 여호와로 말미암아 크게 기뻐하며 내 영혼이 나의 하나님으로 말미암아 즐거워하리니 이는 그가 구원의 옷을 내게 입히시며 공의의 겉옷을 내게 더하심이 신랑이 사모를 쓰며 신부가 자기 보석으로 단장함 같게 하셨음이라

㉓ 이사야 62:4

다시는 너를 버림받은 자라 부르지 아니하며 다시는 네 땅을 황무지라 부리지 아니하고 오직 너를 헵시바(나의 기쁨이 그에게 있다)라 하며 네 땅을 쁄라(=회복된 이스라엘과 하나님은 부부지간이다)라 하리니 이는 여호와께서 너를 기뻐하실 것이며 네 땅이 결혼한 것처럼 될 것임이라

㉓ **이사야 63:8-9**

야호와가 말씀하시되 그들은 실로 나의 백성이요 거짓을 행하지 아니하는 자녀라 하시고 그들의 구원자가 되사 그들의 모든 환난에 동참하사 자기 앞의 사자로 하여금 그들은 구원하시며 그의 사랑과 그의 자비로 그들을 구원하시고 그들을 드시며 안으셨나이다

㉓ **이사야 63:14**

여호와의 영이 그들을 골짜기로 내려가는 가축같이 편히 쉬게 하셨도다 주께서 이와 같이 주의 백성을 인도하사 이름을 영화롭게 하셨나이다 하였느니라

㉓ **이사야 64:8**

여호와여, 이제 주는 우리 아버지시이다 우리는 진흙이요 주는 토기장이시니 우리는 다 주의 손으로 지으신 것이나이다

㉓ **이사야 65:16**

땅에서 자기를 위하여 복을 구하는 자는 진리의 하나님을 향하여 복을 구할 것이요 땅에서 맹세하는 자는 진리의 하나님으로 맹세하리니 이는 이전 환난이 잊어졌고 내 눈앞에 숨겨졌음이라

㉓ **이사야 65:18-20**

너희는 내가 창조하는 것으로 말미암아 영원히 기뻐하며 즐거워할지니라 보라 내가 예루살렘을 즐거운 성으로 창조하며 그 백성을 기쁨으로 삼고 내가 예루살렘을 즐거워하며 나의 백성을 기뻐하리니 우는 소리와 부르짖는 소리가 그 가운데에서 다시는 들리지 아니할 것이며 거기는 죽는 어린이와 노인이 다시는 없을 것이라 곧 백세에 죽는 자를 젊은이라 하겠고 백세가 못되어 죽는 자는 저주받은 자이리라

㉓ 이사야 65:23-24

그들의 수고가 헛되지 않겠고 그들은 여호와의 복된 자의 자손이요 그
들의 후손도 그들과 같을 것임이라 그들이 부르기 전에 내가 응답하겠고
그들이 말을 마치기 전에 내가 들을 것이니라

㉓ 이사야 66:12-13

여호와께서 이와 같이 말씀하시되 보라 내가 그에게 평강을 강같이 그
에게 뭇 나라의 영광을 넘치는 시내같이 주리니 너희가 그 성읍의 젖을
빨 것이며 너희가 옆에 안기며 그 무릎에서 놀 것이라 어머니가 자식을
위로함 같이 내가 너희를 위로할 것인즉 너희가 예루살렘에서 위로를 받
으리니

㉓ 이사야 66:22

내가 지을 새 하늘과 새 땅이 내 앞에 항상 있는 것 같이 너희 자손과 너
희 이름에 항상 있으리라 여호와의 말이니라

㉔ 예레미야 1:19

그들이 너를 치나 너를 이기지 못하리니 이는 내가 너와 함께 하여 너를
구원할 것임이니라 여호와의 말이니라

㉔ 예레미야 4:2

진실과 정의와 공의로 여호와의 삶을 두고 맹세하면 나로 말미암아 스
스로 복을 빌며 나로 말미암아 자랑하리라

㉔ 예레미야 6:16

여호와께서 이와 같이 말씀하시되 너희는 길에 서서 보며 옛적 길 곧 선
한 길이 어디인지 알아보고 그리로 가라 너의 심령이 평강을 얻으리라

㉔ 예레미야 7:3

만군의 여호와 이스라엘의 하나님께서 이와 같이 말씀하시되 너희 길과 행위를 바르게 하라 그리하면 내가 너희로 이곳에 살게 하리라

㉔ 예레미야 9:24

자랑하는 자는 명철하여 나를 아는 것과 나 여호와는 사랑과 정의와 공의를 땅에 행하는 자인 줄 깨닫는 것이라 나는 이일을 기뻐하노라 여호와의 말씀이니라

㉔ 예레미야 10:10

오직 여호와는 참 하나님이시요 살아계신 하나님이시요 영원한 왕이시다

㉔ 예레미야 10:12

여호와께서 그의 권능으로 땅을 지으셨고 그의 지혜로 세계를 세우셨고 그의 명철로 하늘을 펴셨으며

㉔ 예레미야 10:23

여호와여 내가 알거니와 사람의 길이 자신에게 있지 아니하니 걸음을 지도함이 걷는 자에게 있지 아니하니이다

㉔ 예레미야 11:4-5

내가 이르기를 너희는 내 목소리를 순종하고 나의 모든 명령을 따라 행하라 그리하면 너희는 내 백성이 되겠고 나는 너희의 하나님이 되리라 내가 또 너희 조상들에게 한 맹세는 그들에게 젖과 꿀이 흐르는 땅을 주리라 한 언약을 이루리라 한 것인데 오늘이 그것을 증언하느니라 하라 하시기로 내가 아멘 여호와여 하였노라

㉔ 예레미야 14:19

주께서 유다를 온전히 버리시나이까 주의 심령이 시온을 싫어하시나이까 어찌하여 우리를 치시고 치료하지 아니하시나이까 우리가 평강을 바라도 좋은 것이 없고 치료받기를 기다리나 두려움만 보나이다

㉔ 예레미야 14:21-22

주의 이름을 위하여 우리를 미워하지 마옵소서 주의 영광의 보좌를 욕되게 마옵소서 주께서 우리와 세우신 언약을 기억하시고 폐하지 마옵소서 우리가 주를 앙망하옵는 것은 주께서 이 모든 것을 만드셨음이니이다 하니라

㉔ 예레미야 17:7-8

무릇 여호와를 의지하며 여호와를 의뢰하는 그 사람은 복을 받을 것이라 그는 물가에 심어진 나무가 그 뿌리를 강변에 뻗치고 더위가 올지라도 두려워하지 아니하며, 그 잎이 청청하며 가무는 해에도 걱정이 없고 결실이 그치지 아니함 같으리라

㉔ 예레미야 17:14

여호와여 주는 나의 찬송이시오니 나를 고치소서 그리하시면 내가 낫겠나이다 나를 구원하소서 그리하시면 내가 구원을 얻으리이다

㉔ 예레미야 17:17

주는 내게 두려움이 되지 마옵소서 재앙의 날에 주는 나의 피난처시니이다

㉔ 예레미야 20:13

여호와께 노래하라 너희는 여호와를 찬양하라 가난한 자의 생명을 행악

자의 손에서 구원하셨음이니라

㉔ 예레미야 23:5-6

여호와의 말씀이니라 보라 때가 이르리니 내가 다윗에게 한 의로운 가지를 일으킬 것이라 그가 왕이 되어 지혜롭게 다스리며 세상에서 정의와 공의를 행할 것이며 그의 날에 유다는 구원을 받겠고 이스라엘은 평안히 살 것이며 그의 이름은 여호와 우리의 공의라 일컬음을 받으리라

㉔ 예레미아 24:7

내가 여호와인 줄 아는 마음을 그들에게 주어서 그들이 전심으로 내게 돌아오게 하리니 그들은 내 백성이 되겠고 나는 그들의 하나님이 되리라

㉔ 예레미야 29:11

여호와의 말씀이니라 너희를 향한 나의 생각을 내가 아니니 평안이요 재앙이 아니니라 너희에게 미래와 희망을 주는 것이니라

㉔ 예레미야 29:12-13

너희가 내게 부르짖으며 내게 와서 기도하면 내가 너희들의 기도를 들을 것이요 너희가 온 마음으로 나를 구하면 나를 찾을 것이요 나를 만나리라

㉔ 예레미야 30:8

만군의 여호와의 말씀이라 그 날에 내가 네 목에서 그 멍에를 꺾어 버리며 네 포박을 끊으리니

㉔ 예레미야 30:10-11

야곱아 너는 두려워하지 말라 내가 너를 먼 곳으로부터 구원하리니 야곱이 돌아와서 태평과 안락을 누릴 것이며 두렵게 할 자가 없으리라 이는

여호와의 말씀이라 내가 너와 함께 있어 너를 구원할 것이라

㉔ 예레미야 30:17

여호와의 말씀이니라 내가 너의 상처로부터 새 살이 돋아나게 하여 너를 고쳐주리라

㉔ 예레미야 30:19

그들에게서 감사하는 소리가 나오고 즐거워하는 자들의 소리가 나오리라 내가 그들을 번성하게 하리니 내가 그들을 존귀하게 하리니 그들은 비천하여지지 아니하리라

㉔ 예레미야 31:3

여호와께서 나에게 나타나사 내가 영원한 사랑으로 너를 사랑하기에 인자함으로 너를 이끌었다 하였노라

㉔ 예레미야 31:9

그들이 울며 돌아오리니 나의 인도함을 받고 간구할 때에 내가 그들을 넘어지지 아니하고 물 있는 계곡의 곧은길로 가게 하리라 나는 이스라엘의 아버지요 에브라임은 나의 장자니라

㉔ 예레미야 31:10

이방인들이여 너희는 여호와의 말씀을 듣고 전파하여 이르기를 목자가 그 양떼에게 행함 같이 그를 지키시리로다

㉔ 예레미야 31:13

내가 그들의 슬픔을 돌려서 즐겁게 하며 그들을 위로하여 그들의 근심으로부터 기쁨을 얻게 할 것임이라

㉔ 예레미야 31:20

에브라임은 나의 사랑하는 아들 기쁘다는 자식이 아니냐 내가 반드시 그를 불쌍히 여기리라 여호와의 말씀이니라

㉔ 예레미야 31:23-25

만군의 여호와 이스라엘의 하나님께서 이와 같이 말씀하시니라 의로운 처소여 거룩한 산이여 여호와께서 네게 복주시기를 원하노라 인도하는 자가 거기에 함께 살리니 이는 내가 그 피곤한 심령을 상쾌하게 하며 모든 연약한 심령을 만족하게 하였음이라

㉔ 예레미야 31:28

내가 깨어서 그들을 세우며 심으리라 여호와의 말씀이니라

㉔ 예레미야 31:33

그날 후에 내가 이스라엘 집과 맺을 언약은 이러하니 곧 내가 나의 법을 그들의 속에 두며 그들의 마음에 기록하여 나는 그들의 하나님이 되고 그들은 내 백성이 될 것이라 여호와의 말씀이니라

㉔ 예레미야 31:34

내가 그들의 악행을 사하고 다시는 그 죄를 기억하지 아니하리라 여호와의 말씀이니라

㉔ 예레미야 32:18-19

주는 은혜를 천만인에게 베푸시며 크고 능력 있으신 하나님이시요 이름은 만군의 여호와시니이다 주는 책략에 크시며 하시는 일에 능하시며, 인류의 모든 길을 주목하시며 그의 길과 그의 행위의 열매대로 보응하시나이다

㉔ 예레미야 32:38-39

그들은 내 백성이 되겠고 나는 그들의 하나님이 될 것이며 내가 그들에게 한 마음과 한 길을 주어 자기들과 자기 후손의 복을 위하여 항상 나를 경외하게 하리라

㉔ 예레미야 32:40-41

내가 그들에게 복을 주기 위하여 그들을 떠나지 아니하리라 하는 영원한 언약을 그들에게 세우고, 나를 경외함을 그들의 마음에 두어 나를 떠나지 않게 하고 내가 기쁨으로 그들에게 복을 주되 분명히 나의 마음과 정성을 다하여 그들을 이 땅에 심으리라

㉔ 예레미야 32:42

여호와께서 이와 같이 말씀하시니라 내가 이 백성에게 허락한 모든 복을 그들에게 내리리라

㉔ 예레미야 33:2-3

일을 행하시는 여호와 그것을 만들며 성취하시는 여호와, 그의 이름을 여호와라 하는 이가 이와 같이 이르시도다 너는 내게 부르짖으라 내가 네게 응답하겠고 네가 알지 못하는 크고 은밀한 일을 네게 보이리라

⑲ 예레미아 33:6-8

보라 내가 이 성읍을 치료하며 고쳐 낫게 하고 평안과 진실이 풍성함을 그들에게 나타낼 것이며 내가 유다의 포로와 이스라엘의 포로를 돌아오게 하여 그들을 처음과 같이 세울 것이며 내가 그들을 내게 범한 그 모든 죄악에서 정하게 하며 그들이 내게 범하며 행한 모든 죄악을 사할 것이라

㉔ 예레미야 33:9

이 성읍이 세계 열방 앞에서 나의 기쁜 이름이 될 것이며 찬송과 영광이
될 것이요 그들은 내가 이 백성에게 베푼 모든 복을 들을 것이요

㉔ 예레미야 33:10-11

여호와께서 이와 같이 말씀하시도다 황폐하여 사람도 없던 유다 성읍들
과 예루살렘거리에서 즐거워하는 소리 기뻐하는 소리 신랑의 소리 신부의
소리와 만군의 여호와께 감사하라 여호와는 선하시니 그 인자하심이 영원
하다는 소리가 다시 들리리라 여호와의 말씀이니라

㉔ 예레미야 33:16

그 날에 유다가 구원을 받겠고 예루살렘이 안전히 살 것이며 여호와는
우리의 의라는 이름을 얻으리라

㉔ 예레미야 42:6

우리가 당신을 우리 하나님 여호와께 보냄은 순종하려 함이라 우리가 우
리 하나님 여호와의 목소리를 순종하면 우리에게 복이 있으리이다 하리라

㉔ 예레미야 46:27

내 종 야곱아 두려워하지 말라 이스라엘아 놀라지 말라 보라 내가 너를
먼 곳에서 구원하며 네 자손을 포로 된 땅에서 구원하리니 야곱이 돌아와
서 평안하며 걱정 없이 살게 될 것이라 그를 두렵게 할 자 없으리라

㉕ 예레미야애가 3:22-23

여호와의 인자와 긍휼이 무궁하시므로 우리가 진멸되지 아니함이니이
다 이것들이 아침마다 새로우니 주의 성실하심이 크시도소이다

㉕ 예레미야애가 3:25-26

기다리는 자들에게나 구하는 영혼들에게 여호와는 선하시도다 사람이 여호와의 구원을 바라고 잠잠히 기다림이 좋도다

㉕ 예레미야애가 3:41

우리의 마음과 손을 아울러 하늘에 계신 하나님께 들자

㉕ 예레미야애가 3:49-50

내 눈에 흐르는 눈물이 그치지 아니하고, 쉬지 아니함이여 여호와께서 하늘에서 살피시고, 돌아보실 때까지니라

㉕ 예레미야애가 5:19-21

여호와여 주는 영원히 계시오며 주의 보좌는 대대에 이르나이다 주께서 어찌하여 우리를 영원히 잊으시오며 우리를 이같이 오래 버리시나이까 여호와여 우리를 주께로 돌이키소서 그리하시면 우리가 주께로 돌아가겠사오니 우리의 날들을 다시 새롭게 하사 옛적 같게 하옵소서

㉖ 에스겔 3:14

주의 영이 나를 들어 올려 데리고 가시는데 내가 근심하고 분한 마음으로 가니 여호와의 권능이 힘 있게 나를 감동시키시더라

㉖ 에스겔 3:21

네가 그 의인을 깨우쳐 범죄 하지 아니하게 함으로 그가 범죄 하지 아니하면 정녕 살리니 이는 깨우침을 받음이며 너도 네 영혼을 보존하리라

㉖ 에스겔 3:23

내가 일어나 들로 나아가니 여호와의 영광이 거기에 머물렀는데 내가 전

에 그발 강 가에서 보낸 영광과 같은지라

㉖ **에스겔 11:19-20**

내가 그들에게 한 마음을 주고 그 속에 새 영을 주며 살처럼 부드러운 마음을 주며 내 율례를 따르며 내 규례를 지켜 행하게 하리니 그들은 내 백성이 되고 나는 그들의 하나님이 되리라

㉖ **에스겔 16:60-62**

내가 너의 어렸을 때에 너와 세운 언약을 기억하고 너와 영원한 언약을 세우리라 내가 네게 내 언약을 세워 내가 여호와인줄 네가 알게 하리니

㉖ **에스겔 18:9**

내 율례를 따르며 내 규례를 지켜 진실하게 행할진대 그는 의인이니 반드시 살리라 주 여호와의 말씀이니라

㉖ **에스겔 18:21**

악인이 만일 그가 행한 모든 죄에서 돌이켜 떠나 내 모든 율례를 지키고 정의와 공의를 행하면 반드시 살고 죽지 아니할 것이라

㉖ **에스겔 18:30-31**

주 여호와의 말씀이니라 이스라엘 족속아 내가 너희 각 사람이 행한 대로 심판할지라 너희는 돌이켜 회개하고 모든 죄에서 떠날지어다 너희가 범한 모든 죄악을 버리고 마음과 영을 새롭게 할지어다

㉖ **에스겔 34:22**

내가 내 양 떼를 구원하여 그들로 다시는 노략 거리가 되지 아니하게 하리라

㉖ 에스겔 34:31

내 양 곧 내 초장의 양 너희는 사람이요 나는 너희 하나님이라 주 여호와의 말씀이니라

㉖ 에스겔 36:9-11

내가 돌이켜 너희와 함께하리니 사람이 너희를 갈고 심을 것이며 내가 또 사람을 너희 위에 많게 하리니 이들은 이스라엘 온 족속이라 그들의 수가 많고 번성하게 할 것이라 너희를 처음보다 낫게 대우하리니 내가 여호와인 줄을 너희가 알리라

㉖ 에스겔 36:25-26

맑은 물을 너희에게 뿌려서 너희로 정결하게 하되 곧 너희 모든 더러운 것에서 너희를 정결하게 할 것이며 또 새 영을 너희 속에 두고 새 마음을 너희에게 주되 부드러운 마음을 줄 것이며

㉖ 에스겔 36:28-29

내가 너희 조상들에게 준 땅에서 너희가 거주하면서 내 백성이 되고 나는 너희 하나님이 되리라 내가 너희를 모든 더러운 데에서 구원하고 곡식이 풍성하게 할 것이며

㉖ 에스겔 37:5-6

주 여호와께서 이 뼈들에게 이같이 말씀하시기를 내가 생기를 너희에게 들어가게 하리니 너희가 살아나리라 너희 위에 힘줄을 두고 살을 입히고 가죽으로 덮고 너희 속에 생기를 넣으리니 너희가 살아나리라 또 내가 여호와인 줄 너희가 알리라 하셨다 하라

㉖ 에스겔 37:9

주 여호와께서 이같이 말씀하시기를 생기야 사방에서부터 와서 이 죽음을 당한 자에게 불어서 살아나게 하라 하셨다 하라

㉖ 에스겔 37:14

내가 또 내 영을 너희 속에 두어 너희가 살아나게 하고 내가 또 너희를 너희 고국 땅에 두리니 나 여호와가 이 일을 말하고 이룬 줄을 너희가 알리라 여호와의 말씀이니라

㉗ 다니엘 2:20-23

다니엘이 말하여 이르되 영원부터 영원까지 하나님의 이름을 찬송할 것은 지혜와 능력이 그에게 있음이로다 그는 어두운 데에 있는 것을 아시며 또 빛이 그와 함께 있도다 나의 조상들의 하나님이여 주께서 이제 내게 지혜와 능력을 주시고 우리가 주께 구한 것을 내게 알게 하셨사오니 내가 주께 감사하고 주를 찬양하나이다

㉗ 다니엘 3:17

느부갓네살왕이여 사드락과 메삭과 아벳느고가 섬기는 하나남이 계시다면 우리를 맹렬히 타는 풀무불 가운데에서 능히 건져내시겠고 왕의 손에서도 건져내시리이다

㉗ 다니엘 6:16-18

다리오 왕이 명령하매 다니엘을 끌어다가 사자 굴에 던져 넣는지라 왕이 다니엘에게 이르되 네가 항상 섬기는 너희 하나님이 너를 구원하시리라 하니라 왕이 궁에 돌아가서는 밤이 새도록 금식하고 잠자기를 마다하니라

㉗ **다니엘 6:26-27**

다리오왕이 조서를 내려 이르되 내 나라 사람들은 모두 다니엘의 하나님 앞에서 떨며 두려워할지니 그는 살아계시는 하나님이시요 영원히 변하지 않으실 이시며 그의 권세는 무궁할 것이며 그는 구원도 하시며 건져내기도 하시며 하늘에서든지 땅에서든지 이적과 기사를 행하시는 이로서 다니엘을 구원하여 사자의 입에서 벗어나게 하셨음이라 하였더라

㉗ **다니엘 9:17-18**

우리 하나님이여 지금 주의 종의 기도와 간구를 들으시고, 주를 위하여 주의 얼굴빛을 주의 황폐한 성소에 비추시옵소서 우리가 주 앞에 간구하옵는 것은 우리의 공의를 의지하여 하는 것이 아니요 주의 큰 긍휼을 의지하여 함이나이다

㉗ **다니엘 10:19**

환상이 이르되 큰 은총을 받은 사람이여 두려워하지 말라 평안하라 강건하라 강건하라 그가 이같이 내게 말하매 내가 곧 힘이 나서 이르되 내 주께서 나를 강건하게 하셨사오니 말씀하옵소서

㉘ **호세아 6:1**

우리가 여호와께로 돌아가자 여호와께서 우리를 낫게 하실 것이요 우리를 싸매어 주실 것임이라

㉘ **호세아 6:2**

여호와께서 이틀 후에 우리를 살리시며 셋째 날에 우리를 일으키시리니 우리가 그의 앞에서 살리라

㉘ 호세아 6:3

우리가 여호와를 알자 힘써 여호와를 알자 그의 나타나심은 새벽빛같이 어김없나니 땅을 적시는 비와 같이 우리에게 임하시리다

㉘ 호세아 10:12

너희가 자기를 위해 공의를 심고 인애를 거두라 지금이 곧 여호와를 찾을 때니 마침내 여호와께서 오사 공의를 비처럼 너희에게 내리시리라

㉘ 호세아 13:14

내가 그들을 스올의 권세에서 속량하며 사망에서 구속하리니 사망아 네 재앙이 어디있느냐 스올아 네 멸망이 어디있느냐 뉘우침이 내 눈앞에서 숨으리라

㉙ 요엘 2:13

너희는 여호와께로 돌아올지어다 그는 은혜로우시며 자비로우시며 노하기를 더디하시며 인애가 크시사 뜻을 돌이켜 재앙을 내리지 아니하시나이다

㉙ 요엘 2:32

누구든지 여호와의 이름을 부르는 자는 구원을 얻으리니 이는 나 여호와의 말대로 시온산과 예루살렘에서 피할 자가 있을 것임이요 나 여호와의 부름을 받을 자가 있을 것임이니라

㉚ 아모스 5:14

너희는 살려면 선을 구하고 악을 구하지 말지어다 만군의 하나님 여호와께서 너희의 말과 같이 너희와 함께 하시리라

③② 요나 2:1-2

요나가 물고기 뱃속에서 그의 하나님 여호와께 기도하여 이르되 내가 받는 고난으로 말미암아 여호와께 불러 아뢰었더니 주께서 내게 대답하셨고 내가 스올의 뱃속에서 부르짖었더니 주께서 내 음성을 들으셨나이다

③② 요나 2:6-7

나의 하나님 여호와여 주께서 내 생명을 구덩이에서 건지셨나이다 내 영혼이 내 속에서 피곤할 때에 내가 여호와를 생각하였더니 내 기도가 주께 이르렀사오며 주의 성전에 미쳤나이다

③② 요나 2:9-10

나는 감사하는 목소리로 주께 제사를 드리며 나의 서원을 주께 갚겠나이다 구원은 여호와께 속하였나이다 하니라 여호와께서 그 물고기에게 말씀하시매 요나를 육지에 토하니라

③② 요나 3:10

하나님이 그들이 행한 것 곧 그 악한 길에서 돌이켜 떠난 것을 보시고 하나님의 뜻을 돌이키사 그들에게 내리리라고 말씀하신 재앙을 내리지 아니하시니라

③② 요나 4:2

내가 빨리 다시스로 도망하였사오니 주께서는 은혜로우시며 자비로우시며 노하기를 더디하시며 인애가 크시사 뜻을 돌이켜 재앙을 내리지 아니하시는 하나님이신 줄을 내가 알았음이니이다

③③ 미가 4:10

딸 시온이여 바벨론까지 이르러 거기서 구원을 얻으리니 여호와께서 거

기서 너를 네 원수들의 손에서 속량하여 내시리라

㉝ 미가 7:7

오직 나는 여호와를 우러러보며, 나를 구원하시는 하나님을 바라보나니 나의 하나님이 나에게 귀를 기울이시리로다

㉝ 미가 7:8

나는 엎드러질지라도 일어날 것이요 어두운 곳에 앉을지라도 여호와께서 나의 빛이 되실 것임이로다

㉝ 미가 7:9

내가 여호와께 범죄하였으니 마침내 주께서 나를 위하여 논쟁하시고 심판하시며 주께서 나를 인도하사 광명에 이르게 하시리니 내가 그의 공의를 보리로다

㉝ 미가 7:18

주와 같은 신이 어디 있으리이까 주께서는 죄악과 그 기업에 남는 자의 허물을 사유하시며 인애를 기뻐하시므로 진노를 오래 품지 아니하시나이다

㉝ 미가 7:19-20

우리를 불쌍히 여기셔서 우리의 죄악을 발로 밟으시고 우리의 모든 죄를 깊은 바다에 던지시리이다 주께서 옛적에 우리 조상들에게 맹세하신대로 야곱에게 성실을 베푸시며 아브라함에게 인애를 더하시리이다

㉟ 하박국 2:4

의인은 그의 믿음으로 말미암아 살리라

㉟ **하박국 3:3-4**

하나님의 영광이 하늘을 덮었고, 그의 찬송이 세계에 가득하도다 그의 광명이 햇빛 같고 광선이 그의 손에서 나오니 그의 권능이 그 속에 감추어졌도다

㉟ **하박국 3:13**

주께서 그의 백성을 구원하시려고 기름 부음 받은 자를 구원하시려고 나오사 그 기초를 바닥까지 드러내셨나이다

㉟ **하박국 3:18-19**

나는 여호와로 말미암아 즐거워하며 나의 구원의 하나님으로 말미암아 기뻐하리로다 주 여호와는 나의 힘이시라

㊱ **스바냐 2:3**

여호와의 규례를 지키는 세상의 모든 겸손한 자들아 너희는 여호와를 찾으며 공의와 겸손을 구하라

㊱ **스바냐 3:12**

내가 곤고하고 가난한 백성을 네 가운데에 남겨두리니 그들이 여호와의 이름을 의탁하여 보호를 받을지라

㊱ **스바냐 3:15-16**

여호와가 네 형벌을 제거하였고 네 원수를 쫓아냈으며 여호와가 네 가운데 계시니 네가 다시는 화를 당할까 두려워하지 아니할 것이라 그 날에 사람이 예루살렘에 이르기를 두려워하지 말라 시온아 네 손을 늘어뜨리지 말라

㊱ 스바냐 3:17

너희 하나님 여호와가 너의 가운데에 계시니 그는 구원을 베푸실 전능 자이시다 그가 너로 말미암아 기쁨을 이기지 못하시며 너를 잠잠히 사랑하 시며 너로 말미암아 즐거이 부르며 기뻐하시리라 하리라

㊲ 학개 2:5

너희가 애굽에서 나올 때에 내가 너희와 언약한 말과 나의 영이 계속하 여 너희 가운데에 머물러 있나니 너희는 두려워하지 말지어다

㊳ 스가랴 1:3

만군의 여호와께서 이처럼 이르시되 너희는 내게로 돌아오라 만군의 여 호와의 말이니라 그리하면 내가 너희에게 돌아가리라

㊳ 스가랴 3:4

여호와께서 자기 앞에 선 자들에게 명령하사 그 더러운 옷을 벗기라 하 시고 또 여호수아에게 이르시되 내가 네 죄악을 제거하여 버렸으니 네게 아름다운 옷을 입히리라 하시기로

㊳ 스가랴 3:5

내가 말하되 정결한 관을 그의 머리에 씌우소서 하매 곧 정결한 관을 그 머리에 씌우며 옷을 입히고 여호와의 천사는 곁에 섰더라

㊳ 스가랴 8:7-8

만군의 여호와가 이같이 말하노라 보라 내게 내 백성을 해가 뜨는 땅과 해가 지는 땅에서부터 구원하여 내고 인도하여 거주하게 하리니 그들은 내 백성이 되고 나는 진리와 공의로 그들의 하나님이 되리라

㊳ 스가랴 8:12

곧 평강의 씨앗을 얻을 것이라 포도나무가 열매를 맺으며 땅이 산물을 내며 하늘은 이슬을 내리리니 내가 이 남은 백성으로 이 모든 것을 누리게 하리라

㊳ 스가랴 8:13

이제는 내가 너희를 구원하여 너희가 복이 되게 하리니 두려워하지 말지니라 손을 견고히 할지니라

㊳ 스가랴 9:9

시온의 딸아 크게 기뻐할지어다 보라 네 왕이 네게 임하시나니 그는 공의로우시며 구원을 베푸시며 겸손하시며 나귀를 타시나니 나귀의 작은 것 곧 나귀 새끼니라

㊳ 스가랴 9:16

이 날에 그들의 하나님 여호와께서 그들을 자기 백성의 양 떼 같이 구원하시리니 그들이 왕관의 보석 같이 여호와의 땅에 빛나리로다

㊳ 스가랴 10:6

내가 유다 족속을 구원할지라 내가 그들을 긍휼히 여김으로 그들이 돌아오게 하리니 그들은 내가 내버린 일이 없었음 같이 되리라 나는 그들의 하나님 여호와라

㊳ 스가랴 10:12

내가 그들로 나 여호와를 의지하여 견고하게 하리니 그들이 내 이름으로 행하리라 나 여호와의 말이니라

㉚ 스가랴 16:11

　사람이 그 가운데에 살며 다시는 저주가 있지 아니하리니 예루살렘이 평안히 서리로다

㉙ 말라기 3:6

　나 여호와는 변하지 아니하나니 그러므로 야곱의 자손들아 너희가 소멸되지 아니하느니라

㉙ 말라기 3:16

　그때에 여호와를 경외하는 자들이 피차에 말하매 여호와께서 그것을 분명히 들으시고 여호와를 경외하는 자와 그 이름을 존중히 여기는 자를 위하여 여호와 앞에 있는 기념책에 기록하셨느니라

㉙ 말라기 3:17

　만군의 여호와가 이르노라 나는 내가 정한 날에 그들을 나의 특별한 소유로 삼을 것이요 또 사람이 자기를 섬기는 아들을 아낌 같이 내가 그들을 아끼리니

㉙ 말라기 4:2

　내 이름을 경외하는 너희에게는 공의로운 해가 떠올라서 치료하는 광선을 비추리니 너희가 나가서 외양간에서 나온 송아지 같이 뛰리라

☾ 06

신약성경에서 치유 구절

① 마태복음 3:6, 8, 11

자기들의 죄를 자복하고 요단강에서 세례요한에게 세례를 받더니 회개에 합당한 열매를 맺더라 나 세례요한은 너희로 회개하게 하기 위하여 물로 세례를 베풀거니와 내 뒤에 오시는 이는 나보다 능력이 많으시니, 그는 성령과 불로 너희에게 세례를 베푸실 것이요

① 마태복음 3:16-17

예수께서 세례를 받으시고 곧 물에서 올라오실새 하늘이 열리고, 하나님의 성령이 비둘기같이 내려 자기 위에 임하심을 보시더니 하늘로부터 소리가 있어 말씀하시되 이는 내 사랑하는 아들이요 내 기뻐하는 자라 하시니라

① 마태복음 4:4

예수께서 대답하여 이르시되 기록되었으되 사람이 떡으로만 살 것이 아니요 하나님의 입으로부터 나오는 모든 말씀으로 살 것이라 하였느니라 하시니

① 마태복음 4:23

예수께서 온 갈릴리에 두루 다니사 그들의 회당에서 가르치시며 천국 복음을 전파하시며, 백성 중의 모든 병과 모든 약한 것을 고치시니 그의 소

문이 온 수리아에 퍼진지라 사람들이 모든 앓는 자 곧 각종 병에 걸려서 고통당하는 자, 귀신들린 자, 간질 하는 자, 중풍 환자들을 데려오니 그들을 고치시더라

① 마태복음 5:3-10(8복)

심령이 가난한 자는 복이 있나니 천국이 그들의 것임이요 애통하는 자는 복이 있나니 그들이 위로를 받을 것임이요 온유한 자는 복이 있나니 그들이 땅을 기업으로 받을 것임이요 의에 주리고 목마른 자는 복이 있나니 그들이 배부를 것임이요 긍휼히 여기는 자는 복이 있나니 그들이 긍휼히 여김을 받을 것임이요 마음이 청결한 자는 복이 있나니 그들이 하나님을 볼 것임이요 화평하게 하는 자는 복이 있나니 그들이 하나님의 아들이라 일컬음을 받을 것임이요 의를 위하여 박해를 받은 자는 복이 있나니 천국이 그들의 것임이라

① 마태복음 5:13-16

너희는 세상의 소금이니 소금이 만일 그 맛을 잃으면 무엇을 짜게 하리요 너희는 세상의 빛이라 산 위에 있는 동네가 숨겨지지 못할 것이요 이같이 너희 빛이 사람 앞에 비치게 하여 그들로 너희 착한 행실을 보고 하늘에 계신 너희 아버지께 영광을 돌리게 하라

① 마태복음 6:1

사람에게 보이려고 그들 앞에서 너희 의를 행하지 않도록 주의하라 그리하지 아니하면 하늘에 계신 너희 아버지께 상을 받지 못하느니라

① 마태복음 6:3-4

너는 구제할 때에 오른손이 하는 것을 왼손이 모르게 하여, 네 구제함을 은밀하게 하라 은밀한 중에 보시는 너의 아버지께서 갚으시리라

① 마태복음 6:6

너희 기도할 때에 네 골방에 들어가 문을 닫고 은밀한 중에 계신 네 아버지께 기도하라 은밀한 중에 보시는 네 아버지께서 갚으시리라

① 마태복음 6:9-13

하늘에 계신 우리 아버지여 이름이 거룩히 여김을 받으시오며, 나라가 임하시오며, 뜻이 하늘에서 이루어진 것 같이 땅에서도 이루어지이다 오늘 우리에게 일용한 양식을 주시옵고, 우리가 우리에게 죄지은 자를 사하여 준 것 같이 우리 죄를 사하여 주시옵고, 우리를 시험에 들게 하지 마시옵고, 다만 악에서 구하옵소서 나라와 권세와 영광이 아버지께 영원히 있사옵나이다

① 마태복음 6:14

너희가 사람의 잘못을 용서하면 너희 하늘 아버지께서도 너희 잘못을 용서하시려니와

① 마태복음 6:31-33

그러므로 염려하여 이르기를 무엇을 먹을까 무엇을 마실까 무엇을 입을까 하지 말라 그런 즉 너희는 먼저 그의 나라와 그의 의를 구하라 그리하면 이 모든 것을 너희에게 더하시리라

① 마태복음 7:7-8(누가 11:9-13)

구하라 그리하면 너희에게 주실 것이요 찾아라 그리하면 찾아낼 것이요 문을 두드리라 그리하면 너희에게 열릴 것이니 구하는 이마다 받을 것이요 찾는 이는 찾아낼 것이요 두드리는 이에게는 열릴 것이니라

① 마태복음 7:11

너희가 악한 자라도 좋은 것으로 자식에게 줄 줄 알거든 하물며 하늘에 계신 너희 아버지께서 구하는 자에게 좋은 것으로 주시지 않겠느냐

① 마태복음 7:13-14

좁은 문으로 들어가라 멸망으로 인도하는 문은 크고 그 길이 넓어 그리로 들어가는 자가 많고 생명으로 인도하는 문은 좁고 길이 협착하여 찾는 자가 적음이라

① 마태복음 7:21

나더러 주여 주여 하는 자마다 다 천국에 들어갈 것이 아니요 다만 하늘에 계신 내 아버지의 뜻대로 행하는 자라야 들어가리라

① 마태복음 7:24

누구든지 나의 이 말을 듣고 행하는 자는 그 집을 반석 위에 지은 지혜로운 사람 같으리니

① 마태복음 8:1(마가 1:40), (누가 5:12)

예수께서 산에서 내려오시니 한 나병환자가 주여 원하시면 저를 깨끗하게 하실 수 있나이다 하거늘 예수께서 손을 대시며 내가 원하노니 깨끗함을 받으라 하시니 즉시 나병이 깨끗하여 진지라 제사장에서 네 몸을 보이고 그들에게 입증하라 하시니라

① 마태복음 8:5-13(누가 7:1),

예수께서 가버나움에 들어가시니 한 백부장이 나아와 간구하여 이로되 주여 내 하인이 중풍 병으로 집에 누워 몹시 괴로워하나이다 이르시되 내가 가서 고쳐주리라 주여 내 집에 오심을 나는 감당치 못하겠사오니 다만

말씀만 하옵소서 그러면 내 하인이 낫겠나이다 예수께서 들으시고 이스라엘 중 아무에게서도 이만한 믿음을 보지 못하였노라 가라 네 믿음대로 될지어다 하시니 그 즉시 하인이 나으니라

① 마태복음 8:14 (마가 1:29), (누가 4:38)

예수께서 베드로 집에 들어가서 베드로 장모가 열병으로 누운 것을 보시고 손을 만지시니 열병이 떠나가고 여인이 일어나서 예수께 수종들더라

① 마태복음 8:16(마가 1:31), (누가 4:40)

저녁에 베드로 집 부근에서 사람들이 귀신들린 자들을 많이 데리고 오거늘 예수께서 말씀으로 귀신들을 쫓아내시고, 고치시니 선지자 이사야를 통해 하신 말씀 중에 우리의 연약한 것을 친히 담당하시고, 병을 짊어지셨도다 함을 이루려 하심이더라

① 마태복음 8:26

예수께서 이르시되 어찌하여 무서워하느냐 믿음이 작은 자들아 하시고 배에서 곧 일어나사 바람과 바다를 꾸짖으시니 아주 잔잔하게 되거늘

① 마태복음 8:28(마가 5:1), (누가 8:26)

예수께서 가다라 지방에 가시매 귀신들린 둘이 소리 질러 이르되 우리를 쫓아내려면 돼지 떼에 들여보내 달라고 하니 예수께서 귀신들이 돼지에게 들어가게 하자 바다에 들어가서 물에서 몰사하거늘

① 마태복음 9:1(마가 2:1), (누가 5:17)

예수께서 가버나움에서 침상에 누운 중풍 환자를 사람들이 메고 오거늘 예수께서 그들의 믿음을 보시고 작은 자야 안심하리라 네 죄 사함을 받았느니라

① 마태복음 9:12

예수께서 들으시고 이르시되 건강한 자에게는 의사가 쓸 데 없고, 병든 자에게라야 쓸 데 있느니라

① 마태복음 9:20(마가 5:23), (누가 8:40)

열두 해 동안이나 혈우병 앓는 여자가 예수 뒤로 가서 몰래 예수의 겉옷 가장자리를 만지면서 겉옷만 만져도 구원을 받겠다고 생각함이라 예수께서 딸아 안심하라 네 믿음이 너를 구원하였다 하시니 여자가 그 즉시 구원을 받으니라

① 마태복음 9:18-19 & 9:23-25 (마가 5:38), (누가 8:42)

야이로 관리가 내 딸이 방금 죽었사오니 그 몸에 손을 얹어주소서 그러면 살아나겠나이다 하니 예수께서 그 관리 집에 가서 소녀가 죽은 것이 아니고 잔다하시니 그들이 비웃더라 소녀의 손을 잡으시매 살아나서 일어나는지라

① 마태복음 9:27

예수께서 야이로 관리 집에서 떠나실 때, 두 맹인이 와선 다윗의 자손이여 우리를 불쌍히 여기소서 하니 예수께서 내가 능히 이 일 할 줄을 너희가 믿느냐 하시니 그들이 주여 그러하오이다 하니 예수께서 그들의 눈을 만지시며, 너희 믿음대로 되라 하시니 눈이 밝아지더라

① 마태복음 9:32

귀신들리고 말 못하는 사람을 그들이 데려오니 귀신이 쫓겨나고, 말을 하거늘 그들이 놀라서 이르되 이스라엘 가운데서 이런 일을 본 적이 없다

① 마태복음 9:35-36

예수께서 모든 도시와 마을에 두루 다니사 그들의 회당에서 가르치시며, 천국 복음을 전파하시며, 모든 병과 모든 약한 것을 고치시니라 무리를 보시고 불쌍히 여기시니 이는 그들이 목자 없는 양과 같이 고생하며 기진함이라

① 마태복음 10:1 & 8(마가 3:13), (누가 6:12)

예수께서 그의 열두 제자를 부르사 더러운 귀신을 쫓아내며, 모든 병과 모든 약한 것을 고치시는 권능을 주시니라 병든 자를 고치며, 죽은 자를 살리며, 나병환자를 깨끗하게 하며, 귀신을 쫓아내되 너희가 거져 받았으니 거져주라

① 마태복음 10:5-7

예수께서 이 열두 제자를 내보내시며 명하여 이르시되 이스라엘 집의 잃어버린 양에게로 가라 가면서 전파하여 말하되 천국이 가까이 왔다하라

① 마태복음 10:22

너희가 내 이름으로 말미암아 모든 사람에게 괴로움을 받을 것이나 끝까지 견디는 자는 구원을 얻으리라

① 마태복음 10:31-32

두려워하지 말라 누구든지 사람 앞에서 나를 시인하면, 나도 하늘에 계신 내 아버지 앞에서 그를 시인할 것이요

① 마태복음 10:39

자기 목숨을 얻는 자는 잃을 것이요 나를 위하여 자기 목숨을 잃는 자는 얻으리라

① 마태복음 10:40-41

너희를 영접하는 자는 나를 영접하는 것이요 나를 영접하는 자는 나를 보내신 이를 영접하는 것이니라 선지자의 이름으로 선지자를 영접하는 자는 선지자의 상을 받을 것이요 의인의 이름으로 의인을 영접하는 자는 의인의 상을 받을 것이요

① 마태복음 11:4-6

예수께서 대답하여 이르시되 너희가 가서 듣고 보는 것을 세례요한에게 알리되 맹인이 보며 못 걷는 사람이 걸으며, 나병환자가 깨끗함을 받으며, 죽은 자가 살아나며, 가난한 자에게 복음이 전파된다 하라 누구든지 나로 말미암아 실족하지 아니하는 자는 복이 있도다 하시니라

① 마태복음 11:28-30

수고하고 무거운 짐 진 자들아 다 내게로 오라 내가 너희를 쉬게 하리라 나는 마음이 온유하고, 겸손하니 나의 멍에를 메고 내게 배우라 그리하면 너희 마음이 쉼을 얻으리니 이는 내 멍에는 쉽고 내 짐은 가벼움이라 하시니라

① 마태복음 12:9(마가 3:1), (누가 6:6)

예수께서 회당에 들어가시니 사람들이 안식일에 한쪽 손 마른 사람을 고치는 것이 옳으냐고 묻자 예수께서 너희 중에 어떤 사람이 양 한 마리가 있어 안식일에 구덩이에 빠졌으면 끌어내지 않겠느냐 그러므로 안식일에 선을 행하는 것이 옳으니라 하시고, 환자에게 손을 내밀게 하시니, 회복되어 성하더라

① 마태복음 12:15-18

예수께서 아시고 거기를 떠나가시니 많은 사람이 따르는지라 예수께서

그들의 병을 다 고치시고, 자기를 나타내지 말라 경고하셨으니 이는 선지자 이사야를 통하여 말씀하신 바, 보라 내가 택한 종 곧 내 마음에 기뻐하는바 내가 사랑하는 자로다 내가 내 영을 그에게 줄 터이니

① **마태복음 12:28**

내가 하나님의 성령을 힘입어 귀신을 쫓아내는 것이면 하나님의 나라가 이미 너희에게 임하였느니라

① **마태복음 12:32**

누구든지 말로 인자를 거역하면 사하심을 얻되 누구든지 말로 성령을 거역하면 이 세상과 오는 세상에서도 사하심을 얻지 못하리라

① **마태복음 13:41-43**

인자가 그 천사들을 보내리라 그때에 의인들은 자기 아버지 나라에서 해와 같이 빛나리라 귀 있는 자는 들으라

① **마태복음 14:13**(누가 9:10)

오천 명 먹이신 들판에서 예수께서 큰 무리를 보시고 불쌍히 여기사 그 중에 있는 병자를 고쳐 주시니라

① **마태복음 14:26-31**

제자들이 예수님이 바다 위를 걸어오심을 보고 놀라 유령이라 하며, 무서워하여 소리 지르거늘, 예수께서 즉시 이르시되 안심하라 나니 두려워하지 말라 예수께서 오라 하시니 베드로가 배에서 내려 물 위로 걸어서 예수께로 가되 무서워 빠져 가는지라 주여 나를 구원하소서 하니 예수께서 즉시 손을 내밀어 그를 붙잡으시며 이르시되 믿음이 작은 자여 왜 의심하였느냐 하시고

① 마태복음 14:34(마가 6:53)

게네사렛 땅에 이르시니 그 곳 사람들이 예수이신 줄 알고 모든 병자들을 데리고 와서 다만 예수의 옷자락에라도 손을 대게 하시기를 간구하니 손을 대는 자는 다 나음을 얻으니라

① 마태복음 15:21(마가 7:24)

예수께서 두로 지방과 시돈 지방(사리아남쪽)으로 들어가시니 가나안 여자가 내 딸이 귀신 들어 고쳐주소서 하자 예수께서 한 말씀도 아니 하시니, 두 번이나 치료를 거부해도 여자는 계속 저를 도우소서라고 간곡히 부탁하니 예수께서 이르시되 여자여 네 믿음이 크도다 네 소원대로 되리라하시니 그때로부터 그녀의 딸이 나으리라

① 마태복음 15:29-31

갈릴리 호숫가의 산에 예수께서 앉으시니 큰 무리가 다리 저는 사람과 장애인과 맹인과 말 못하는 사람과 기타 여럿을 데리고 와서 예수의 발 앞에 앉히매 고쳐주시니 다리 저는 사람이 걸으며, 장애인이 온전하게 되고, 맹인이 보게 되고, 말 못하는 사람이 말하는 것을 무리가 보고 놀랍게 여겨 이스라엘의 하나님께 영광을 돌리니라

① 마태복음 16:24-25

예수께서 제자들에게 이르시되 누구든지 나를 따라오려거든 자기를 부인하고 자기 십자가를 지고 나를 따를 것이니라 누구든지 제 목숨을 구원하고자 하면 잃을 것이요 누구든지 나를 위하여 제 목숨을 잃으면 찾으리라

① 마태복음 16:27

인자가 아버지의 영광으로 그 천사들과 함께 오리니 그때에 각 사람이

행 한대로 갚으리라

① **마태복음 17:14-18**(마가 9:14), (누가 9:37)

그들이 무리에게 이르매 한 사람이 예수께 와서 주여 내 아들을 불쌍히 여기소서 간질로 고생하며, 넘어지는지라 내가 주님의 제자들에게 데리고 왔으나 그들이 고치지 못하더이다 예수께서 아들에게 꾸짖으시니 귀신이 나가고 아이가 그때부터 나으리라

① **마태복음 17:19-20**

이때에 제자들이 조용히 예수께 나아와 이르되 우리는 어찌하여 아이 한테서 귀신을 쫓아내지 못 하였나이까 이르시되 너희 믿음이 작은 까닭이니라 진실로 너희에게 이르노니 만일 너희에게 믿음이 겨자씨 한 알만큼만 있어도 이 산을 명하여 여기서 저기로 옮겨지라 하면 옮겨질 것이요 또 너희가 못할 것이 없으리라

① **마태복음 18:13-14**

진실로 너희에게 이르노니 만일 길 잃은 한 마리 양을 찾으면 길을 잃지 아니한 아흔아홉 마리보다 이것을 더 기뻐하리라 이와 같이 이 작은 자 중에 하나라도 잃는 것은 하늘에 계신 너희 아버지의 뜻이 아니니라

① **마태복음 18:19**(전도서 4:9)

진실로 다시 너희에게 이르노니 너희 중의 두 사람이 땅에서 합심하여 무엇이든지 구하면 하늘에 계신 내 아버지께서 그들을 위하여 이루게 하시리라

① **마태복음 20:28**

인자가 온 것은 섬김을 받으려 함이 아니라 도리어 섬기려 하고 자기 목

숨을 많은 사람의 대속 물로 주려 함이니라

① **마태복음 20:29**(마가 10:46), (누가 18:36)

여리고에서 떠나갈 때 맹인 둘 중 바디매오가 우리를 불쌍히 여기소서 다윗의 자손이여 라고 두 번이나 소리 지르자 예수께서 그들을 불러 이르시되 너희에게 무엇을 하여 주기를 원하느냐 그들이 이르되 주여 우리의 눈 뜨기를 원하나이다 예수께서 불쌍히 여기사 그들의 눈을 만지시니 곧 보게 되어 그들이 예수를 따르리라

① **마태복음 21:14**(마가 11:15), (누가 19:45), **(요한 2:13)**

예수께서 마지막 예루살렘 입성 후 신전에서 장사치들을 쫓아내신 후 맹인과 저는 자들이 신전에서 예수께 나아오매 고쳐주시니

① **마태복음 21:21**

예수께서 대답하여 이르시되 만일 너희가 믿음이 있고 의심하지 아니하면 무화과나무를 마르게 할 뿐 아니라 이 산더러 들과 바다에 던져지라 하여도 될 것이요 너희가 기도할 때에 무엇이든지 믿고 구하는 것은 다 받으리라 하시니라

① **마태복음 22:31-32**

죽은 자의 부활을 논할진대 하나님이 너희에게 말씀하신 바 하나님은 죽은 자의 하나님이 아니요 살아있는 자의 하나님이시니라

① **마태복음 22:37-38**

예수께서 이르시되 네 마음을 다하고 목숨을 다하고 뜻을 다하여 주 너희 하나님을 사랑하라 하셨으니 이것이 크고 첫째 되는 계명이요

① 마태복음 24:42-47

깨어있으라 어느 날에 너희 주가 임할는지 너희가 알지 못함이니라 이러므로 너희도 준비하고 있으라 생각하지 않은 때에 인자가 오리라 주인이 올 때에 그 종이 이렇게 하는 것을 보면 그 종이 복이 있으리로다 내가 진실로 너희에게 이르노니 주인이 그의 모든 소유를 그에게 맡기리라

① 마태복음 25:31-34

인자가 자기 영광으로 모든 천사와 함께 올 때에 자기 영광의 보좌에 앉으리니 모든 민족을 그 앞에 모으고 각각 구하기를 하여 그 때에 임금이 그 오른편에 있는 자들에게 이르시되 내 아버지께 복 받을 자들이여 나아와 창세로부터 너희를 위하여 예비 된 나라를 상속받으라

① 마태복음 26:26-28

제자들이 먹을 때에 예수께서 떡을 가지사 축복하시고 떼어 제자들에게 주시며 이르시되, 받아서 먹으라 이것은 내 몸이니라 하시고 또 잔을 가지사 감사 기도하시고 그들에게 주시며 이르시되 너희가 다 이것을 마시라 이것은 죄사함을 얻게 하려고 많은 사람을 위하여 흘리는바 나의 피 곧 언약의 피니라

① 마태복음 26:39-44

겟세마네 동산에서 조금 나아가사 얼굴을 땅에 대시고 엎드려 기도하여 이르시되 내 아버지여 만일 할 만하시거든 이 잔을 내게서 지나가게 하옵소서 그러나 나의 원대로 마시옵고, 아버지의 원대로 하옵소서 하시고 다시 두 번째 나아가 기도하여 이르시되 내 아버지여 만일 내가 마시지 않고는 이 잔이 내게서 지나갈 수 없거든 아버지의 원대로 되기를 원하나이다 하시고, 또 그들을 두시고 나아가 세 번째 같은 말씀으로 기도하신 후

① 마태복음 26:41

시험에 들지 않게 깨어 기도하라 마음에는 원이로되 육신이 약하도다

① 마태복음 28:18(마가 16:17), (누가 24:38), (요한 20:21)

믿고 세례를 받는 사람은 구원을 얻을 것이요 믿지 않는 사람은 정죄를 받으리라 믿는 자들에겐 이런 표적이 따르리니, 곧 그들이 내 이름으로 귀신을 쫓아내며 새 방언을 말하며 뱀을 집어 올리며 무슨 독을 마실지라도 해를 받지 아니하여 병든 사람에게 손을 얹은즉 나으리라 하시더라

① 마태복음 28:20

내가 너희에게 분부한 모든 것을 가르쳐 지키게 하라 볼지어다 내가 세상 끝날까지 너희와 항상 함께 있으리라 하시니라

② 마가복음 1:14-15(마태 4:12-17), (누가 4:14-15)

세례요한이 잡힌 후 예수께서 갈릴리에 오셔서 하나님의 복음을 전파하여 이르시되, 때가 찼고 하나님의 나라가 가까이 왔으니 회개하고 복음을 믿으라 하시더라

② 마가복음 1:21(누가 4:31)

가버나움에 들어가셔서 예수께서 안식일에 회당에서 가르치시매 아침 회당에 귀신들린 사람이 소리 질러 예수여 우리가 당신과 무슨 상관이 있나이까 우리를 멸하러 왔나이까 예수께서 꾸짖어 이르시되 잠잠하고 그 사람에게서 나오라 하시니 더러운 귀신이 그 사람에게 경련 일으키고 큰소리를 지르며 나오는지라 사람들이 놀라며 권위 있는 새 교훈이로다 더러운 귀신들에게 예수께서 명한 즉 귀신들이 순종하는 도다 하더라

② **마가복음 1:29**(마태 8:14), (누가 4:38)

베드로장모와 모든 병자와 귀신들린 자들을 고치심

② **마가복음 1:40**(마태 8:1), (누가 5:12)

예수께서 갈릴의 산에서 내려오셔서 한 나병환자를 고치심

② **마가복음 2:3-5**(마태 9:1-6), (누가 5:19-26)

가버나움에서 사람들이 한 중풍 병자를 네 사람에게 메워가지고 예수께로 올 새 무리들 때문에 예수께 데려갈 수 없으므로 그 계신 곳의 지붕을 뜯어 구멍을 내고 중풍 병자가 누운 상을 달아내리니 예수께서 그들의 믿음을 보시고 중풍 병자에게 이르시되 작은 자여 네 죄 사항을 받았느니라 하시고, 내가 네가 이르노니 일어나 네 상을 가지고 집으로 가라 하시더라

② **마가복음 2:17**

예수께서 들으시고 그들에게 이르시되 건강한 자에게는 의사가 쓸데없고, 병든 자는 쓸 데 있느니라 나는 의인을 부르러 온 것이 아니요 죄인을 부르러 왔노라 하시더라

② **마가 3:1**(마태 12:9), (누가 6:6)

예수께서 안식일에 회당에서 한쪽 손 마른 환자를 고치신 기적

② **마가복음 3:10**

이는 많은 사람을 고치셨으므로, 병으로 고생하는 자들이 예수를 만지고자 하여 몰려 왔음이더라

② **마가복음 3:13**(마태 10:1), (누가 6:12)

예수께서 열두 제자를 부르사 더러운 귀신 쫓아내며 모든 병과 모든 약

한 것을 고치는 권능을 주시니라

② **마가복음 3:28**(마태 12:22-32), (누가 11:14-23)

내가 진실로 너희에게 이르노니 사람의 모든 죄와 모든 모독하는 일은 사하심을 얻되

② **마가복음 5:1**(마태 8:28), (누가 8:26)

예수께서 가다라 지방에서 귀신들린 두 명이 돼지에게 들어가게 하자 바다에 들어가서 물에서 몰사함

② **마가복음 5:23**(마태 9:20), (누가 8:40)

열두 해 동안 혈우병 앓는 여인이 예수 뒤로 가서 몰래 예수 겉옷 만져서 예수께서 딸아 반심해라 네 믿음이 너를 구원하셨다 하시니 여자가 그 즉시 구원을 받으니라

② **마가복음 5:34**(마태 9:18-26), (누가 8:40-56)

예수께서 이르시되 혈루증 여자여 네 믿음이 너를 구원하셨으니 평안히 가라 네 병에서 놓여 건강할지어다

② **마가복음 5:38**(마태 9:23), (누가 8:42)

야이로 관리가 내 딸이 방금 죽었사오니 오셔서 손을 얹어주시면 살아나겠나이다 하니 예수께서 그 관리 집에 가서 소녀는 죽은 것이 아니고 잔다 하신 후 소녀 손을 잡으시매 소녀가 살아서 일어나는지라

② **마가복음 6:50-51**

예수께서 바다 위로 걸어오심을 보고 제자들이 놀람이다 이에 예수께서 이르시되 안심하라 나이니 두려워하지 말라 하시고, 배에 올라 그들에게

가시니 바람이 그치는지라 제자들의 마음이 심히 놀라니라

② **마가복음 6:53**(마태 13:34)

게네사렛에서 그곳 사람들이 모든 병자들을 데리고 와서 다만 예수의 옷자락에라도 손을 대게 하시기를 간구하니 손을 대는 자는 모두 다 나음을 얻으리라

② **마가복음 7:25**(마태 15:21)

두로와 시돈 지방에서 가나안 여인의 딸이 귀신 들려 어머니가 고쳐달라고 계속 애원했으나, 예수께서 두 번이나 치료 거부하신 후 여자여 네 믿음이 크도다 네 소원대로 되리라 하시니 그때로부터 딸이 나으리라

② **마가복음 7:31**

갈릴리 호수에 이르시매 사람들이 귀 먹고 말 더듬는 자를 데리고 와서 인수하여 주시길 간구하거늘 예수께서 환자 양 귀에 손가락을 넣으시고, 환자 혀에 침 밭은 손을 대시며 하늘을 우러러 탄식하시며 에바다(=열려라) 하시니 그의 귀가 열리고 혀가 풀려 말이 분명하여졌더라

② **마가복음 8:22**

벳세다에서 예수께서 맹인의 눈에 침을 뱉으시며 두 번의 안수를 하시자 그가 나아서 모든 것을 밝히 보는지라

② **마가복음 8:34-35**(마태 16:13-28), (누가 9:18-27)

예수께서 무리와 제자들을 불러 이르시되 누구든지 나를 따라오려거든 자기를 부인하고, 자기 십자가를 지고 나를 따를 것이니라 누구든지 자기 목숨을 구원하고자 하면 잃을 것이요 누구든지 나와 복음을 위하여 자기 목숨을 잃으면 구원하리라

② **마가복음 9:14**(마태 17:14), (누가 9:37)

한 사람이 예수께 와서 귀신들려 간질로 고생하는 아들을 고쳐달라면서 예수 제자들이 고치지 못했다고 알리자 예수께서 귀신을 꾸짖으시니 아이에게서 귀신이 나갔고, 아이가 그때부터 나으리라 제자들이 저희는 어찌해서 귀신을 못 쫓아내는지 여쭈자 너희 믿음이 작은 까닭이며 너희 믿음이 겨자씨 한 알만큼만 있으면 산을 옮길 수 있느니라 하시더라

② **마가복음 9:23**(마태 17:14-20), (누가 9:37-43)

예수께서 이르시되 할 수 있거든이 무슨 말이냐 믿는 자에게는 능히 하지 못할 일이 없느니라 하시니

② **마가복음 9:28-29**(마태 17:14-20), (누가 9:37-43)

예수께서 집에 들어가시매 제자들이 조용히 묻자오니 우리는 어찌하여 능히 그 귀신을 쫓아내지 못 하였나이까 이르시되 기도 외에 다른 것으로는 이런 종류가 나갈 수 없느니라 하시니라

② **마가복음 10:15-16**(마태 19:13-15), (누가 18:15-17)

내가 진실로 너희에게 이르노니 누구든지 하나님의 나라를 어린아이와 같이 받들지 않는 자는 결단코 그곳에 들어가지 못하리라 하시고, 그 어린아이들을 안고 그들 위에 안수하시고 축복하시니라

② **마가복음 10:25-27**(마태 19:16-30), (누가 18:18-30)

낙타가 바늘귀로 나가는 것이 부자가 하나님의 나라에 들어가는 것보다 쉬우니라 하시니 제자들이 누가 구원을 얻을 수 있나이까 하니 예수께서 이르시되 사람으로서는 할 수 없으되 하나님으로서는 다 하실 수 있느니라

② **마가복음 10:51-52**(마태 20:29-34), (누가 18:35-43)

여리고에서 예수께서 이르시되 네게 무엇을 하여 주기를 원하느냐 하시니 맹인 바디메오가 이르되 보기를 원하나이다 예수께서 이르시되 가라 네 믿음이 너를 구원하였느니라 하시니 그가 곧 보게 되어 예수를 길에서 따르니라

② **마가복음 11:15**(마태 21:14), (누가 19:45), (요한 2:13)

예수께서 마지막 예루살렘 입성 후 성전에서 장사치들을 쫓아내신 후 맹인과 저는 자들이 성전에서 예수께 나아가매 고쳐주시니

② **마가복음 11:23**

누구든지 이산더러 들리어 바다에 던져지라 하며, 그 말하는 것이 이루어질 줄 믿고 마음에 의심하지 아니하면 그대로 되리라 그러므로 내가 너희에게 말하노니 무엇이든지 기도하고, 구하는 것은 받은 줄로 믿으라 그리하면 너희에게 그대로 되리라

② **마가복음 11:24**(마태 21:20-22)

그러므로 내가 너희에게 말하노니 무엇이든지 기도하고, 구하는 것은 받은 줄로 믿으라 그리하면 너희에게 그대로 되리라

② **마가복음 13:26-27**(마태 24:29-31), (누가 21:25-28)

그때에 인자가 구름을 타고 큰 권능과 영광으로 오는 것을 사람들이 보리라 또 그때에 그가 천사들을 보내어 자기가 택하신 자들을 땅끝으로부터 하늘 끝까지 사방에서 모으리라

② **마가복음 13:29-33**(마태 24:32-44), (누가 21:29-33)

인자가 가까이 곧 문 앞에 이른 줄 알라 그러나 그 날과 그때는 아무도

모르나니 하늘에 있는 천사들도 아무도 모르고 아버지만 아시느니라 주의

하라 깨어있으라 그때가 언제인지 알지 못함이라

② **마가복음 16:14-18**(마태 28:16-20), (누가 24:36-49), (요한 20:19-23), (사
도행전 1:6-8)

그 후에 열한 제자가 음식 먹을 때에 부활하신 예수께서 그들에게 나타
나사 이르시되 너희는 온 천하에 다니며 만민에게 복음을 전파하라 믿고
세례를 받는 사람은 구원을 얻을 것이요 믿지 않는 사람은 정죄를 받으리
라 믿는 자들에게는 이런 표적이 따르느니 곧 그들이 내 이름으로 귀신을
쫓아내며 병든 사람에게 손을 얹은즉 나으리라 하시더라

③ **누가복음 1:46-50**

주의 어머니 마리아가 이르되 내 영혼이 주를 찬양하며 내 마음이 하나
님 내 구주를 기뻐하심은 내 비천함을 돌보셨음이라 이후로는 만세에 나를
복이 있다 일컬으리로다 능하신 이가 큰일을 내게 행하셨으니 그 이름이 거
룩하시며, 긍휼하심이 두려워하는 자에게 대대로 이르는도다

③ **누가복음 1:54-55**

주의 어머니 마리아가 이르되 이스라엘을 도우사 긍휼히 여기시고 기억
하시되 우리 조상에게 말씀하신 것과 같이 아브라함과 그 자손에게 영원히
하시리로다

③ **누가복음 1:67-79**

세례요한의 부친 사가랴가 성령의 충만함을 받아 예언하여 이르되 찬송
하리로다 주 이스라엘의 하나님이여 그 백성을 돌보사 속량하시며, 우리 원
수의 손에서 구원하시는 일이라 우리 조상을 긍휼히 여기시며 우리가 원수
의 손에서 건지심을 받고 종신토록 주 앞에서 성결과 의로 두려움이 없

이 섬기게 하리라 하셨도다 이 아이여 네가 지극히 높으신 이의 선지자라 일컬음을 받고 주 앞에 앞서가서 그 길을 준비하여 주의 백성에게 그 죄 사함으로 말미암은 구원을 알 게 하리니 이는 우리 하나님의 긍휼로 인함이라 이로써 돋는 해가 우리에게 임하여 어둠과 죽음의 그늘에 앉은 자에게 비치고 우리 발을 평강의 길로 인도하시리로다

③ 누가복음 2:8-14

목자들이 양 떼를 지키더니 천사가 이르되 보라 내가 온 백성에게 미칠 큰 기쁨의 좋은 소식을 너희에게 전하노라 오늘 다윗의 동네에 너희를 위하여 구주가 나셨으니 곧 그리스도 주니라 홀연히 수많은 천군이 그 천사와 함께 하나님을 찬송하여 이르되 지극히 높은 곳에서는 하나님께 영광이요 땅에서는 하나님이 기뻐하신 사람들 중에 평화로다

③ 누가복음 2:22-32

정결 예식의 날이 차매 아기 예수를 데리고 예루살렘에 올라가니 시므온이 주의 그리스도를 보기 전에 죽지 아니하리라 하는 성령의 지시를 받았더니 시므온이 성전에서 아기를 안고 하나님을 찬송하여 이르되 내 눈이 주의 구원을 보았사오니 이는 만인 앞에 예비하신 것이요 이 방을 비추는 빛이요 주의 백성 이스라엘의 영광이니이다 또 안나 라는 선지자 과부는 팔십사 세로 이 사람이 성전을 떠나지 않고 주야로 금식하여 기도함으로 섬기더니 아기 예수에 대해 말하니라

③ 누가복음 3:3-6

세례요한이 회개의 세례를 전파하니 선지자 이사야의 책에 쓴 바 광야에서 외치는 자의 소리가 있어 이르되 너희는 주의 길을 준비하라 그의 오실 길을 곧게 하라 모든 골짜기가 메워지고 모든 산과 작은 산이 낮아지고 굽은 것이 곧아지고 험한 길이 평탄하여질 것이요, 모든 육체가 하나님의

구원 하심을 보리라

③ 누가복음 4:16

예수께서 나사렛에 이르사 안식일에 회당에서 성경 중 이사야 선지자 글을 펴서 기록된 데를 찾으시니 주의 성령이 나를 보내사 포로 된 자에게 자유를, 눈먼 자에게 다시 보게 함을 전파하며 눌린 자를 자유롭게 하고 주의 은혜의 해를 전파하게 하려 하심이라 하였더라

③ 누가복음 4:31(마가 1:21)

가버나움 안식일에 회당에서 가르치시매 회당에 귀신 들린 사람을 고치심

③ 누가복음 4:38(=마태 8:14) (=마가 1:29)

베드로 장모와 모든 병자와 귀신들린 자들을 고치심

③ 누가복음 5:12(마태 8:2), (마가 1:40)

예수께서 산에서 내려오시니 한 나병 들린 사람을 보시고 손을 대시며 내가 원하노니 깨끗함을 받으라 하시니 즉시 깨끗하여지리라 제사장에게 네 몸을 보이고 그들에게 입증하라 하시니라

③ 누가복음 5:17(마태 9:1), (마가 2:1)

예수께서 가바나움에서 침상에 누운 중풍 환자를 네 명이 메고 오거늘 그들의 믿음을 보시고 네 죄사함을 받았느니라 하시니라

③ 누가복음 6:6(마태 12:9), (마가 3:1)

예수께서 회당에 들어가서서 안식일에 한쪽 손 마른 사람을 고치심

③ 누가복음 6:12(마태 10:1), (마가 3:13)

예수께서 열두 제자를 부르사 더러운 귀신을 쫓아내며 모든 병과 모든 악한 것을 고치는 권능을 주시니라

③ 누가복음 6:17

예수께서 열두 제자와 산에서 내려와 평지로 오시니 병 고침을 받으려고 전국에서 왔더라 더러운 귀신에게 고난을 받는 자들도 고침을 받은지라 온 우리가 예수를 만지려고 힘쓰니 이는 능력이 예수께로부터 나와서 모든 사람을 낫게 함이러라

③ 누가복음 7:1(마태 8:5)

백부장의 하인이 중풍으로 누워서 고생하자 예수께서 함께 가서 고쳐 주리라 하시니 백부장이 예수께 집에 오시면 감당치 못하니 다만 한 말씀만 하소서 그러면 낫겠나이다 하니라 예수께서 이스라엘에서 이만한 믿음을 보지 못하였노라 네 믿음대로 될지어다 하시니 그 즉시 하인이 나으리라

③ 누가복음 7:11-15

예수께서 나인성에 이르실 때 사람들이 죽은 자를 메고 나오니 한 어머니의 독자요 어머니는 과부라 주님이 보시고 불쌍히 여기사 울지 말라 하시고 그 관에 손을 대시니 청년아 내게 네가 말하노니 일어나라 하시매 죽었던 자가 일어나 앉고 말도 하거늘

③ 누가복음 7:36-50

한 바리새인이 예수께 자기와 함께 잡수시기를 청하니 그 집에 들어가 앉으셨을 때에, 죄를 지은 한 여자가 향유 담은 옥합을 가지고 와서 눈물로 예수의 발을 적시고 자기 머리털로 닦고 그 발에 입 맞추고 향유를 바르니

예수께서 이르시되 그녀의 많은 죄가 사하여졌도다 이는 그녀의 사랑함이 많음이라 네 죄 사항을 받았느니라 네 믿음이 너를 구원하였으니, 평안히 가라 하시니라

③ **누가복음 8:26**(마태 8:26), (마가 8:1)

가다라 지방에서 귀신들린 둘을 예수께서 귀신들이 돼지에게 들어가게 하자 바다에 들어가서 물에서 몰사하거늘

③ **누가복음 8:40**(마태 9:20), (마가 5:23)

열두 해 동안 혈우병 앓는 여자가 예수님께 고침을 받다

③ **누가복음 8:41-55**(마태 9:23), (마가 5:38)

회담장 야이로가 열두 살 된 외딸이 죽어서 예수께서 이르시되 두려워하지 말고, 믿기만 하라 그리하면 딸이 구원을 얻으리라 울지 말라 죽은 것이 아니라 한다 하시니 아이의 손을 잡고 불러 이르시되 아이야 일어나라 하시니 그 영이 돌아와 아이가 곧 일어나거늘

③ **누가복음 9:10**(마태 14:13)

오천 명 먹이신 기적(마가 & 누가복음에는 오천 명 기적만 있고, 환자 치료내용은 없다)

③ **누가복음 9:37**(마태 17:14), (마가 9:14)

간질로 고생하는 아들을 예수님 제자들에게 데리고 갔으나 그들이 못고쳤다고 고백하자 예수께서 아들을 꾸짖어지니 귀신이 나가고 그때부터 나으리라 제자들이 우리는 어찌하여 귀신을 못 쫓아내는지 여쭈자 너희 믿음이 작기 때문이니라 너희 믿음이 겨자씨만큼만 있어도 산을 옮길 수 있다고 하신다

③ 누가복음 10:1-19

그 후에 주께서 따로 칠십 인을 세우사 친히 가시려는 각 동네와 지역으로 둘씩 앞서 보내시며, 칠십 인이 기뻐하며 돌아와 이르되 주의 이름이면 귀신들도 우리에게 항복하더이다 내가 너희에게 원수의 모든 능력을 제어할 권능을 주었으니 너희를 해칠 자가 결코 없으리라

③ 누가복음 10:25

율법교사가 일어나 예수를 시험하여 선생님 내가 무엇을 하여야 영생을 얻으리이까 예수께서 이르시되 네 마음을 다하여 목숨을 다하며 힘을 다하며 뜻을 다하여, 주 너희 하나님을 사랑하고 또한 네 이웃을 네 자신같이 사랑하라 이를 행하라 그러하면 영생을 얻으리라 하시니

③ 누가복음 11:9-13(마태 7:4-5)

구하라 그러면 너희에게 주실 것이요 찾아라 그러면 찾아낼 것이요 문을 두드리라 그러면 너희에게 열릴 것이니 구하는 이마다 받을 것이요 찾는 이는 찾아낼 것이요 두드리는 이에게는 열릴 것이니라 하물며 너희 하늘 아버지께서 구하는 자에게 성령을 주시지 않겠느냐 하시니라

③ 누가복음 11:28

예수께서 이르시되 오히려 하나님의 말씀을 듣고 지키는 자가 복이 있느니라 하시더라

③ 누가복음 12:15

예수께서 이르시되 삼가 모든 탐심을 물리치라 사람의 생명이 그 소유의 넉넉한 데 있지 아니하니라

③ 누가복음 13:5

예수께서 이르시되 너희도 만일 회개하지 아니하면 다 이와 같이 망하리라

③ 누가복음 13:11

예수께서 안식일에 한 회당에서 가르치실 때에 열여덟 해 동안이나 꼬부라져 조금도 펴지 못하는 여인을 보시고 여자여 네가 네 병에서 놓였다 하시고 안수하시니 여자가 곧 펴고 하나님께 영광을 돌리는지라

③ 누가복음 13:22-30(마태 7:13-14)

예수께서 예루살렘으로 여행하시더니 어떤 이가 여짜오되 주여 구원을 받는 자가 적으니이까 예수께서 이르시되 좁은 문으로 들어가기를 힘쓰라 내가 너희에게 이르노니 들어가기를 구하여도 못하는 자가 많으리라 집주인이 문을 닫은 후 너희가 문을 두드리며 주여 열어주소서 하면 그가 대답하길 나는 너희가 어디에서 온 자인지 알지 못하노라 하리니

③ 누가복음 14:1-4

안식일에 예수께서 한 바리새인 지도자의 집에 떡 잡수시러 들어가셨다가 수종병 든 사람이 있는지라 예수께서 바리새인들에게 이르시되 안식일에 병 고쳐 주는 것이 합당하냐 아니하냐 그들이 잠잠하거늘 예수께서 그 사람을 데려다가 고쳐 보내시더라

③ 누가복음 14:10-14

청함을 받았을 때에 차라리 가서 끝자리에 앉으라 그러면 너더러 벗이여 올라 앉으라 하리니 그때에야 함께 앉은 모든 사람 앞에서 영광이 있으리라 무릇 자기를 높이는 자는 낮아지고, 자기를 낮추는 자는 높아지리라 잔치를 베풀거든 차라리 가난한 자들과 몸 불편한 자들과 저는 자들과 맹인

들을 청하라 그리하면 그들이 갚을 것이 없으므로 네게 복이 되리니 이는 의인들의 부활 시에 네가 갚음을 받겠음이라 하시더라

③ 누가복음 15:7-10

내가 너희에게 이르노니 이와 같이 죄인 한 사람이 회개하면 하늘에서는 회개할 것 없는 의인 아흔아홉으로 말미암아 기뻐하는 것보다 더하리라 이와 같이 죄인 한 사람이 회개하면 하나님의 사자들 앞에 기쁨이 되느니라

③ 누가복음 15:11-32

어떤 사람에게 두 아들이 있는데, 둘째가 나눠 받은 재산을 모두 가지고, 먼 나라에 가서 낭비하여 다 없앤 후 돼지 음식으로 배를 채우다가 아버지께 돌아가니 아버지는 제일 좋은 옷을 입히고 살진 송아지를 잡아서 먹이면서 내 아들은 죽었다가 다시 살아왔으니 내가 잃었다가 다시 얻었노라 하니 그들이 즐거워하더라 큰아들이 노하여 이르되 아버지의 살림을 창녀들과 함께 삼켜버린 동생이 돌아오매 이를 위하여 살진 송아지를 잡으셨나이다 아버지가 이르되 너는 항상 나와 함께 있으니 내 것이 다 네 것이로되 네 동생은 죽었다가 살아났으며 내가 잃었다가 얻었기로 우리가 즐거워하고 기뻐하는 것이 마땅하다 하리라

③ 누가복음 16:19-25

나사로라는 거지가 죽어 천사들에게 받들려 아브라함의 종에 들어가고 부자도 죽어 장사되매 부자가 고통 중에 아브라함과 그의 품에 있는 나사로를 보고 이르되 아브라함이여 나를 긍휼히 여기사 나사로를 보내 그 손가락 끝에 물을 찍어 내 혀를 서늘하게 하소서 내가 이 불꽃 가운데서 괴로워하나이다 아브라함이 이르되 너는 살았을 때에 좋은 것을 받았고 아사로는 고난을 받았으니 이것을 기억하라 이제 나사로는 여기서 위로를 받고 너는

괴로움을 받느니라

③ 누가복음 17:11-19

예수께서 사마리아의 한 마을에 들어가시니 나병 환자 열 명이 예수를 보고 이르되 우리를 불쌍히 여기소서 하거늘 예수께서 이르시되 가서 제사장들에게 너희 몸을 보이라 하셨더니 그들이 가다가 깨끗함을 받은지라 그중의 한 명이 자기가 나은 것을 보고 돌아와 예수의 발아래에 엎드려 감사하니 그는 사마리아 사람이라 예수께서 이르시되 열 사람이 모두 깨끗함을 받지 않았느냐 그 아홉은 어디 있느냐 이 이방인 외에는 하나님께 영광을 돌리러 돌아온 자가 없느냐 하시고 그에게 이르시되 일어나가라 네 믿음이 너를 구원하였느니라 하시더라

③ 누가복음 17:20-34

바리새인들이 하나님의 나라가 어느 때에 임하나이까 묻거늘 예수께서 이르시되 하나님의 나라는 볼 수 있게 임하는 것이 아니요 하나님의 나라는 너희 안에 있느니라 번개가 번쩍이어 비침같이 인자도 자기 날에 그러하리라 롯이 소돔에서 나가던 날에 하늘로부터 불과 유황이 비 오듯 하여 그들을 멸망시켰느니라 인자가 나타나는 날에도 이러하리라 내가 이르노니 그 밤에 둘이 한 자리에 누워 있으매 하나는 데려감을 얻고 하나는 버려둠을 당할 것이니라

③ 누가복음 18:10-14

두 사람이 기도하러 성전에 올라가니 하나는 바리새인이요 하나는 세리라 세리는 멀리 서서 감히 눈을 들어 하늘을 쳐다보지도 못하고 이르되 하나님이여 불쌍히 여기소서 나는 죄인이로소이다 하였느니라 무릇 자기를 높이는 자는 낮아지고 자기를 낮추는 자는 높아지리라 하시니라

③ **누가복음 18:36**(마태 20:29), (마가 10:46)

여리고에서 떠나갈 때 맹인들을 (바디매오 포함) 고치심

③ **누가복음 19:1-10**

예수께서 여리고에 들어가시니 세리장이요 부자인 삭개오가 사람이 많아서 예수가 잘 안 보이자 나무에 올라가니 예수께서 보시고 이르시되 삭개오야 속히 내려오라 내가 오늘 네 집에 유하겠다고 하시고 그 집에 들어가셨노라 삭개오가 내 소유의 절반을 가난한 자에게 주겠사옵나이다 예수께서 이르시되 모든 구원이 이 집에 이르렀으니 이 사람도 아브라함의 자손임이로다 인자가 온 것은 잃어버린 자를 찾아 구원하려 함이니라

③ **누가복음 19:45**(마태 21:14), (마가 11:15), (요한 2:13)

예수께서 마지막 예루살렘 입성 후 성전에서 맹인과 저는 자들을 고치심

③ **누가 22:27**

앉아서 먹는 자가 크냐 섬기는 자가 크냐 앉아서 먹는 자가 아니냐 그러나 나는 섬기는 자로 너희 중에 있노라

③ **누가복음 24:38**(마태 28:18), (마가 16:17), (요한 20:21), (사도행전 1:6)

그들이 내 이름으로 귀신을 쫓아내며 무슨 독을 마실지라도 해를 받지 아니하며, 병든 사람에게 손을 얹은즉 나으리라 하시더라

③ **누가복음 24:46-49**(마태 28:16-20), (마가 16:14-18), (요한 20:19-23)

열한 제자에게 예수께서 다시 나타나셔서 이르시되 이같이 그리스도가 고난을 받고 제 삼일에 죽은 자 가운데서 살아날 것과 또 그의 이름으로 죄 사함을 받게 하는 회개가 예루살렘에서 시작하여 모든 족속에게 전파될

것이 기록되었으니 너희는 이 모든 일의 증인이라 내가 내 아버지께서 약속
하신 것을 너희에게 보내리라

④ **요한복음 1:1-3**

태초에 말씀이 계시니라 이 말씀이 하나님과 함께 계셨으니 이 말씀은
곧 하나님이시니라 만물이 그로 말미암아 지은 바 되었으니 지은 것이 하
나도 그가 없이는 된 것이 없느니라

④ **요한복음 1:10-14**

하나님이 세상에 계셨으며 세상은 그로 말미암아 지은 바 되었으되 자
기 땅에 오매 자기 백성 중 영접하는 자 곧 그의 이름을 믿는 자들에게는
하나님의 자녀가 되는 권세를 주셨으니 오직 하나님께로부터 난 자들이
라 말씀이 육신이 되어 우리 가운데 거하시매 우리가 그의 영광을 보니 아
버지의 독생자의 영광이요 은혜와 진리가 충만하더라

④ **요한복음 2:13**(마태 21:14), (마가 11:15), (누가 19:45)

예수께서 유월절에 마지막으로 예루살렘 입성 후 성전에서 장사치들을
쫓아내신 후 맹인과 저는 자들이 성전에서 예수께 나아오매 고쳐주시니

④ **요한복음 3:1-8**

바리새인 중 니고데모라는 유대인 지도자가 예수께 이르되 당신은 하나
님께로부터 오신 선생인줄 아나이다 예수께서 이르시되 사람이 거듭나지
아니하면 하나님의 나라를 볼 수 없느니라 사람이 물과 성령으로 나지 아
니하면 하나님의 나라에 들어갈 수 없느니라 육으로 난 것은 육이요 영으
로 난 것은 영이니

④ 요한복음 3:13-15

하늘에서 내려온 자 곧 인자 외에는 하늘에 올라간 자가 없느니라 이는 그를 믿는 자마다 영생을 얻게 하려 하심이니라

④ 요한복음 3:16-17

하나님이 세상을 이처럼 사랑하사 독생자를 주셨으니 이는 그를 믿는 자마다 멸망하지 않고 영생을 얻게 하려 하심이라 하나님이 그 아들을 세상에 보내신 것은 세상을 심판하려 하심이 아니요 그로 말미암아 세상이 구원을 받게 하려 하심이라

④ 요한복음 3:18-21

그를 믿는 자는 심판을 받지 아니하는 것이요 그 정죄는 이것이니 곧 빛이 세상에 왔으되 사람들이 자기 행위가 악하므로 빛보다 어둠을 더 사랑한 것이니라 진리를 따르는 자는 빛으로 오나니 이는 그 행위가 하나님 안에서 행한 것임을 나타내려 함이라 하시니라

④ 요한복음 3:31-36

하늘로부터 오시는 이는 만물 위에 계시나니 하나님이 보내신 이는 하나님의 말씀을 하나니 이는 하나님이 성령을 한량없이 주심이니라 아들을 믿는 자에게는 영생이 있느니라

④ 요한복음 4:5-14

예수께서 사마리아의 수가라는 동네 야곱의 우물곁에 앉으셔서 사마리아 여인에게 이르시되 내가 주는 물을 마시는 자는 영원히 목마르지 아니하리니 내가 주는 물은 그 속에서 영생하도록 솟아나는 샘물이 되리라

④ 요한복음 4:24-26

사마리아 야곱의 우물에서 예수께서 이르시되 하나님은 영이시니 예배하는 자가 영과 진리로 예배할지니라 사마리아 여자가 이르되 그리스도라 하는 이가 오실 줄을 내가 아노니 그가 오시면 모든 것을 우리에게 알려 주시리이다 예수께서 이르시되 네가 말하는 내가 그라하시니리

④ 요한복음 4:34-36

예수께서 이르시되 나의 양식은 나를 보내신 이의 뜻을 행하며 그의 일을 온전히 이루는 이것이니라 거두는 자가 이미 삯도 받고 영생에 이루는 열매를 모으나니 이는 뿌리는 자와 거두는 자가 함께 즐거워하게 하려 함이라

④ 요한복음 4:43

가버내움에서 백부장 아들이 병으로 누워있자 백부장이 여수께서 내려오셔서 내 아들의 병을 고쳐 주소서 하니 예수께서 네 아들이 살아있다 하시니 그가 예수님을 말씀을 믿고 가더니 아이가 낫기 시작하는지라

④ 요한복음 5:1-18

유대인의 명절에 예수께서 안식일 날 예루살렘의 베데스다 연못에 가시니라 이 곳은 천사가 가끔 못에 내려와 물을 움직인 후에 먼저 들어가는 병자가 어떤 병에 걸렸든지 낫게 됨이러라 거기 서른여덟 해 된 병자가 있어 예수께서 이르시되 일어나 네 자리를 들고 걸어가라 하시니 그 사람이 곧 나아서 자리를 들고 걸어가니라 유대인들이 더욱 예수를 죽이고자 하니 이는 안식일을 범할 뿐만 아니라 하나님을 자기의 친아버지라 하여 자기를 하나님과 동등으로 삼으심이러라

④ 요한복음 5:19-21

예수께서 이르시되 아들이 아버지께서 하시는 일을 보지 않고는 아무

것도 스스로 할 수 없나니 아버지께서 행하시는 그것을 아들도 그와 같이 행하느니라 너희로 놀랍게 여기게 하시리라 아버지께서 죽은 자들을 일으켜 살리심 같이 아들도 자기가 원하는 자들을 살리느니라

④ 요한복음 5:24-25

내 말을 듣고 또 나 보내신 이를 믿는 자는 영생을 얻었고 심판에 이르지 아니하나니 사망에서 생명으로 옮겼느니라 죽은 자들이 하나님의 아들의 음성을 들을 때가 오나니 곧 이 때라 듣는 자는 살아나리라

④ 요한복음 5:28-29

무덤 속에 있는 자가 다 그의 음성을 들을 때가 오나니 선한 일을 행한 자는 생명의 부활로 악한 일을 행한 자는 심판의 부활로 나오리라

④ 요한복음 6:24-27

큰 무리가 예수를 찾으러 가버나움으로 가서 만나자 예수께서 이르시되 썩을 양식을 위하여 일하지 말고 영생하도록 있는 양식을 위하여 하라 이 양식은 인자가 너희에게 주리니라

④ 요한복음 6:33

하나님의 떡은 하늘에서 내려 세상에 생명을 주는 것이니라

④ 요한복음 6:35

예수께서 이르시되 나는 생명의 떡이니 내게 오는 자는 결코 주리지 아니할 터이요 나를 믿는 자는 영원히 목마르지 아니하리라

④ 요한복음 6:37-40

아버지께서 내게 주시는 자는 다 내게로 올 것이요 내게 오는 자는 내가

결코 내쫓지 아니하리라 내가 하늘에서 내려온 것은 내 뜻을 행하려 함이 아니요 나를 보내신 이의 뜻을 행하려 함이니라 나를 보내신 이의 뜻은 내게 주신 자들 중에서 하나도 잃어버리지 아니하고 마지막 날에 다시 살리는 이것이니라 내 아버지의 뜻은 아들을 보고 믿는 자마다 영생을 얻는 이것이니 마지막 날에 내가 이를 다시 살리리라 하시니라

④ 요한복음 6:47-51

믿는 자는 영생을 가졌나니 내가 곧 생명의 떡이니라 나는 하늘에서 내려온 살아있는 떡이니 사람이 이 떡을 먹으면 영생하리라 내가 줄 떡은 곧 세상의 생명을 위한 내 살이니라

④ 요한복음 6:53-54

예수께서 이르시되 인자의 살을 먹지 않고 인자의 피를 마시지 아니하면 너희 속에 생명이 없느니라 내 살을 먹고 내 피를 마시는 자는 영생을 가졌고, 마지막 날에 내가 그를 다시 살리리니

④ 요한복음 6:55-56

내 살은 참된 양식이요 내 피는 참된 음료로다 내 살을 먹고 내 피를 마시는 자는 내 안에 거하고 나도 그의 안에 거하나니

④ 요한복음 6:63

살리는 것은 영이니 육은 무익하니라 내가 너희에게 이른 말은 영이요 생명이라

④ 요한복음 7:14-18

이미 초막절의 중간이 되어 예수께서 예루살렘 성전에서 가르치시며 스스로 말하는 자는 자기 영광만 구하되 보내신 이의 영광을 구하는 자는 참

되니 그 속에 불의가 없느니라

④ **요한복음 7:37-39**

초막절 명절 끝날 곧 큰 날에 예수께서 이르시되 누구든지 목마르거든 내게로 와서 마시라 나를 믿는 자는 성경에 이름과 같이 그 배에서 생수의 강이 흘러나오리라 하시니 이는 그를 믿는 자들이 받을 성령을 가리켜 말씀하신 것이라

④ **요한복음 8:1-11**

예수께서 예루살렘 성전에서 가르치시더니 바리새인들이 음행 중에 잡힌 여자를 끌고 와서 율법엔 돌로 치라고 명하였거니와 선생은 어떻게 말하겠나니까 하니 예수께서 이르시되 너희 중에 죄 없는 자가 먼저 돌로 치라시자 그들이 양심에 가책을 느껴 모두 나갔더라 예수께서 이르시되 너를 고발하던 그들이 어디있느냐 너를 정죄한가 없느냐 여인이 대답하되 주여 없나이다 예수께서 이르시되 나도 너를 정죄하지 아니하노니 가서 다시는 죄를 범하지 말라 하시니라

④ **요한복음 8:12**

예수께서 이르시되 나는 세상의 빛이니 나를 따르는 자는 어둠에 다니지 아니하고, 생명의 빛을 얻으리라

④ **요한복음 8:14-29**

예수께서 이르시되 내가 나를 위하여 증언하여도 내 증언이 참되니 나는 내가 어디서 오며 어디로 가는 것을 알거니라 내 환난이 참되니 이는 내가 혼자 있는 것이 아니요 나를 보내신 이가 나와 함께 하시도다 나는 항상 그가 기뻐하시는 일을 행하므로 나를 혼자 두지 아니하셨느니라

④ 요한복음 8:31-36

예수께서 이르시되 너희가 내 말에 거하면 참으로 내 제자가 되고 진리를 알지니 진리가 너희를 자유롭게 하리라 하나님의 아들이 너희를 자유롭게 하면 너희가 참으로 자유로우리라

④ 요한복음 8;47-51

하나님께 속한 자는 하나님의 말씀을 듣나니 너희가 듣지 아니함은 하나님께 속하지 아니하였음이로다 사람이 내 말을 지키면 영원히 죽음을 보지 아니하리라

④ 요한복음 9:1-41

예수께서 안식일에 맹인 된 사람을 보신지라 예수께서 대답하시되 이 사람이나 그 부모의 죄로 인해 맹인이 된 것이 아니라 그에게서 하나님이 하시는 일을 나타내고자 하심이라 내가 세상에 있는 동안에는 세상의 빛이로라 진흙을 그의 눈에 바르시고 실로암 못에 가서 씻으라 하시니 이에 가서 씻고 밝은 눈으로 왔더라

④ 요한복음 10:9-15

내가 문이니 누구든지 나로 말미암아 들어가면 구원을 받으리라 내가 온 것은 양으로 생명을 얻게 하고 더 풍성히 얻게 하려는 것이라 나는 선한 목자라 선한 목자는 양들을 위하여 목숨을 버리거니와 나는 선한 목자라 나는 내 양을 알고 양도 나를 아는 것이 아버지께서 나를 아시고 내가 아버지를 아는 것 같으니 나는 양을 위하여 목숨을 버리노라

④ 요한복음 10:22-28

예루살렘에 수전절이 이르니 때는 겨울이라 예수께서 성전 안 솔로몬 행각에서 거니시다가 대답하시되 내 양은 내 음성을 들으며 나는 그들을 알

며 그들은 나를 따르느니라 내가 그들에게 영생을 주노니 영원히 멸망하지 아니할 것이요 또 그들을 내 손에서 빼앗을 자가 없느니라

④ 요한복음 11:1-44

베다니의 나사로 병자는 마리아와 마르다의 남자형제로서 병들어 있자 예수께서 이르시되 우리 친구 나사로가 잠들었도다 그러나 내가 깨우러 가노라 예수께서 와서 보시니 나사로는 무덤에 있는지 이미 나흘이라 예수께서 이르시되 나는 부활이요 생명이니 나를 믿는 자는 죽어도 살겠고, 무릇 살아서 나를 믿는 자는 영원히 죽지 아니하리니 이것을 네가 믿느냐 예수께서 돌을 옮겨 놓으라 하시고 나사로야 나오라고 부르시니 죽은 자가 수족을 베로 동인 채로 나오는데 그 얼굴은 수건에 싸였더라

④ 요한복음 12:24-26

유월절에 예루살렘에 예수께서 계시며 이르시되 한 알의 밀이 땅에 떨어져 죽지 아니하면 한 알 그대로 있고, 죽으면 많은 열매를 맺느니라 자기의 생명을 사랑하는 자는 잃어버릴 것이요, 이 세상에서 자기의 생명을 미워하는 자는 영생하도록 보전하리라 사람이 나를 섬기려면 나를 따르라 나 있는 곳에 나를 섬기는 자도 거기 있으리니 사람이 나를 섬기면 내 아버지께서 그를 귀히 여기시리라

④ 요한복음 12:32

내가 땅에서 들리면 모든 사람을 내게로 이끌겠노라 하시니

④ 요한복음 12:35

예수께서 이르시되 아직 잠시 동안 빛이 너희 중에 있으니 빛을 있을 동안에 다녀 어둠에 붙잡히지 않게 하라 너희에게 아직 빛이 있을 동안에 빛을 믿으라 그리하면 빛의 아들이 되리라

④ 요한복음 12:37-40

예수께서 이렇게 많은 표적을 그들 앞에서 행하였으나 그를 믿지 아니하니 이는 선지자 이사야의 말씀을 이루려 하심이라 그들의 눈을 멀게 하시고, 그들의 마음을 완고하게 하셨으니 내게 고침을 받지 못하게 하려 함이라

④ 요한복음 12:44-45

예수께서 이르시되 나를 믿는 자는 나를 믿는 것이 아니요 나를 보내신 이를 믿는 것이며, 나를 보는 자는 나를 보내신 이를 보는 것이니라

④ 요한복음 12:46-47

나는 빛으로 세상에 왔나니 무릇 나를 믿는 자는 어둠에 거하지 않게 하려 함이로다 내가 온 것은 세상을 심판하려 함이 아니요 세상을 구원하려 함이로다

④ 요한복음 12:50

예수께서 이르시되 나는 아버지의 명령이 영생일 줄 아노라 그러므로 내가 이루는 것은 내 아버지께서 내게 말씀하신 그대로니라 하시니라

④ 요한복음 13:15-17

유월절 전에 예수께서 저녁 잡수시던 자리에서 제자들의 발을 씻기시고 이르시되 내가 너희에게 행한 것 같이 너희도 행하게 하려 하니 본을 보였노라 종이 주인보다 크지 못하나니 너희가 이것을 알고 행하면 복이 있으리라

④ 요한복음 13:20

예수께서 이르시되 내가 보낸 자를 영접하는 자는 나를 영접하는 것이

요 나를 영접하는 자는 나를 보내신 이를 영접하는 것이니라

④ **요한복음 14:1-3**

너희는 마음에 근심하지 말라 하나님을 믿으니 또 나를 믿으라 내 아버지 집에 거할 곳이 많도다 내가 너희를 위하여 거처를 예비하러 가노니 가서 너희를 위하여 거처를 예비하면 내가 다시 와서 너희를 내게로 영접하여 나 있는 곳에 너희도 있게 하리라

④ **요한복음 14:6**

예수께서 이르시되 내가 곧 길이요 진리요 생명이니 나로 말미암지 않고는 아버지께로 올 자가 없느니라

④ **요한복음 14:10**

내가 아버지 안에 거하고 아버지가 내 안에 계신 것을 네가 믿지 아니하느냐 내가 너희에게 이르는 말은 스스로 하는 것이 아니라 아버지께서 내 안에 계셔서 그의 일을 하시는 것이라

④ **요한복음 14:13**

너희가 내 이름으로 무엇을 구하든지 내가 행하리니 이는 아버지로 하여금 아들로 말미암아 영광을 받으시게 하려 함이라

④ **요한복음 14:16-18**

내가 아버지께 구하겠으니 그가 또 다른 보혜사를 너희에게 주사 영원토록 너희와 함께 있게 하리니 그는 진리의 영이라 세상은 능히 그를 알지 못하나니 그러나 너희는 그를 아나니 그는 너희와 함께 거하심이요 또 너희 속에 계시겠음이라 내가 너희를 고아와 같이 버려두지 아니하고, 너희에게로 오리라

④ 요한복음 14:20

그 날에는 나 예수가 아버지 하나님 안에, 너희 제자들이 내 안에, 내가 너희 안에 있는 것을 너희가 알리라

④ 요한복음 14:21-23

나는 계명을 지키는 자라야 나를 사랑하는 자니 나를 사랑하는 자는 내 아버지께 사랑을 받을 것이요, 나도 그를 사랑하여 그에게 나를 나타내리라 사람이 나를 사랑하면 내 말을 지키리니 내 아버지께서 그를 사랑하실 것이요, 우리가 그에게 가서 거처를 그와 함께 하리라

④ 요한복음 14:25-26

내가 아직 너희와 함께 있어서 이 말을 너희에게 하였거니와 보혜사 곧 아버지께서 내 이름으로 보내실 성령 그가 너희에게 모든 것을 가르치고 내가 너희에게 말한 모든 것을 생각나게 하리라

④ 요한복음 14:27

평안을 너희에게 끼치노니 곧 나의 평안을 너희에게 주노라 내가 너희에게 주는 것은 세상이 주는 것과 같지 아니하니라 너희는 마음에 근심하지도 말고 두려워하지도 말라

④ 요한복음 15:3-4

너희는 내가 일러준 말로 이미 깨끗하여졌으니 내 안에 거하라 나도 너희 안에 거하리라 가지가 포도나무에 붙어 있지 아니하면 스스로 열매를 맺을 수 없음 같이 너희도 내 안에 있지 아니하면 그러하리라

④ 요한복음 15:5-7

나는 포도나무요 너희는 가지라 그가 내 안에 내가 그 안에 거하면 사람

이 열매를 많이 맺나니 나를 떠나서는 너희가 아무것도 할 수 없음이라 너희가 내 안에 거하고 내 말이 너희 안에 거하면 무엇이든지 원하는 대로 구하라 그리하면 이루리라

④ **요한복음 15:8**

너희가 열매를 많이 맺으면 내 아버지께서 영광을 받으실 것이요 너희는 내 제자가 되리라

④ **요한복음 15:9-11**

아버지께서 나를 사랑하신 것 같이 나도 너희를 사랑하였으니 나의 사랑 안에 거하라 내가 계명을 너희에게 이름은 내 기쁨이 너희 안에 있어 너희 기쁨을 충만하게 하려 함이라

④ **요한복음 15:15**

이제부터 너희를 종이라 하지 아니하리니 종은 주인이 하는 것을 알지 못함이라 너희를 친구라 하였노니 내가 내 아버지께 들은 것을 다 너희에게 알게 하였음이라

④ **요한복음 16:13**

진리의 성령이 오시면 그가 너희를 모든 진리 가운데로 인도하시리니 그가 장래 일을 너희에게 알리시리라

④ **요한복음 16:22**

지금은 너희가 근심하나 내가 다시 너희를 보리니 너희 마음이 기쁠 것이요 너희 기쁨을 빼앗을 자가 없으리라

④ 요한복음 16:23-24

너희가 무엇이든지 아버지께 구하는 것을 내 이름으로 주시리라 구하라 그리하면 받으리니 너희 기쁨이 충만하리라

④ 요한복음 16:27

너희가 나를 사랑하고 또 내가 하나님께로부터 온 줄 믿었으므로 아버지께서 친히 너희를 사랑하심이라

④ 요한복음 16:32-33

내가 혼자 있는 것이 아니고 아버지께서 나와 함께 계시니라 이것을 너희에게 이르는 것은 너희로 내 안에서 평안을 누리게 하려 함이라 세상에서는 너희가 환난을 당하나 담대하라 내가 세상을 이기었노라

④ 요한복음 17:2-3

아버지께서 모든 사람에게 영생을 주게 하시려고 만민을 다스리는 권세를 아들에게 주셨음이로소이다 영생은 곧 유일하신 참 하나님과 그가 보내신 자 예수 그리스도를 아는 것이니이다

④ 요한복음 17:6-8

세상 사람들에게 내가 아버지의 이름을 나타내었나이다 그들은 아버지의 말씀을 지키었나이다 그들은 아버지께서 내게 주신 것이 다 아버지로부터 온 것인 줄 알았나이다 그들은 이것을 받고 내가 아버지께로부터 나온 줄을 참으로 아오며 아버지께서 나를 보내신 줄도 믿었사옵나이다

④ 요한복음 17:11

나는 세상에 더 있지 아니하오나 그들은 세상에 있사옵고 나는 아버지께로 가옵나니 내게 주신 아버지의 이름으로 그들은 보전하사 우리와 같

이 그들도 하나가 되게 하옵소서

④ 요한복음 17:12-13

예수께서 아버지께 이르시되 내가 그들과 함께 있을 때에 내게 주신 아버지의 이름으로 그들을 보전하고 지키었나이다 그중의 하나도 멸망하지 않으리이다 지금 내가 아버지께로 가오니 그들로 내 기쁨을 그들 안에 충만히 가지게 하려 함이니이다

④ 요한복음 17:15-17

내가 비옵는 것은 그들을 다만 악에 빠지지 않게 보전하시기를 위함이니이다 내가 세상에 속하지 아니함 같이 그들도 세상에 속하지 아니하였사옵나이다 그들을 진리로 거룩하게 하옵소서 아버지의 말씀은 진리니이다

④ 요한복음 17:21

아버지께서 내 안에, 내가 아버지 안에 있는 것 같이 그들도 다 하나가 되어 우리 안에 있게 하사 세상으로 아버지께서 나를 보내신 것을 믿게 하옵소서

④ 요한복음 17:23-24

내가 그들 안에 있고 아버지께서 내 안에 계시어 그들로 온전함을 이루어 하나가 되게 하려 함은 아버지께서 나를 보내신 것과 또 나를 사랑하심 같이 그들도 사랑하신 것을 세상으로 알게 하려 함이로소이다 아버지여 내게 주신 자도 나와 같이 있어 내게 주신 나의 영광을 그들로 보게 하시기를 원하옵나이다

⑤ 사도행전 1:6-8

사도들이 모였을 때 예수께서 이르시되 오직 성령이 너희에게 임하시면

너희가 권능을 받고 예루살렘과 온 유대와 사마리아와 땅끝까지 이르러 내 증인이 되리라 하시니라 이 말씀을 마치시고, 그들이 보는데 올려져 가시니 구름이 그를 가리어 보이지 않게 하더라

⑤ 사도행전 2:14-21

베드로가 열한 사도와 함께 오순절에 이르되 선지자 요엘을 통하여 말씀하신 것이니 일렀으되 하나님이 말씀하시기를 말세에 내 영을 모든 육체에 부어 주리니 누구든지 주의 이름을 부르는 자는 구원을 받으리라

⑤ 사도행전 2:24

하나님께서 예수를 사망의 고통에서 풀어 살리셨으니 이는 그가 사망에 매여 있을 수 없었음이라

⑤ 사도행전 2:25

다윗이 하나님을 가리켜 이르되 내가 항상 내 앞에 계신 주를 뵈었음이여 나로 요동하지 않게 하기 위하여 그가 내 우편에 계시도다

⑤ 사도행전 2:36-46

베드로가 이르되 너희가 십자가에 못 박은 이 예수를 하나님이 주와 그리스도가 되게 하셨느니라 하니라 너희가 회개하여 각각 예수 그리스도의 이름으로 세례를 받고 죄 사함을 받으라 그리하면 성령의 선물을 받으리니 너희가 이 패역한 세대에서 구원을 받으라

⑤ 사도행전 2:43-47

사도들로 말미암아 기사와 표적이 많이 나타나니 믿는 사람이 다 함께 있어 재산과 소유를 팔아 나눠주며 하나님을 찬미하며 또 온 백성에게 칭송을 받으니 주께서 구원받는 사람을 날마다 더하게 하시니라

⑤ **사도행전 3:1-16**

베드로와 요한이 성전에 올라갈새 나면서 못 걷게 된 이를 메고 오니 베드로가 이르되 예수 그리스도의 이름으로 일어나 걸으라 하니 뛰어 서서 걷기도 하고 뛰기도 하며 하나님을 찬송하더라 베드로가 이르되 예수로 말미암아 난 믿음이 너희 모든 사람 앞에서 못 걷는 이를 완전히 낫게 하였느니라

⑤ **사도행전 3:19-20**

너희가 회개하고 돌이켜 너희 죄 없이 함을 받으라 이같이 하면 새롭게 되는 날이 주 앞으로부터 이를 것이요, 또 주께서 너희를 위하여 예정하신 그리스도 곧 예수를 보내시리니

⑤ **사도행전 3:25-26**

하나님이 아브라함에게 이르시기를 땅 위의 모든 족속이 너의 씨로 말미암아 복을 받으리라 하셨으니 하나님이 그 종을 세워 복 주시려고 너희에게 먼저 보내사 너희로 하여금 돌이켜 각각 그 악함을 버리게 하셨느니라

⑤ **사도행전 4:10**

대제사장 안나스와 가야바 등이 예루살렘에 모여서 사도들을 세우고 묻되 너희가 무슨 권세로 설교를 행하느냐 베드로가 이르되 병자에게 행한 착한 일에 대하여 이 사람이 어떻게 구원을 받았느냐고 오늘 우리에게 질문한다면 죽은 자 가운데서 살리신 나사렛 예수 그리스도의 이름으로 이 사람이 건강하게 되어 너희 앞에 섰느니라

⑤ **사도행전 4:23-30**

사도들이 놓이매 그 동료들이 하나님께 이르되 주여 그들의 위협함을 굽어보시옵고, 종들로 하여금 담대히 하나님의 말씀을 전하게 하여 주시오

며, 손을 내밀어 병을 낫게 하시옵고, 표적과 기사가 거룩한 종 예수의 이름으로 이루어지게 하옵소서 하더라

⑤ 사도행전 5:15-16

병든 사람을 메고 거리에 나가 침대에 누이고, 베드로가 지날 때에 그의 그림자라도 누구에게 덮일까 바라고 예루살렘의 수많은 사람들도 모여 병든 사람과 더러운 귀신에게 괴로움 받는 사람을 데리고 와서 다 나음을 얻으니라

⑤ 사도행전 5:27-31

베드로와 사도들을 대제사장에게 끌어다가 공회 앞에 세우니 베드로가 이르되 너희가 나무에 달아 죽인 예수를 하느님이 살리시고 이스라엘에게 회개함과 죄 사함을 주시려고 그를 오른손으로 높이사 임금과 구주로 삼으셨느니라

⑤ 사도행전 8:5-8

빌립이 사마리아성에 내려가 그리스도를 백성에게 전파하니 많은 사람에게 붙었던 더러운 귀신들이 크게 소리 지르며 나가고 또 많은 중풍 병자와 못 걷는 사람이 나으니 그 성에 큰 기쁨이 있더라

⑤ 사도행전 9:17-19

아나니아가 직가 거리의 유다 집에 들어가서 사울에서 안수하며 이르되 형제 사울아 네가 오는 길에서 나타나셨던 예수께서 나를 보내어 너로 다시 보게 하시고, 성령으로 충만하게 하신다 하니 즉시 사울의 눈에서 비늘 같은 것이 벗겨져 다시 보게 된지라 일어나 세례를 받고 음식을 먹으매 강건하여 지니라

⑤ **사도행전 9:32-34**

베드로가 룻다에서 여덟 해 동안 중풍으로 침상에 누워있는 애니아환자를 보고 이르되 애니아야 예수 그리스도께서 너를 낫게 하시니 일어나 네 자리를 정돈하라 하니 곧 일어나니라

⑤ **사도행전 9:36-41**

욥바에 다비다라는 여제자가 병들어 죽으매 베드로가 룻다에서 그곳으로 가서 시체를 향하여 이르되 다비다야 일어나라 하니 그가 눈을 뜨고 일어나 앉는지라 베드로가 성도들과 과부들을 불러들여 그녀가 살아난 것을 보이더라

⑤ **사도행전 10:1-43**

가이사랴에 고넬료라는 로마군대의 백부장이 있어 백성을 많이 구제하고 항상 기도하더니 하인 두 명과 부하 한 명을 욥바로 보내어 베드로를 청하자 베드로가 와서 말하되 하나님은 그를 경외하며 의를 행하는 사람은 다 받으신다 하나님은 예수께 성령과 능력을 주셔서 예수가 선한 일을 행하시고 모든 사람들을 고치셨으니 이는 하나님이 함께하셨음이라 예수를 믿는 사람들이 다 그의 이름을 힘입어 죄 사함을 받는다 하였느니라

⑤ **사도행전 13:13**

바울과 바나바가 비시디아 안디옥에 이르러 안식일에 회당에서 바울이 이르되 하나님이 예수를 일으키사 너는 내 아들이라 오늘 너를 낳았다 하시고 또 하나님께서 죽은 자 가운데서 예수를 일으키사 다시 썩음을 당하지 않게 하실 것을 가르쳐 이르시되 내가 다윗의 거룩하고 미쁜 은사를 너희에게 주리라 하셨나니 그러므로 형제들아 너희가 알 것은 예수를 힘입어 죄 사함을 전하는 이것이며 예수를 힘입어 믿는 자마다 의롭다 하심을 얻는 이것이라

⑤ 사도행전 13:43

회당의 모임이 끝난 후에 경건한 사람들이 바울과 바나바를 따르니 항상 하나님의 은혜 가운데 있으라 권하니라

⑤ 사도행전 13:47-48

주께서 이같이 바울과 바나바에게 명하시되 내가 너를 이방의 빛으로 삼아 너로 땅끝까지 구원하게 하리라 하셨느니라 하니 이방인들이 하나님의 말씀을 찬송하며 영생을 주시기로 작정된 자는 다 믿더라

⑤ 사도행전 14:8-10

바울과 바나바가 루스드라에서 나면서 걷지 못하는 사람을 보고서 바울이 이르되 네 발로 바로 일어서라 하니 그 사람이 일어나 걷는지라

⑤ 사도행전 14:15

바울과 바나바가 병자를 고치자 이들을 그리스 신이라고 부르자 바울이 이르되 여러분에게 복음을 전하는 것은 이런 헛된 일을 버리고 만물을 지으시고 살아 계신 하나님께로 돌아오게 함이라

⑤ 사도행전 15:7-11

예루살렘 회의에서 베드로가 이르되 하나님이 이방인들로 내 입에서 복음의 말씀을 들어 믿게 하시려고 나를 택하시고 하나님이 우리에게와 같이 이방인에게도 성령을 주시고 믿음으로 그들의 마음을 깨끗이 하사 차별하지 아니하였느니라 우리는 이방인이 우리와 동일하게 주 예수의 은혜로 구원받는 줄을 믿노라 하니라

⑤ 사도행전 16:16-18

바울과 실라가 빌립보에서 루디아에게 세례를 준 후 점치는 귀신 들린

여종을 보고 바울이 귀신에게 이르되 예수 그리스도의 이름으로 내가 네게 명하노니 그에게서 나오라 하니 귀신이 즉시 나오니라

⑤ 사도행전 16:29-32

귀신 들린 여종의 주인들이 고발하니 상관들이 옥에 가둔 후에 지진이 나서 옥문이 열리자 간수는 죄수들이 도망간 줄 알고 떨면서 바울과 실라에게 엎드리고 간수가 이르되 내가 어떻게 하여야 구원을 받으리니까 하니 이르되 주 예수를 믿으라 그리하면 너와 네 집이 구원을 받으리라 하고 주의 말씀을 모든 사람에게 전하더라

⑤ 사도행전 17:24-25

바울이 붙들려 아레오바고에 서서 말하되 우주와 그 가운데 있는 만물을 지으신 하나님께서는 천지의 주시니 만민에게 생명과 호흡과 만물을 친히 주시는 이심이라

⑤ 사도행전 17:30-31

하나님이 사람에게 다 명하사 회개하라 하셨으니 이는 정하신 사람으로 하여금 천하를 공의로 심판한 날을 작정하시고, 이에 그를 죽은 자 가운데서 다시 살리신 것으로 모든 사람에게 믿을 만한 증거를 주셨음이니라 하니라

⑤ 사도행전 18:9-10

고린도에서 주께서 바울에게 밤에 환상 가운데 말씀하시되 두려워 하지 말며 침묵하지 말고 말하라 내가 너와 함께 있으매 어떤 사람도 너를 대적하여 해롭게 할 자가 없을 것이니라 하시더라

⑤ 사도행전 19:8-12

바울이 고린도에서 두 해 동안 담대히 하나님 나라에 관하여 강론하며 권면하니 주의 말씀을 듣더라 하나님이 바울의 손으로 놀라운 병 고침의 기적을 행하게 하시니 사람들이 바울의 몸에서 손수건이나 앞치마를 가져다가 병든 사람에게 얹으면 그 병이 떠나가고 악귀도 나가더라

⑤ 사도행전 20:9-12

유두고라는 청년이 창에 걸터앉아 있다가 깊이 졸더니 바울이 강론하기를 더 오래하매 졸음을 이기지 못하여 삼 층에서 떨어지거늘 일으켜보니 죽었는지라 바울이 그 위에 엎드려 그 몸을 안아 보고 생명이 그에게 있다 한 후 떠나니라 사람들이 살아난 청년을 데리고 가서 적지 않게 위로를 받았더라

⑤ 사도행전 20:32-35

바울이 에베소 장로들에 고별설교를 하면서 이르되 내가 여러분을 주 은혜의 말씀에 부탁하노니 그 말씀이 여러분을 능히 든든히 세우사 거룩하게 하심을 입은 모든 자 가운데 기업이 있게 하시리라 수고하여 약한 사람들을 돕고 또 주 예수께서 친히 말씀하신바 주는 것이 받는 것보다 복이 있다 하심을 기억하여야 할지니라

⑤ 사도행전 26:15-18

주께서 이르시되 나는 너 바울이 박해하는 예수라 내가 네게 나타난 것은 내가 네게 나타날 일에 너를 종과 증인으로 삼으려 함이니 내가 너를 구원하여 그들에게 보내어 그 눈을 뜨게 하여 사탄의 권세에서 하나님께로 돌아오게 하고 죄 사함과 나를 믿어 거룩하게 된 무리 가운데서 기업을 얻게 하리라 하더이다

⑤ 사도행전 26:22-23

바울이 이르되 하나님의 도우심을 받아 내가 오늘까지 서서 높고 낮은 사람 앞에서 증언하는 것은 그리스도가 고난을 받으실 것과 죽은 자 가운데서 먼저 다시 살아나사 이스라엘과 이방인들에게 빛을 전하시리라 함이 나이다 하니라

⑤ 사도행전 27:14-25

바울이 로마로 압송되던 중 유라굴로라는 광풍을 만나 배가 좌초되려할 때, 바울이 이르되 내가 섬기는 하나님의 사자가 어젯밤에 내 곁에 서서 말하되 바울아 두려워하지 말라 네가 가이사 앞에 서야 하겠고 또 하나님께서 너와 함께 항해하는 자를 다 네게 주셨다 하였으니 그러므로 여러분이여 안심하라 나는 내가 말씀하신 그대로 되리라고 하나님을 믿노라

⑤ 사도행전 28:7-10

바울일행이 멜리데섬에 구조되었을 때 가장 높은 사람 보블리오의 부친이 열병과 이질에 걸려 누워있거늘 바울이 기도하고 그에게 안수하여 낫게 하매 섬 가운데 다른 병든 사람들이 와서 고침을 받고 우리를 대접하고 떠날 때에 우리 쓸 것을 배에 실었더라

⑥ 로마서 1:3-4

하나님의 아들에 관하여 말하면 육신으로는 다윗의 혈통에서 나셨고 성결의 영으로는 죽은 자들 가운데서 부활하사 능력으로 하나님의 아들로 선포되셨으니 곧 우리 주 예수 그리스도시니라

⑥ 로마서 1:7

로마에서 하나님의 사랑하심을 받고 성도로 부르심을 받은 모든 자에게 하나님 우리 아버지와 주 예수 그리스도로부터 은혜와 평강이 있기를

원하노라

⑥ 로마서 1:9-12

나 바울이 예수님의 복음 안에서 내 심령으로 섬기는 하나님이 나의 증인이 되시거니와 항상 내 기도에 쉬지 않고 너희를 말하며 이제 하나님의 뜻 안에서 너희에게로 나아갈 좋은 길 얻기를 구하노라 내가 너희 보기를 간절히 원하는 것은 신령한 은사를 너희에게 나누어주어 너희를 견고하게 하려 함이니 이는 곧 내가 너희 가운데서 너희와 나의 믿음으로 말미암아 피차 안위함을 얻으려 함이라

⑥ 로마서 1:16-17

내가 복음을 부끄러워하지 아니하노니 복음은 모든 믿는 자에게 구원을 주시는 하나님의 능력이 됨이라 복음에는 하나님의 의가 나타나서 믿음으로 믿음에 이르게 하나니 기록된바 오직 의인은 믿음으로 말미암아 살리라 함과 같으니라

⑥ 로마서 2:7-10

참고 선을 행하여 영광과 존귀와 썩지 아니함을 구하는 자에게는 영생으로 하시고 선을 행하는 각 사람에게는 영광과 존귀와 평강이 있으리니

⑥ 로마서 3:9-12

그들보다 우리가 더 나으냐 결코 아니라 모두 다 죄 아래에 있다고 우리가 이미 선언하였느니라 기록된바 의인은 없나니 하나도 없으며 깨닫는 자도 없고 하나님을 찾는 자도 없고 선을 행하는 자는 없나니 하나도 없도다

⑥ 로마서 3:24-25

그리스도 예수 안에 있는 속량으로 말미암아 하나님의 은혜로 값없이 의

롭다 하심을 얻은 자 되었느니라 이 예수를 하나님이 그의 피로써 믿음으로
말미암는 화목제물로 세우셨으니 이는 하나님께서 길이 참으시는 중에 전
에 지은 죄를 간과하심으로 자기의 의로우심을 나타내려 하심이니

ⓖ 로마서 3:26-30

하나님이 자기도 의로우시며 또한 예수 믿는 자를 의롭다 하려 하심이
라 그러므로 사람이 의롭다 하심을 얻는 것은 율법의 행위에 있지 않고 믿
음으로 되는 줄 우리가 인정하노라 우리가 믿음으로 말미암아 의롭다 하실
하나님은 한 분이시니라

ⓖ 로마서 4:13

아브라함이나 그 후손에게 세상의 상속자가 되리라고 하신 언약은 율법
으로 말미암은 것이 아니요 오직 믿음의 의로 말미암은 것이니라

ⓖ 로마서 4:17

아브라함이 믿은바 하나님은 죽은 자를 살리시며 없는 것을 있는 것으
로 부르시는 이시니라

ⓖ 로마서 4:19-22

아브라함이 백 세가 되어 자기 몸이 죽은 것 같고 사라의 태가 죽은 것
같음을 알고도 믿음이 약해지지 아니하고 하나님의 약속을 의심하지 않고
믿음으로 견고하여져서 하나님께 영광을 돌리며 약속하신 그것을 또한 능
히 이루실 줄을 확신하였으니 그것이 그에게 의로 여겨졌느니라

ⓖ 로마서 4:23-25

그에게 의로 여겨졌다 기록된 것은 아브라함만 위한 것이 아니요 우리도
위함이니 곧 예수 우리 주를 죽은 자 가운데서 살리신 이를 믿는 자니라 예

수는 우리가 범죄 한 것 때문에 내줌이 되고 또한 우리를 의롭다하시기 위하여 살아나셨느니라

⑥ 로마서 5:1

우리가 믿음으로 의롭다 하심을 받았으니 예수 그리스도로 말미암아 하나님과 화평을 누리자

⑥ 로마서 5:2

예수로 말미암아 우리가 믿음으로서 있는 이 은혜에 들어감을 얻었으며 하나님의 영광을 바라고 즐거워하느니라

⑥ 로마서 5:3-4

우리가 환난 중에도 즐거워하나니 이는 환난은 인내를, 인내는 연단을, 연단은 소망을 이루는 줄 앎이로다

⑥ 로마서 5:5

소망이 우리를 부끄럽게 하지 아니함은 우리에게 주신 성령으로 말미암아 하나님의 사랑이 우리 마음에 부은 바 됨이니

⑥ 로마서 5:8

우리가 아직 죄인 되었을 때에 그리스도께서 우리를 위하여 죽으심으로 하나님께서 우리에 대한 자기의 사랑을 확증하셨느니라

⑥ 로마서 5:9-10

이제 우리가 그의 피로 말미암아 의롭다 하심을 받았으니 더욱 그로 말미암아 구원을 받을 것이니 그의 아들의 죽으심으로 말미암아 하나님과 화목하게 되었은즉 화목하게 된 자로서는 더욱 그의 살아나심으로 말미암

아 구원을 받을 것이니라

⑥ 로마서 5:15-17

하나님의 은혜와 또한 한 사람 예수 그리스도의 은혜로 말미암은 선물은 많은 사람에게 넘쳤느니라 은혜와 의의 선물을 넘치게 받는 자들은 한 분 예수 그리스도를 통하여 생명 안에서 왕 노릇 하리로다

⑥ 로마서 5:18-19

한 의로운 행위로 말미암아 많은 사람이 의롭다 하심을 받아 생명에 이르렀느니라 한 사람이 순종하심으로 많은 사람이 의인이 되리라

⑥ 로마서 5:21

죄가 사망 안에서 왕 노릇 한 것 같이 은혜도 또한 의로 말미암아 왕 노릇 하여 우리 주 예수 그리스도로 말미암아 영생에 이르게 하려 함이다

⑥ 로마서 6:4-5

우리가 그의 죽으심과 합하여 세례를 받음으로 그와 함께 장사되었나니 이는 아버지의 영광으로 말미암아 그리스도를 죽은 자 가운데서 살리심과 같이 우리로 또한 새 생명 가운데서 행하게 하려 함이라 만일 우리가 그의 죽으심과 같은 모양으로 연합한 자가 되었으면 또한 그의 부활과 같은 모양으로 연합한 자도 되리라

⑥ 로마서 6:6-8

우리의 옛사람이 예수와 함께 십자가에 못 박힌 것은 죄의 몸이 죽어 다시는 우리가 죄에게 종노릇하지 아니하려 함이니 이는 죽은 자가 죄에서 벗어나 의롭다 하심을 얻었음이라 만일 우리가 그리스도와 함께 죽었으면 또한 그와 함께 살줄을 믿노니

ⓖ 로마서 6:11-14

너희도 너희 자신을 죄에 대해서는 죽은 자요 예수 그리스도 안에서 하나님께 대하여는 살아있는 자로 여길지어다 오직 너희 자신을 죽은 자 가운데서 다시 살아난 자 같이 하나님께 드리며 너희 지체를 의의 무기로 하나님께 드리라 죄가 너희를 주장하지 못하리니 이는 너희가 법 아래에 있지 아니하고 은혜 아래에 있음이라

ⓖ 로마서 6:17-20

하나님께 감사하리로다 너희가 본래 죄의 종이더니 너희에게 전하여 준 바 교훈의 본을 마음으로 순종하여 죄로부터 해방되어 의에게 종이 되었느니라 이제는 너희 지체를 의에게 종으로 내주어 거룩함에 이르라 너희가 죄의 종이 되었을 때에는 의에 대하여 자유로웠느니라

ⓖ 로마서 6:22-23

이제는 너희가 죄로부터 해방되고 하나님께 종이 되어 거룩함에 이르는 열매를 맺었으니 그 마지막은 영생이라 죄의 삯은 사망이요 하나님의 은사는 예수 우리 주 안에 있는 영생이니라

ⓖ 로마서 7:4

내 형제들아 너희도 그리스도의 몸으로 말미암아 율법에 대하여 죽임을 당하였으니 이는 죽은 자 가운데서 살아나신 이에게 가서 우리가 하나님을 위하여 열매를 맺게 하려 함이라

ⓖ 로마서 7:24

오호라 나는 곤고한 사람이로다 이 사망의 몸에서 누가 나를 건져내랴

ⓖ 로마서 8:1-2

그리스도 예수 안에 있는 자에게는 결코 정죄함이 없나니 예수 안에 있는 생명의 성령의 법이 죄와 사망의 법에서 너를 해방하였음이라

ⓖ 로마서 8:3-6

율법이 육신으로 말미암아 연약하여 할 수 없는 그것을 하나님은 하시나니 그 죄로 말미암아 자기 아들을 죄 있는 육신의 모양으로 보내어 육신에 죄를 정하사 육신을 따르지 않고 그 영을 따라 행하는 우리에게 율법의 요구가 이루어지게 하려 하심이라 육신의 생각은 사망이요 영의 생각은 생명과 평안이니라

ⓖ 로마서 8:9-10

너희 속에 하나님의 영이 거하시면 너희가 육신에 있지 아니하고, 영에 있나니 누구든지 그리스도의 영이 없으면 그리스도의 사람이 아니라 또 그리스도께서 너희 안에 계시면 몸은 죄로 말미암아 죽은 것이나 영은 의로 말미암아 살아 있는 것이니라

ⓖ 로마서 8:11

예수를 죽은 자 가운데서 살리신 이의 영이 너희 안에 거하시면 그리스도 예수를 죽은 자 가운데서 살리신 이가 너희 안에 거하시는 그의 영으로 말미암아 너희 죽을 몸도 살리시리라

ⓖ 로마서 8:13-14

너희가 육신대로 살면 반드시 죽을 것이로되 영으로써 몸의 행실을 죽이면 살리니 무릇 하나님의 영으로 인도함을 받는 사람은 곧 하나님의 아들이라

⑥ 로마서 8:16-17

성령이 친히 우리의 영과 더불어 우리가 하나님의 자녀인 것을 증언하시
나니 자녀이면 하나님의 상속자요 우리가 그와 함께 영광을 받기 위하여
고난도 함께 받아야 할 것이니라

⑥ 로마서 8:18

현재의 고난은 장차 우리에게 나타날 영광과 비교할 수 없도다

⑥ 로마서 8:21

바라는 것은 피조물도 썩어짐의 종노릇 한 데서 해방되어 하나님의 자녀
들의 영광의 자유에 이르는 것이니라

⑥ 로마서 8:28

우리가 알거니와 하나님을 사랑하는 자 곧 그의 뜻대로 부르심을 입은
자들에게는 모든 것이 합력하여 선을 이루느니라

⑥ 로마서 8:30

미리 정하신 그들을 또한 부르시고 부르신 그들을 또한 의롭다 하시고
의롭다 하신 그들을 또한 영화롭게 하셨느니라

⑥ 로마서 8:32

자기 아들을 아끼지 아니하시고, 우리 모든 사람을 위하여 내주신 이가
어찌 그 아들과 함께 모든 것을 우리에게 주시지 아니하겠느냐

⑥ 로마서 8:35-37

누가 우리를 그리스도의 사랑에서 끊으리요 환난이나 곤고나 박해나 기
근이나 칼이랴 이 모든 일에 우리를 사랑하시는 이로 말미암아 우리가 넉

넉히 이기느니라

⑥ 로마서 8:38-39

사망이나 생명이나 현재 일이나 장래 일이나 능력이라도 우리를 예수 안에 있는 하나님의 사랑에서 끊을 수 없으리라

⑥ 로마서 9:30-33

의를 따르지 아니한 이방인들이 의를 얻었으니 곧 믿음에서 난 의요 그를 믿는 자는 부끄러움을 당하지 아니하리라

⑥ 로마서 10:8-10

무엇을 말하느냐 말씀이 네게 가까워 네 입에 있으며 네 마음에 있다 하였으니 곧 우리가 전파하는 믿음의 말씀이라 네가 만일 네 입으로 예수를 주로 시인하며 또 하나님께서 그를 죽은 자 가운데서 살리신 것을 네 마음에 믿으면 구원을 받으리라 사람이 마음으로 믿어 의에 이르고 입으로 시인하여 구원에 이르느니라

⑥ 로마서 10:11-13

성경에 이르되 누구든지 그를 믿는 자는 부끄러움을 당하지 아니하리라 하니 누구든지 주의 이름을 부르는 자는 구원을 받으리라

⑥ 로마서 10:17-18

믿음은 들음에서 나며 들음은 그리스도의 말씀으로 말미암았느니라 그 소리가 온 땅에 퍼졌고 그 말씀이 땅끝까지 이르렀도다 하였느니라

⑥ 로마서 11:26-27

온 이스라엘이 구원을 받으리라 기억된바 내가 그들의 죄를 없이 할 때

에 그들에게 이루어질 내 언약이 이것이라 함과 같으니라

⑥ 로마서 11:29-31

하나님의 은사와 부르심에는 후회하심이 없느니라 너희에게 베푸시는 긍휼로 이제 그들도 긍휼을 얻게 하려 하심이라

⑥ 로마서 11:35-36

누가 주께 먼저 드려서 갚으심을 받겠느냐 이는 만물이 주에게서 나오고 주로 말미암고 주에게로 돌아감이라 그에게 영광이 세세에 있을지어다 아멘

⑥ 로마서 12:1

그러므로 형제들아 내가 하나님의 모든 자비하심으로 너희를 권하오니 너희 몸을 하나님이 기뻐하시는 거룩한 산 제물로 드리라 이는 너희가 드릴 영적 예배니라

⑥ 로마서 12:2

너희는 이 세대를 본받지 말고 오직 마음을 새롭게 함으로 변화를 받아 하나님의 선하시고 기뻐하시고 온전하신 뜻이 무엇인지 분별하도록 하라

⑥ 로마서 12:3

내게 주신 은혜로 말미암아 너희 각 사람에게 말하노니 오직 하나님께서 각 사람에게 나누어 주신 믿음의 분량대로 지혜롭게 생각하라

⑥ 로마서 12:5

우리 많은 사람이 그리스도 안에서 한몸이 되어 서로 지체가 되었느니라

ⓒ 로마서 12:11-12

부지런하여 게으르지 말고 열심을 품고 주를 섬기라 소망 중에 즐거워하며 환난 중에 참으며 기도에 항상 힘쓰라

ⓒ 로마서 12:14-18

그리스도인의 생활은 축복하고 즐거워하고 서로 마음을 같이하며 낮은 데 마음을 두며 스스로 지혜 있는 체하지 말라 모든 사람 앞에서 선한 일을 도모하라 할 수 있거든 너희는 모든 사람과 더불어 화목하라

ⓒ 로마서 13:3-4

선을 행하라 그리하면 그에게 칭찬을 받으리라 그는 하나님의 사역자가 되어 네게 선을 베푸는 자니라

ⓒ 로마서 13:8-10

피차 사랑의 빚 이외는 아무에게든지 아무 빚도 지지 마라 남을 사랑하는 자는 율법을 다 이루었느니라 네 이웃을 네 자신과 같이 사랑하라 하신 그 말씀 가운데 다 들었느니라 사랑은 율법의 완성이니라

ⓒ 로마서 13:11-14

우리의 구원이 처음 믿을 때보다 가까웠음이라 우리가 어둠의 일을 벗고 빛의 갑옷을 입자 낮에와 같이 단정히 행하고 오직 예수 그리스도로 옷 입고 정욕을 위하여 육신의 일을 도모하지 말라

ⓒ 로마서 14:8-9

우리가 살아도 주를 위하여 살고 죽어도 주를 위하여 죽나니 그러므로 사나 죽으나 우리가 주의 것이로다 이를 위하여 그리스도께서 죽었다가 다시 살아나셨으니 곧 죽은 자와 산 자의 주가 되려 하심이라

ⓖ 로마서 14:10-12

우리가 다 하나님의 심판대 앞에 서리라 기록되었으되 주께서 이르시되 내가 살았노니 모든 무릎이 내게 꿇을 것이요 모든 혀가 하나님께 자백하리라 하셨느니라 이러므로 우리 각 사람이 자기 일을 하나님께 직고 하리라

ⓖ 로마서 14:17-19

하나님의 나라는 먹고 마시는 것이 아니요 오직 성령 안에 있는 의와 평강과 희락이라 그리스도를 섬기는 자는 하나님을 기쁘시게 하며 사람에게도 칭찬을 받느니라 그러므로 우리가 화평의 일과 서로 덕을 세우는 일을 힘쓰나니

ⓖ 로마서 14:22

네게 있는 믿음을 하나님 앞에서 스스로 가지고 있으라 자기가 옳다 하는 바로 자기를 정죄하지 아니하는 자는 복이 있도다

ⓖ 로마서 15:4-6

우리로 하여금 인내로 또는 성경의 위로로 소망을 가지게 함이니라 이제 인내와 위로의 하나님이 너희로 예수를 본받아 서로 뜻이 같게 하여 주사 한 마음과 한 입으로 하나님께 영광을 돌리게 하려 하노라

ⓖ 로마서 15:13

소망의 하나님이 모든 기쁨과 평강을 믿음 안에서 너희에게 충만하게 하사 성경의 능력으로 소망이 넘치게 하시기를 원하노라

ⓖ 로마서 15:16

이 은혜는 곧 나로 이방인을 위하여 예수의 일꾼이 되어 하나님의 복음

의 제사장 직분을 하게 하사 이방인을 제물로 드리는 것이 성령 안에서 거룩하게 되어 받으실 만하게 하려 하심이라

⑥ 로마서 15:30-33

형제들아 내가 예수와 성령의 사랑으로 말미암아 너희를 권하노니 너희 기도에 나와 힘을 같이하여 나를 위하여 하나님께 빌고 또 예루살렘에 대하여 내가 섬기는 일을 성도들이 받을 만하게 하고 나로 하나님의 뜻을 따라 기쁨으로 너희에게 나아가 너희와 함께 편히 쉬게 하라 평강의 하나님께서 너희 모든 사람과 함께 계실지어다

⑥ 로마서 16:20

평강의 하나님께서 속히 사탄을 너희 발아래에서 상하게 하시리라 우리 주 예수의 은혜가 너희에게 있을지어다

⑥ 로마서 16:25-27

나의 복음과 예수를 전파함은 이제는 나타내신바 되었으며 영원하신 하나님의 명을 따라 선지자들의 글로 말미암아 모든 민족이 믿어 순종하게 하시려고 알게 하신 바 그 신비의 계시를 따라 된 것이니 이 복음으로 너희를 능히 견고하게 하실 지혜로우신 하나님께 예수로 말미암아 영광이 세세무궁 하도록 있을지이다 아멘

⑦ 고린도전서 1:4

그리스도 예수 안에서 너희에게 주신 하나님의 은혜로 말미암아 내가 너희를 위하여 항상 하나님께 감사하노니

⑦ 고린도전서 1:6-8

그리스도의 증거가 너희 중에 견고하게 되어 너희가 모든 은사에 부족함

이 없이 예수의 나타나심을 기다림이라 주께서 너희를 예수의 날에 책망할 것이 없는 자로 끝까지 견고하게 하시리라

⑦ **고린도전서 1:18**

십자가의 도가 멸망하는 자들에게는 미련한 것이요 구원을 받는 우리에게는 하나님의 능력이라

⑦ **고린도전서 1:23-24**

우리는 십자가에 못 박힌 그리스도를 전하니 오직 부르심을 받은 자들에게는 그리스도는 하나님의 능력이요 하나님의 지혜니라

⑦ **고린도전서 1:30**

너희는 하나님으로부터 나서 예수 안에 있고 예수는 하나님으로부터 나와서 우리에게 지혜와 외로움과 거룩함과 구원함이 되셨으니라

⑦ **고린도전서 2:4-5**

내 말과 내 전도함이 말로 하지 아니하고 다만 성령의 나타나심과 능력으로 하여 너희 믿음이 사람의 지혜에 있지 아니하고 다만 하나님의 능력에 있게 하려 하였노라

⑦ **고린도전서 2:10**

오직 하나님이 성령으로 이것을 우리에게 보이셨으니 성령은 모든 것 곧 하나님의 깊은 것까지도 통달하시느니라

⑦ **고린도전서 2:12**

우리가 세상의 영을 받지 아니하고 오직 하나님으로부터 온 영을 받았으니 이는 우리로 하여금 하나님께서 우리에게 은혜로 주신 것들을 알게 하

려 하심이라

⑦ **고린도전서 3:10-11**

내게 주신 하나님의 은혜를 따라 내가 터를 닦아두매 이 외에 능히 다른 터를 닦아줄 자가 없으니 이 터는 곧 예수 그리스도라

⑦ **고린도전서 4:1**

사람이 마땅히 우리를 그리스도의 일꾼이요 하나님의 비밀을 맡은 자로 여길지어다 그리고 맡은 자들에게 구할 것은 충성이니라

⑦ **고린도전서 4:14-16**

오직 너희를 내 사랑하는 자녀같이 권하려 하는 것이라 예수 안에서 내가 복음으로써 너희를 낳았음이라 그러므로 내가 너희에게 권하노니 너희는 나를 본받는 자가 되라

⑦ **고린도전서 6:14-15**

하나님이 주를 다시 살리셨고 또한 그의 권능으로 우리를 다시 살리시리라 너희 몸이 그리스도의 지혜인 줄을 알지 못하느냐

⑦ **고린도전서 6:19-20**

너희 몸은 너희가 하나님께로부터 받은바 너희는 너희 자신의 것이 아니라 값으로 산 것이 되었으니 그런즉 너희 몸으로 하나님께 영광을 돌리라

⑦ **고린도전서 7:21-24**

네가 종으로 있을 때에 부르심을 받았느냐 염려하지 말라 주 안에서 부르심을 받은 자는 종이라도 주께 속한 자유인이니라 형제들아 너희는 각각 부르심을 받은 그대로 하나님과 함께 거하라

⑦ 고린도전서 8:3-6

누구든지 하나님을 사랑하면 그 사람은 하나님도 알아주시느니라 우리에게는 한 아버지가 계시니 만물이 그에게서 났고 우리도 그를 위하여 있고 또한 예수께서 계시니 만물이 그로 말미암고 우리도 그로 말미암아 있느니라

⑦ 고린도전서 10:13

사람이 감당할 시험 밖에는 너희가 당한 것이 없나니 오직 하나님은 미쁘사 너희가 감당하지 못할 시험 당함을 허락하지 아니하시고, 시험 당할 즈음에 또한 피할 길을 내사 너희로 능히 감당하게 하시느니라

⑦ 고린도전서 10:33

나와 같이 모든 일에 모든 사람을 기쁘게 하여 자신의 유익을 구하지 아니하고 많은 사람의 유익을 구하여 그들로 구원을 받게 하라

⑦ 고린도전서 11:1

내가 그리스도를 본받는 자가 된 것 같이 너희는 나를 본받는 자가 되라

⑦ 고린도전서 11:26-27

너희가 이 떡을 먹으며 이 잔을 마실 때마다 주의 죽으심을 그가 오실 때까지 전하는 것이니라 누구든지 주의 떡이나 잔을 합당하지 않게 먹고 마시는 자는 주의 몸과 피에 대하여 죄를 짓는 것이니라

⑦ 고린도전서 12:3-7

성령으로 아니하고는 누구든지 예수를 주시라 할 수 없느니라 모든 것을 모든 사람 가운데서 이루시는 하나님은 같으니 각 사람에게 성령을 나타내심은 유익하게 하려 하심이라

⑦ **고린도전서 12:27**

너희는 그리스도의 몸이요 지체의 각 부분이라

⑦ **고린도전서 15:2**

너희가 만일 내가 전한 그 말을 굳게 지키고 헛되이 믿지 아니하였으면 그로 말미암아 구원을 받으리라

⑦ **고린도전서 15:10**

내가 나 된 것은 하나님의 은혜로 된 것이니 내게 주신 그의 은혜가 헛되지 아니하여 내가 모든 사도보다 더 많이 수고하였으나 내가 한 것이 아니요 오직 나와 함께 하신 하나님의 은혜로다

⑦ **고린도전서 15:14**

그리스도께서 만일 다시 살아나지 못하셨으면 우리가 전파하는 것도 헛것이요 또 너희 믿음도 헛것이며 또 우리가 하나님의 거짓 증인이 되리라

⑦ **고린도전서 15:16**

죽은 자가 다시 살아나는 일이 없으면 그리스도도 다시 살아나신 일이 없었을 터이요, 그리스도께서 다시 살아나신 일이 없으면 너희의 믿음도 헛되고 너희가 여전히 죄 가운데 있을 것이요

⑦ **고린도전서 15:41-44**

해와 달의 영광이 다르도다 죽은 자의 부활도 그와 같으니 썩지 아니할 것으로 다시 살아나며 영광스러운 것으로 다시 살아나며 강한 것으로 다시 살아나며 신령한 몸으로 다시 살아나니 영의 몸이 있느니라

⑦ 고린도전서 15:51-52

보라 내가 너희에게 비밀을 말하노니 마지막 나팔에 순식간에 홀연히 다 변화되리니 나팔소리가 나매 죽은 자들이 썩지 아니할 것으로 다시 살아나고 우리도 변화되리라

⑦ 고린도전서 15:54

이 썩을 것이 썩지 아니함을 입고 이 죽을 것이 죽지 아니함을 입을 때에는 사망을 삼키고 이기리라고 기록된 말씀이 이루어지리라

⑦ 고린도전서 15:57-58

우리 주 예수 그리스도로 말미암아 우리에게 승리를 주시는 하나님께 감사하노니 그러므로 내 사랑하는 형제들아 견실하며 흔들리지 말고 항상 주의 일에 더욱 힘쓰는 자들이 되라 이는 너희 수고가 주 안에서 헛되지 않은 줄 앎이라

⑦ 고린도전서 16:13-14

깨어 믿음에 굳게 서서 남자답게 강건하라 너희 모든 일을 사랑으로 행하라

⑦ 고린도전서 16:22-24

우리 주여 오시옵소서 주 예수의 은혜가 너희와 함께하고 나의 사랑이 예수 안에서 너희 무리와 함께 할지어다

⑧ 고린도후서 1:1-2

사도 바울과 형제 디모데는 고린도에 있는 교회와 아가야에 있는 성도에게 하나님 아버지와 예수로부터 은혜와 평강이 있기를 원하노라

⑧ **고린도후서 1:3-4**

찬송하리로다 그는 예수의 하나님이시요 자비의 아버지시요 모든 위로의 하나님이시며 우리의 모든 환난 중에서 우리를 위로하나 우리로 하여금 하나님께 받는 위로로써 모든 환난 중에 있는 자들을 능히 위로하게 하시는 이시로다

⑧ **고린도후서 1:5-6**

그리스도의 고난이 우리에게 넘친 것 같이 우리가 받는 위로도 그리스도로 말미암아 넘치는 도다 우리가 환난 당하는 것도 너희가 구원을 받게 하려는 것이요 우리가 위로를 받는 것도 너희가 위로를 받게 하려는 것이니 이 위로가 너희 속에 역사하여 우리가 받은 것 같은 고난을 너희도 견디게 하느니라

⑧ **고린도후서 1:9-10**

자기를 의지하지 말고 오직 죽은 자를 다시 살리시는 하나님만 의지하게 하심이라 그가 이 같이 큰 사망에서 우리를 건지셨고 이후에도 건지시기를 그에게 바라노라

⑧ **고린도후서 1:12**

우리가 너희에 대하여 하나님의 거룩함과 진실함으로 행하되 육체의 지혜도 하지 아니하고 하나님의 은혜로 행함은 우리 양심이 증언하는 바니 이것이 우리의 자랑이라

⑧ **고린도후서 1:14-15**

우리 주 예수의 날에는 너희가 우리의 자랑이 되고 우리가 너희의 자랑이 되는 그것이라 내가 이 확신을 가지고 너희로 두 번 은혜를 얻게 하기 위하여 먼저 너희에게 이르렀노라

⑧ 고린도후서 1:20

하나님의 약속은 얼마든지 그리스도 안에서 예가 되니 그런즉 그로 말미암아 우리가 아멘 하여 하나님께 영광을 돌리게 되느니라

⑧ 고린도후서 1:21-22

우리를 너희와 함께 그리스도 안에서 굳건하게 하시고 우리에게 기름을 부으신 이는 하나님이시니 그가 우리에게 인치시고 보증으로 우리 마음에 성령을 주셨느니라

⑧ 고린도후서 2:4

내가 마음에 큰 눌림과 걱정이 있어 많은 눈물로 너희에게 썼노니 이는 오직 내가 너희를 향하여 넘치는 사랑이 있음을 너희로 알게 하려 함이라

⑧ 고린도후서 2:15-16

우리는 구원받는 자들에게나 망하는 자들에게나 하나님 앞에서 그리스도의 향기니 이 사람에게는 사망으로부터 사망에 이르는 냄새요 저 사람에게는 생명으로부터 생명에 이르는 냄새라 누가 이 일을 감당하리요

⑧ 고린도후서 3:3

너희는 우리로 말미암아 나타난 그리스도의 편지니 이는 먹으로 쓴 것이 아니요 오직 살아계신 하나님의 영으로 쓴 것이며 또 돌판에 쓴 것이 아니요 오직 육의 마음 판에 쓴 것이라

⑧ 고린도후서 3:5

우리가 무슨 일이든지 우리에게서 난 것 같이 스스로 만족할 것이 아니니 우리의 만족은 오직 하나님으로부터 나느니라

⑧ 고린도후서 3:6

그가 또한 우리를 새 언약의 일꾼 되기에 만족하게 하셨으니 율법 조문으로 하지 아니하고 오직 영으로 함이니 율법 조문은 죽이는 것이요 영은 살리는 것이니라

⑧ 고린도후서 3:8-11

영의 직분은 더욱 영광이 있지 아니하겠느냐 영광되었던 것이 더 큰 영광으로 말미암아 이에 영광될 것이 없으나 오래 있을 것은 더욱 영광 가운데 있으니라

⑧ 고린도후서 3:17-18

주는 영이시니 주의 영이 계신 곳에는 자유가 있느니라 주의 영광을 보매 그와 같은 형상으로 변화하여 영광에서 영광에 이르니 곧 주의 영으로 말미암음이니라

⑧ 고린도후서 4:4-5

그리스도는 하나님의 형상이니라 우리는 오직 예수의 주되신 것과 또 예수를 위하여 우리가 너희의 종 된 것을 전파함이라

⑧ 고린도후서 4:6

어두운 데에 빛이 비치라 말씀하셨던 그 하나님께서 예수의 얼굴에 있는 하나님의 영광을 아는 빛을 우리 마음에 비추셨느니라

⑧ 고린도후서 4:7

우리가 이 보배를 질그릇에 가졌으니 이는 심히 큰 능력은 하나님께 있고 우리에게 있지 아니함을 알게 하려 함이라

⑧ 고린도후서 4:8-9

우리가 사방으로 욱여쌈을 당하여도 싸이지 아니하며 답답한 일을 당하여도 낙심하지 아니하며 박해를 받아도 버린바 되지 아니하며 거꾸러뜨림을 당하여도 망하지 아니하고

⑧ 고린도후서 4:10-12

우리가 항상 예수의 죽음을 몸에 짊어짐은 예수의 생명이 또한 우리 몸에 나타나게 하려 함이라 그런즉 사망은 우리 안에서 역사하고 생명은 너희 안에서 역사하느니라

⑧ 고린도후서 4:14-15

주 예수를 다시 살리신 이가 예수와 함께 우리도 다시 살리사 너희와 함께 서게 하실 줄을 아노라 이는 모든 것이 너희를 위함이니 많은 사람의 감사로 말미암아 은혜가 더하여 넘쳐서 하나님께 영광을 돌리게 하려 함이라

⑧ 고린도후서 4:16-18

우리가 낙심하지 아니하노니 우리의 겉 사람은 낡아지나 우리의 속사람은 날로 새로워지도다 우리가 잠시 받는 경한 환난이 지극히 중하고 영원한 영광을 우리에게 이루게 함이니 우리가 주목하는 것은 보이는 것이 아니요 보이지 않는 것이니 보이는 것은 잠깐이요 보이지 않는 것은 영원함이라

⑧ 고린도후서 5:5-9

성령을 우리에게 주신 이는 하나님이시니라 우리가 믿음으로 행하고, 보는 것으로 행하지 아니함이로라 우리가 담대하여 원하는 바는 몸을 떠나 주와 함께 있는 그것이라 우리는 몸으로 있든지 떠나든지 주를 기쁘시게 하는 자가 되기를 힘쓰노라

⑧ **고린도후서 5:15**

예수가 모든 사람을 대신하여 죽으심은 살아있는 자들로 하여금 오직 자신들을 대신하여 죽었다가 다시 살아나신 예수를 위하여 그들이 살게 하려 함이라

⑧ **고린도후서 5:17**

누구든지 그리스도 안에 있으면 새로운 피조물이라 이전 것은 지나갔으니 보라 새것이 되었도다

⑧ **고린도후서 5:19**

하나님께서 그리스도 안에 계시사 세상을 자기와 화목하게 하시며 그들의 죄를 그들에게 돌리지 아니하시고 화목하게 하는 말씀을 우리에게 부탁하셨느니라

⑧ **고린도후서 5:20**

우리가 그리스도를 대신하여 사신이 되어 하나님이 우리를 통하여 너희를 권면하시는 것 같이 그리스도를 대신하여 간청하오니 너희는 하나님과 화목하라

⑧ **고린도후서 5:21**

하나님이 죄를 알지 못하신 예수를 우리를 대신하여 죄로 삼으신 것은 우리로 하여금 그 안에서 하나님의 의가 되게 하려 하심이라

⑧ **고린도후서 6:1**

우리가 하나님과 함께 일하는 자로서 너희를 권하노니 하나님의 은혜를 헛되이 받지 말라

⑧ 고린도후서 6:2

보라 지금은 은혜받을 만한 때요 보라 지금은 구원의 날이로다

⑧ 고린도후서 6:4-10

오직 모든 일에 하나님의 일꾼으로 깨끗함과 지식과 오래 참음과 자비함과 성령의 감화와 사랑과 진리의 말씀과 하나님의 능력으로 의의 무기를 가지고 영광과 아름다운 이름으로 그러했느니라 우리는 참되고 유명한 자요 살아있고 죽임을 당하지 아니하고 항상 기뻐하고 많은 사람을 부유하게 하고 모든 것을 가진 자로다

⑧ 고린도후서 7:1

그런즉 사랑하는 자들아 우리는 거룩함을 온전히 이루어 육과 영의 온갖 더러운 것에서 자신들 깨끗하게 하자

⑧ 고린도후서 7:12

그런즉 내가 너희에게 쓴 것은 오직 우리를 위한 너희의 간절함이 하나님 앞에서 너희에게 나타나게 하려 함이로다

⑧ 고린도후서 8:7

오직 너희는 믿음과 말과 지식과 모든 간절함과 은혜에도 풍성하게 할지니라

⑧ 고린도후서 9:8

하나님이 능히 모든 은혜를 너희에게 넘치게 하시나니 이는 너희로 모든 일에 항상 모든 것이 넉넉하여 모든 착한 일을 넘치게 하게 하려 하심이라

⑧ **고린도후서 10:1**

나 바울은 이제 그리스도의 온유와 관용으로 친히 너희를 권하노라

⑧ **고린도후서 12:10**

내가 그리스도를 위하여 약한 것들과 능욕과 궁핍과 박해와 곤고를 기뻐하노니 이는 내가 약한 그때에 강함이라

⑧ **고린도후서 13:4**

그리스도께서 십자가에 못 박히셨으나 하나님의 능력으로 살아계시니 우리도 하나님의 능력으로 그와 함께 살리라

⑧ **고린도후서 13:5**

너희는 믿음 안에 있는가 너희 자신을 시험하고 너희 자신을 확증하라 예수께서 너희 안에 계신 줄을 너희가 스스로 알지 못하느냐 그렇지 않으면 너희는 버림받은 자니라

⑧ **고린도후서 13:11**

형제들아 기뻐하라 온전하게 되며 위로를 받으며 마음을 같이하며 평안할지어다 또 사랑과 평강의 하나님이 너희와 함께 계시리라

⑨ **갈라디아 2:16**

사람이 의롭게 되는 것은 율법의 행위로 말미암음이 아니요 오직 예수를 믿음으로 말미암는 줄 앎이니라 우리가 그리스도를 믿음으로써 의롭다 함을 얻으려 함이라 율법의 행위로써는 의롭다 함을 얻을 육체가 없느니라

⑨ **갈라디아 2:20**

내가 그리스도와 함께 십자가에 못 박혔나니 이제는 내가 사는 것이 아니

요 오직 내 안에 그리스도께서 사시는 것이라 나를 사랑하사 나를 위하여 자기 자신을 버리신 하나님의 아들을 믿는 믿음 안에서 사는 것이라

⑨ 갈라디아 3:13

그리스도께서 우리를 위하여 율법의 저주에서 우리를 속량하셨다

⑨ 갈라디아 3:24-28

우리로 하여금 믿음으로 말미암아 의롭다 함을 얻게 하려 함이라 너희가 다 믿음으로 말미암아 예수 안에서 하나님의 아들이 되었으니 누구든지 그리스도와 합하기 위하여 세례를 받은 자는 그리스도로 옷 입었느니라 너희는 다 그리스도 예수 안에서 하나이니라

⑨ 갈라디아서 5:1

그리스도께서 우리로 자유롭게 하려고 자유를 주셨으니 그러므로 굳건하게 서서 다시는 종의 멍에를 메지 말라

⑨ 갈라디아 5:22-24

오직 성령의 열매는 사랑과 희락과 화평과 오래 참음과 자비와 양선과 충성과 온유와 절제니 이 같은 것을 금지할 법이 없느니라 예수의 사람들은 육체와 함께 정욕과 탐심을 십자가에 못 박았느니라

⑨ 갈라디아 5:25

우리가 성령으로 살면 또한 성령으로 행할지니라

⑨ 갈라디아 6:8

자기의 육체를 위하여 심는 자는 육체로부터 썩어질 것을 거두고 성령을 위하여 심는 자는 성령으로부터 영생을 거두리라

⑨ 갈라디아 6:9-10

우리가 선을 행하되 낙심하지 말지니 포기하지 아니하면 때가 이르매 거두리라 그러므로 우리는 기회 있는 대로 모든 이에게 착한 일을 할지니라

⑨ 갈라디아 6:18

형제들아 우리 주 예수 그리스도의 은혜가 너희 심령에 있을지어다

⑩ 에베소서 1:3-5

하나님께서 그리스도 안에서 하늘에 속한 모든 신령한 복을 우리에게 주시되 곧 창세 전에 그리스도 안에서 우리를 택하사 우리로 사랑 안에서 그 앞에 거룩하고 흠이 없게 하시려고 예수로 말미암아 자기의 아들들이 되게 하셨으니

⑩ 에베소서 1:6

그가 사랑하시는 자 안에서 우리에게 거져 주시는 바 그의 은혜의 영광을 찬송하게 하려는 것이라

⑩ 에베소서 1:7-8

우리는 그리스도 안에서 그의 은혜의 풍성함을 따라 그의 피로 말미암아 속량 곧 죄 사함을 받았느니라 이는 그가 모든 지혜와 총명을 우리에게 넘치게 하사

⑩ 에베소서 1:12-13

우리가 그리스도 안에서 전부터 바라던 그의 영광의 찬송이 되게 하려 하심이라 그 안에서 너희도 진리의 말씀 곧 너희의 구원의 복음을 듣고 그 안에서 또한 믿어 약속의 성령으로 인치심을 받았느니

⑩ 에베소서 1:17-19

영광의 하나님께서 지혜와 계시의 영을 너희에게 주사 하나님을 알게 하시고 너희 마음의 눈을 밝히사 그의 부르심의 소망이 무엇이며, 성도 안에서 그 기업의 영광 풍성함이 무엇이며 그의 힘의 위력으로 역사하심을 따라 믿는 우리에게 베푸신 능력의 지극히 크심이 어떠한 것을 너희로 알게 하시기를 구하노라

⑩ 에베소서 2:1

그리스도 예수님은 허물과 죄로 죽었던 너희를 살리셨도다

⑩ 에베소서 2:4-7

긍휼이 풍성하신 하나님이 우리를 사랑하신 그 큰 사랑을 인하여 허물로 죽은 우리를 그리스도와 함께 살리셨고 또 함께 일으키사 예수 안에서 함께 하늘에 앉히시니 이는 예수 안에서 우리에게 자비하심으로써 그 은혜의 지극히 풍성함을 여러 세대에 나타내려 하심이라

⑩ 에베소서 2:8

너희는 그 은혜에 의하여 믿음으로 말미암아 구원을 받았으니 이것은 너희에게 난 것이 아니요 하나님의 선물이라

⑩ 에베소서 2:10

우리는 그가 만드신 바라 예수 안에서 선한 일을 위하여 지으심을 받은 자니 이 일은 하나님이 전에 예비하사 우리로 그 가운데서 행하게 하려 하심이니라

⑩ 에베소서 2:13-15

전에 멀리 있던 너희가 예수 안에서 그리스도의 피로 가까워졌느니라 그

는 우리의 화평이신지라 둘로 자기 안에서 한 새 사람을 지어 화평하게 하심이라

⑩ 에베소서 2:16-18

십자가로 이 둘을 한 몸으로 하나님과 화목하게 하려 하심이라 원수된 것을 십자가로 소멸하시고 너희에게 평안을 전하셨으니 그로 말미암아 우리 둘이 한 성령 안에서 아버지께 나아감을 얻게 하려 하심이라

⑩ 에베소서 2:22

너희도 성령 안에서 하나님이 거하실 처소가 되기 위하여 예수 안에서 함께 지어져 가느니라

⑩ 에베소서 3:6

이방인들이 복음으로 말미암아 예수 안에서 함께 상속자가 되고 함께 지체가 되고 함께 약속에 참여하는 자가 됨이라

⑩ 에베소서 3:12

우리가 그 안에서 그를 믿음으로 말미암아 담대함과 확신을 가지고 하나님께 나아감을 얻느니라

⑩ 에베소서 3:16

그의 영광의 풍성함을 따라 그의 성령으로 말미암아 너희 속사람을 능력으로 강건하게 하시오며

⑩ 에베소서 3:17-19

믿음으로 말미암아 그리스도께서 너희 마음에 계시게 하시옵고 너희가 사랑 가운데서 뿌리가 박히고 터가 굳어져서 능히 모든 성도와 함께 그리

스도의 사랑을 알고 하나님의 모든 충만하신 것으로 너희에게 충만하게 하시기를 구하노라

⑩ 에베소서 3:20-21

우리 가운데서 역사하시는 능력대로 우리가 구하는 모든 것에 더 넘치도록 능히 하실 이에게 교회 안에서와 예수 안에서 대대로 영원무궁하기를 원하노라

⑩ 에베소서 4:1-3

주 안에서 갇힌 내가 너희를 권하노니 너희가 부르심을 받은 일에 합당하게 행하여 모든 겸손과 온유로 하고 오래 참음으로 사랑 가운데서 서로 용납하고 평안의 매는 줄로 성령이 하나 되게 하신 것을 힘써 지키라

⑩ 에베소서 4:4

몸이 하나요 성령도 한 분이시니 이와 같이 너희가 부르심의 한 소망 안에서 부르심을 받았느니라

⑩ 에베소서 4:5-6

주도 한 분이시오 믿음도 하나요 세례도 하나요 하나님도 한 분이시니 곧 만유의 아버지시라 만유 위에 계시고 만유를 통일하시고 만유 가운데 계시도다

⑩ 에베소서 4:7

하나님은 우리 각 사람에게 그리스도의 선물의 분량대로 은혜를 주셨나니

⑩ 에베소서 4:23-24

오직 너희의 심령이 새롭게 되어 하나님을 따라 의와 진리의 거룩함으로 지으심을 받은 새 사람을 입으라

⑩ 에베소서 5:1-2

사랑을 받는 자녀같이 너희는 하나님을 본받는 자가 되고 그리스도께서 너희를 사랑하신 것 같이 너희도 사랑 가운데서 행하라 그는 우리를 위하여 자신을 버리사 희생 재물로 하나님께 드리셨느니라

⑩ 에베소서 5:8-9

너희가 전에는 어둠이더니 이제는 주 안에서 빛이라 빛의 자녀들처럼 행하라 빛의 열매는 모든 착함과 의로움과 진실함에 있느니라

⑩ 에베소서 5:20-21

범사에 우리 주 예수 그리스도의 이름으로 항상 아버지 하나님께 감사하며 그리스도를 경외함으로 피차 복종하라

⑩ 에베소서 6:10-13

너희가 주 안에서와 그 힘의 능력으로 강건하여지고 통치자들과 권세들과 이 어둠의 세상 주관자들과 하늘에 있는 악의 영들을 대적하기 위하여 하나님의 전신 갑주를 입으라 이는 악한 날에 너희가 능히 대적하고 모든 일을 행한 후에 서기 위함이라

⑩ 에베소서 6:18-19

모든 기도와 간구를 하되 항상 성령 안에서 기도하고 이를 위하여 깨어 구하기를 항상 힘쓰며 여러 성도를 위하여 구하라 내게 말씀을 주사 나로 입을 열어 복음의 비밀을 담대히 알리게 하옵소서 할 것이니

⑪ 빌립보서 1:6

너희 안에서 착한 일을 시작한 이가 그리스도 예수의 날까지 이루실 줄을 우리는 확신하느라

⑪ 빌립보서 1:9-11

내가 기도하노라 너희 사랑을 지식과 모든 총명으로 점점 더 풍성하게 하사 너희로 지극히 선한 것을 분별하며 또 진실하여 허물 없이 그리스도의 날까지 이르고 예수 그리스도로 말미암아 의의 열매가 가득하여 하나님의 영광과 찬송이 되기를 원하노라

⑪ 빌립보서 2:5

너희 안에 이 마음을 품으라 곧 그리스도 예수의 마음이니

⑪ 빌립보서 2:6-8

그리스도는 근본 하나님의 본체시나 하나님과 동등함을 취할 것으로 여기지 아니하시고 오히려 자기를 비워 종의 형체를 가지사 사람들 같이 되셨고 사람의 모양으로 나타나사 자기를 낮추시고 죽기까지 복종하셨으니 곧 십자가에 죽으심이라

⑪ 빌립보서 2:10-11

모든 이들은 모든 무릎을 예수의 이름에 꿇게 하시고 모든 입으로 예수 그리스도를 주라 시인하여 하나님 아버지께 영광을 돌리게 하셨느니라

⑪ 빌립보서 2:13

너희 앞에서 행하시는 이는 하나님이시니 자기의 기쁘신 뜻을 위하여 너희에게 소원을 두고 행하게 하시나니

⑪ 빌립보서 2:16

생명의 말씀을 밝혀 나의 달음질이 헛되지 아니하고 수고도 헛되지 아니함으로 그리스도의 날에 내가 자랑할 것이 있게 하려 함이라

⑪ 빌립보서 3:7-8

무엇이든지 내게 유익하던 것을 내가 그리스도를 위하여 다 해로 여길뿐더러 또한 모든 것을 해로 여김은 내 주 예수를 아는 지식이 가장 고상하기 때문이라 내가 그를 위하여 모든 것을 잃어버리고 배설물로 여김은 그리스도를 얻음이니

⑪ 빌립보서 3:9

내가 가진 의는 율법에서 난 것이 아니요 오직 그리스도를 믿음으로 말미암은 것이니 곧 믿음으로 하나님께로부터 난 의라

⑪ 빌립보서 3:10-11

내가 그리스도와 그 부활의 권능과 그 고난에 참여함을 알고자 하여 그의 죽으심을 본받아 어떻게 해서든지 죽은 자 가운데서 부활에 이르려 하노라

⑪ 빌립보서 3:14

푯대를 향하여 그리스도 예수 안에서 하나님이 위에서 부르신 부름의 상을 위하여 달려가노라

⑪ 빌립보서 3:16

오직 우리가 어디까지 이르렀든지 그대로 행할 것이라

⑪ **빌립보서 3:20-21**

우리의 시민권은 하늘에 있는지라 거기로부터 구원하는 자 곧 예수 그
리스도를 기다리노니 그는 만물을 자기에게 복종하게 하실 수 있는 자의
역사로 우리의 낮은 몸을 자기 영광의 몸의 형체와 같이 변하게 하시리라

⑪ **빌립보서 4:4 & 4:6-7**

주 안에서 항상 기뻐하라 내가 다시 말하노니 기뻐하라

아무것도 염려하지 말고 오직 모든 일에 기도와 간구로 너희 구할 것을
감사함으로 하나님께 아뢰라 그리하면 모든 지각에 뛰어난 하나님의 평강
이 예수 안에서 너희 마음과 생각을 지키시리라

⑪ **빌립보서 4:8-9**

형제들아 무엇이든지 참되며 경건하며 옳으며 정결하며 사랑받을 만하
며 칭찬받을 만하며 무슨 덕이 있든지 무슨 기림이 있든지 이것들을 생각
하라 너희는 내게 배우고 받고 듣고 본 바를 행하라 그리하면 평강의 하나
님이 너희와 함께 계시리라

⑪ **빌립보서 4:13**

내게 능력 주시는 자 안에서 내가 모든 것을 할 수 있느니라

⑪ **빌립보서 4:19**

나의 하나님이 그리스도 예수 안에서 영광 가운데 그 풍성한 대로 너희
모든 쓸 것을 채우시리라

⑪ **빌립보서 4:23**

주 예수 그리스도의 은혜가 너희 심령에 있을지어다

⑫ **골로새서 1:3-5**

우리가 기도할 때마다 하나님께 감사하노라 이는 예수 안에 너희의 믿음과 모든 성도에 대한 사랑을 들었음이요 너희를 위하여 하늘에 쌓아 둔 소망으로 말미암음이니 곧 너희가 전에 복음 진리의 말씀을 들은 것이라

⑫ **골로새서 1:9-11**

우리가 너희를 위하여 기도하노니 너희로 하여금 모든 신령한 지혜와 총명에 하나님의 뜻을 아는 것으로 채우게 하시고 주께 합당하게 행하여 범사에 기쁘시게 하시고 모든 선한 일에 열매를 맺게 하시고 하나님을 아는 것에 자라게 하시고 그의 영광의 힘을 따라 모든 능력으로 능하게 하시며 기쁨으로 모든 견딤과 오래 참음에 이르게 하시기를 원하노라

⑫ **골로새서 1:15-17**

주는 보이지 아니하는 하나님의 형상이요 모든 피조물보다 먼저 나신 이시니 만물이 그에게서 창조되고 그로 말미암고 그를 위하여 창조되었고 또한 그가 만물보다 먼저 계시고 만물이 그 안에 함께 섰느니라

⑫ **골로새서 1:19-20**

하나님 아버지께서는 모든 충만으로 예수인에 거하게 하시고 그의 십자가의 피로 화평을 이루사 만물 곧 땅에 있는 것들이나 하늘에 있는 것들이 그로 말미암아 자기와 화목하게 되기를 기뻐하심이라

⑫ **골로새서 1:21-22**

전에 악한 행실로 멀리 떠나 마음으로 원수가 되었던 너희를 이제는 그의 육체의 죽음으로 말미암아 화목하게 하사 너희를 거룩하고 흠 없고 책망할 것이 없는 자로 그 앞에 세우고자 하셨으니

⑫ 골로새서 2:6-7

너희가 예수를 주로 받았으니 그 안에서 행하되 그 안에 뿌리를 박으며 세움을 받아 교훈을 받은 대로 믿음에 굳게 서서 감사함을 넘치게 하라

⑫ 골로새서 3:1-4

너희가 그리스도와 함께 다시 살리심을 받았으면 땅의 것을 생각하지 말고 위의 것을 찾으라 거기는 그리스도께서 하나님 우편에 앉아 계시느니라 이는 너희가 죽었고 너희 생명이 그리스도와 함께 하나님 안에 감추어졌음이라 우리 생명이신 그리스도께서 나타나실 그 때에 너희도 그와 함께 영광 중에 나타나리라

⑫ 골로새서 3:15

그리스도의 평강이 너희 마음을 주장하게 하라 너희는 평강을 위하여 한 몸으로 부르심을 받았나니 너희는 또한 감사하는 자가 되라

⑫ 골로새로 3:17

무엇을 하든지 말에나 일에나 다 주 예수의 이름으로 하고 그를 힘입어 하나님 아버지께 감사하라

⑬ 데살로니가전서 1:3-4

너희의 믿음의 역사와 사랑의 수고와 예수에 대한 소망의 인내를 하나님 아버지 앞에서 끊임없이 기억함이니 하나님의 사랑하심을 받은 형제들아 너희를 택하심을 아노라

⑬ 데살로니가전서 2:13

우리가 하나님께 감사함은 하나님의 말씀을 받을 때에 사람의 말로 받지 아니하고 하나님의 말씀으로 받음이로다 이 말씀이 또한 너희 믿는 자

가운데에서 역사하느니라

⑬ 데살로니가전서 2:19-20

우리의 소망이나 기쁨이나 자랑의 면류관이 무엇이냐 그가 강림하실 때 우리 주 예수 앞에 너희가 아니냐 너희는 우리의 영광이요 기쁨이니라

⑬ 데살로니가전서 3:8

너희가 주 안에 굳게 선즉 우리가 이제는 살리라

⑬ 데살로니가전서 3:13

너희 마음을 굳건하게 하시고 우리 주 예수께서 그의 모든 성도와 함께 강림하실 때에 하나님 앞에서 거룩함에 흠이 없게 하시기를 원하노라

⑬ 데살로니가전서 4:16-17

주께서 호령과 천사장의 소리와 나팔 소리로 친히 하늘로부터 강림하시리니 그리스도 안에서 죽은 자들이 먼저 일어나고 살아남은 자들도 그들과 함께 구름 속으로 끌어올려 공중에서 주를 영접하게 하시리니 그리하여 우리가 항상 주와 함께 있으리라

⑬ 데살로니가전서 5:5-8

너희는 다 빛의 아들이요 낮의 아들이라 우리가 밤이나 어둠에 속하지 아니하나니 우리는 낮에 속하였으니 정신을 차리고 믿음과 사랑의 호심경을 붙이고 구원의 소망 투구를 쓰자

⑬ 데살로니가전서 5:16-18

항상 기뻐하라 쉬지 말고 기도하라 범사에 감사하라 이것이 그리스도 예수 안에서 너희를 향하신 하나님의 뜻이니라

⑬ 데살로니가전서 5:23

평강의 하나님이 친히 너희를 온전히 거룩하게 하시고 또 너희의 온 영과 혼과 몸이 우리 주 예수 그리스도께서 강림하실 때에 흠 없게 보전되기를 원하노라

⑭ 데살로니가후서 1:4-5

너희가 견디고 있는 모든 박해와 환난 중에서 너희 인내와 믿음은 하나님의 공의로운 심판의 표요 너희로 하여금 하나님의 나라에 합당한 자로 여김을 받게 하려 함이니

⑭ 데살로니가후서 1:7-9

환난을 받는 너희에게는 우리와 함께 안식으로 갚으시는 것이 하나님의 공의시니 주 예수께서 하늘로부터 나타나실 때에 복종하지 않는 자들에게 형벌을 내리시리니 이런 자들은 영원한 멸망의 형벌을 받으리로다

⑭ 데살로니가후서 1:11-12

우리 하나님이 너희를 그 부르심에 합당한 자로 여기시고 모든 선을 기뻐함과 믿음의 역사를 능력으로 이루게 하시고 하나님과 주 예수의 은혜대로 주 예수의 이름이 너희 가운데서 영광을 받으시고 너희도 그 안에서 영광을 받게 하려 함이라

⑭ 데살로니가후서 2:13-14

마땅히 하나님께 감사할 것은 하나님이 처음부터 너희를 택하사 성령의 거룩하게 하심과 진리를 믿음으로 구원을 받게 하심이니 이를 위하여 우리의 복음으로 너희를 부르사 예수 그리스도의 영광을 얻게 하려 하심이니라

⑭ 데살로니가후서 2:16-17

예수 그리스도와 우리를 사랑하시고 영원한 위로와 좋은 소망을 은혜로 주신 하나님 아버지께서 너희 마음을 위로하시고 모든 선한 일과 말에 굳건하게 하시기를 원하노라

⑭ 데살로니가후서 3:1-2

기도하기를 주의 말씀이 너희 가운데서와 같이 퍼져 나가 영광스럽게 되고 우리를 부당하고 악한 사람들에게서 건지시옵소서 하라

⑭ 데살로니가후서 3:3-5

주는 미쁘사 너희를 굳건하게 하시고 악한 자에게서 지키시리라 주께서 너희 마음을 인도하여 하나님의 사랑과 그리스도의 인내에 들어가게 하시기를 원하노라

⑭ 데살로니가후서 3:16-18

평강의 주께서 친히 때마다 일마다 너희에게 평강을 주시고 주께서 너희 모든 사람과 함께 하시기를 원하노다 우리 주 예수 그리스도의 은혜가 너희 무리에게 있을지어다

⑮ 디모데전서 1:2

하나님 아버지와 우리 주 예수 그리스도로부터 은혜와 긍휼과 평강이 네게 있을지어다

⑮ 디모데전서 1:14

우리 주의 은혜가 그리스도 예수 안에 있는 믿음과 사랑과 함께 넘치도록 풍성하였도다

⑮ 디모데전서 2:1-4

나 바울이 전하노니 모든 사람을 위하여 간구와 기도와 도고와 감사를 하라 이는 우리가 모든 경건과 단정함으로 고요하고 평안한 생활을 하려 함이라 이것이 우리 구주 하나님 앞에 선하고 받으실 만한 것이니 하나님은 모든 사람이 구원을 받으며 진리를 아는 데에 이르기를 원하느니라

⑮ 디모데전서 4:4-5

하나님께서 지으신 모든 것이 선하매 감사함으로 받으면 버릴 것이 없나니 하나님의 말씀과 기도로 거룩하여 짐이라

⑮ 디모데전서 4:6-8

그리스도 예수의 좋은 일꾼이 되어 믿음의 말씀과 네가 따르는 좋은 교훈으로 양육을 받으리라 경건에 이르도록 네 자신을 연단하라 경건은 범사에 유익하니 금생과 내생에 약속이 있으리라

⑯ 디모데전서 6:11-12

하나님의 사람아 이것들을 피하고 의와 경건과 믿음과 사랑과 인내와 온유를 따르며 믿음의 선한 싸움을 싸워라 영생을 취하라

⑯ 디모데후서 1:3

사도 바울인 내가 밤낮 간구하는 가운데 쉬지 않고 디모데를 생각하여 이 청결한 양심으로 조상 적부터 섬겨 오는 하나님께 감사하고

⑯ 디모데후서 1:7-8

하나님이 우리에게 주신 것은 두려워하는 마음이 아니요 오직 능력과 사랑과 절제하는 마음이니 그러므로 디모데는 사도 바울인 내가 우리 주를 증언함과 또는 주를 위하여 갇힌 자 된 나를 부끄러워하지 말고 오직 하

나님의 능력을 따라 복음과 함께 고난을 받으라

⑯ 디모데후서 1:9-10

하나님이 우리를 구원하사 거룩하신 소명으로 부르심은 우리의 행위대로 하심이 아니요 오직 자기의 뜻과 영원 전부터 예수 안에서 우리에게 주신 은혜대로 하심이라 이제는 예수의 나타나심으로 말미암아 나타났으니 그는 사망을 폐하시고 복음으로써 생명과 썩지 아니할 것을 드러내신지라

⑯ 디모데후서 1:12

나 바울이 또 이 고난을 받되 부끄러워하지 아니함은 내가 믿는 자를 내가 알고 또한 내가 의탁한 것을 그 날까지 그가 능히 지키실 줄을 확신함이라

⑯ 디모데후서 1:13-14

너 디모데는 예수 안에 있는 믿음과 사랑으로써 나 바울에게 들은 바 바른 말을 본받아 지키고 우리 안에 거하시는 성령으로 말미암아 네게 부탁한 아름다운 것을 지키라

⑯ 디모데후서 2:1-10

내 아들 디모데야 너는 예수 안에 있는 은혜 가운데서 강하다 너는 예수의 좋은 병사로 나와 함께 고난을 받으라 주께서 범사에 네게 총명을 주시리라 죽은 자 가운데서 다시 살아나신 예수를 기억하라 내가 택함 받은 자들을 위하여 모든 것을 참음은 그들도 예수 안에 있는 구원을 영원한 영광과 함께 받게 하려 함이라

⑯ 디모데후서 2:21

누구든지 이런 것에서 자기를 깨끗하게 하면 귀히 쓰는 그릇이 되어 거

룩하고 주인의 쓰심에 합당하며 모든 선한 일에 준비함이 되리라

⑯ 디모데후서 2:22

너는 주를 깨끗한 마음으로 부르는 자들과 함께 의와 믿음과 사랑과 화평을 따르라

⑯ 디모데후서 3:15-17

성경은 예수 안에 있는 믿음으로 말미암아 구원에 이르는 지혜가 있게 하느니라 하나님의 사람으로 온전하게 하며 모든 선한 일을 행할 능력을 갖추게 하려 함이라

⑰ 디도서 2:14

예수가 우리를 대신하여 자신을 주심은 모든 불법에서 우리를 속량하시고 우리를 깨끗하게 하사 선한 일을 열심히 하는 자기 백성이 되게 하려 하심이라

⑰ 디도서 3:4-7

하나님의 자비와 사랑하심이 나타날 때에 우리를 구원하시되 우리가 행한 바 의로운 행위로 말미암지 아니하고 오직 그의 긍휼하심을 따라 중생의 씻음과 성령의 새롭게 하심으로 하셨나니 예수로 말미암아 우리에게 그 성령을 풍성히 부어 주사 우리로 그의 은혜를 힘입어 의롭다 하심을 얻어 영생의 소망을 따라 상속자가 되게 하려 하심이라

⑲ 히브리서 1:2-3

하나님이 아들을 통하여 우리에게 말씀하셨으니 이 아들을 만유의 상속자로 세우시고 그로 말미암아 모든 세계를 지으셨느니라 이는 하나님의 영광의 광채시요 그 본체의 형상이시라 그의 능력의 말씀으로 만물을 붙

드시며 죄를 정결하게 하는 일을 하시고 높은 곳에 계신 지극히 크신 이의 우편에 앉으셨느니라

⑲ 히브리서 2:14-15

마귀를 멸하시며 또 죽기를 무서워하므로 한평생 매여 종노릇하는 모든 자들을 놓아주려 하심이니

⑲ 히브리서 3:1

그러므로 함께 하늘의 부르심을 받은 거룩한 형제들아 우리가 믿는 도리의 사도이시며 대제사장이신 예수를 깊이 생각하라

⑲ 히브리서 4:16

우리는 긍휼하심을 받고 때에 따라 돕는 은혜를 얻기 위하여 은혜의 보좌 앞에 담대히 나아갈 것이니라

⑲ 히브리서 5:7-9

예수는 육체에 계실 때에 자기를 죽음에서 능히 구원하실 이에게 통곡과 눈물로 간구와 소원을 올렸고 그의 경건하심으로 말미암아 들으심을 얻었느니라 그가 아들이면서도 받으신 고난으로 순종함을 배워서 온전하게 되셨은즉 자기에게 순종하는 모든 자에게 영원한 구원의 근원이 되시고

⑲ 히브리서 6:10

하나님은 불의하지 아니하사 너희 행위와 그분의 이름을 위하여 나타낸 사랑으로 이미 성도를 섬긴 것과 이제도 섬기고 있는 것을 잊어버리지 아니하시느니라

⑲ 히브리서 6:11-12

우리가 간절히 원하는 것은 너희 각 사람이 동일한 부지런함을 나타내서 끝까지 소망의 풍성함에 이르러 게으르지 아니하고 믿음과 오래 참음으로 말미암아 약속들을 기업으로 받는 자들을 본받는 자 되게 하려는 것이니라

⑲ 히브리서 6:13-15

나 하나님이 반드시 아브라함에게 복 주고 복 주며 너를 번성하게 하고 번성하게 하리라 하셨더니 그가 이같이 오래 참아 약속을 받았느니라

⑲ 히브리서 10:22-25

우리가 마음에 뿌림을 받아 몸은 맑은 물로 씻음을 받았으니 참 마음과 온전한 믿음으로 하나님께 나아가자 우리가 믿는 도리의 소망을 움직이지 말며 굳게 잡고 서로 돌아보아 사랑과 선행을 격려하며 오직 권하여 그 날이 가까움을 볼수록 더욱 그리하자

⑲ 히브리서 10:35-37

너희 담대함을 버리지 말라 이것이 큰 상을 얻게 하느니라 너희에게 인내가 필요함은 너희가 하나님의 뜻을 행한 후에 약속하신 것을 받기 위함이라 잠시 후면 오실 이가 오시리니 지체하지 아니하시리라

⑲ 히브리서 10:38-39

나의 의인은 믿음으로 말미암아 살리라 우리는 뒤로 물러가 멸망할 자가 아니요 오직 영혼을 구원함에 이르는 믿음을 가진 자니라

⑲ 히브리서 10:22

우리가 마음에 뿌림을 받아 악한 양심으로부터 벗어나고 몸은 맑은 물

로 씻음을 받았으니 참 마음과 온전한 믿음으로 하나님께 나아가자

⑲ 히브리서 12:28

그러므로 우리가 흔들리지 않는 나라를 받았은즉 은혜를 받자 이로 말미암아 경건함과 두려움으로 하나님을 기쁘시게 섬길지니

⑳ 야고보서 2:17-18

이와 같이 행함이 없는 믿음은 그 자체가 죽은 것이라 어떤 사람은 말하기를 너는 믿음이 있고 나는 행함이 있으니 행함이 없는 네 믿음을 내게 보이라 나는 행함을 갖고 내 믿음을 너에게 보이리라 하리라

㉑ 베드로전서 1:5

너희는 구원을 얻기 위하여 믿음으로 말미암아 하나님의 능력으로 보호하심을 받았느니라

㉑ 베드로전서 1:9-12

믿음의 결국 곧 영혼의 구원을 받음이라 하늘로부터 보내신 성령을 힘입어 복음을 전하는 자들로 이제 너희에게 알린 것이요 천사들도 살펴보기를 원하는 것이니라

㉑ 베드로전서 1:15-16

오직 너희를 부르신 거룩한 이처럼 너희도 모든 행실에 거룩한 자가 되라 기록되었으되 내가 거룩하니 너희도 거룩할지어다 하셨느니라

㉑ 베드로전서 2:4-6

사람에게는 버린 바가 되었으나 하나님께는 택하심을 입은 보배로운 예수께 나아가 너희도 신령한 집으로 세워지고 예수로 말미암아 하나님이 기

쁘게 받으실 신령한 제사를 드릴 거룩한 제사장이 될지니라 성경에 기록되었으되 보라 내가 택한 보배로운 모퉁이돌을 시온에 두노니 그를 믿는 자는 부끄러움을 당하지 아니하리라

⑳ 베드로전서 2:24

친히 나무에 달려 그 몸으로 우리 죄를 담당하셨으니 이는 우리로 죄에 대하여 죽고 의에 대하여 살게 하려 하심이라 그가 채찍에 맞음으로 너희는 나음을 얻었나니

⑳ 베드로전서 4:8

무엇보다도 뜨겁게 서로 사랑할지니 사랑은 허다한 죄를 덮느니라

⑳ 베드로전서 4:13-14

너희가 그리스도의 고난에 참여하는 것으로 즐거워하라 이는 그의 영광을 나타내실 때에 너희로 즐거워하고 기뻐하게 하려 함이라 너희가 그리스도의 이름으로 치욕을 당하면 복 있는 자로다 영광의 영 곧 하나님의 영이 너희 위에 계심이라

⑳ 베드로전서 5:2-4

너희가 하나님의 양 무리를 치되 억지로 하지 말고 하나님의 뜻을 따라 자원함으로 하며 기꺼이 하며 양 무리의 본이 되라 그리하면 목자장이 나타나실 때에 영광의 관을 얻으리라

⑳ 베드로전서 5:6-7

하나님의 능하신 손아래에서 겸손 하라 때가 되면 너희를 높이시리라 너희 염려를 다 주께 맡기라 이는 그가 너희를 돌보심이라

㉑ 베드로전서 5:8-9

근신하라 깨어라 너희 대적 마귀가 우는 사자같이 두루 다니며 삼킬 자를 찾나니 너희는 믿음을 굳건하게 하여 그를 대적하라 이는 세상에 있는 너희 형제들도 동일한 고난을 당하는 줄을 앎이라

㉑ 베드로전서 5:10

그리스도 안에서 너희를 부르사 자기의 영원한 영광에 들어가게 하신 이가 잠깐 고난을 당한 너희를 친히 온전하게 하시며 굳건하게 하시며 강하게 하시며 터를 견고하게 하시리라

㉒ 베드로후서 1:2-4

하나님과 예수를 앎으로 은혜와 평강이 너희에게 더욱 많을지어다 그의 신기한 능력으로 생명과 경건에 속한 모든 것을 우리에게 주셨으니라 이로써 보배롭고 지극히 큰 약속을 우리에게 주사 이 약속으로 말미암아 너희가 정욕 때문에 세상에서 썩어질 것을 피하여 신성한 성품에 참여하는 자가 되게 하려 하셨느니라

㉒ 베드로후서 1:10-11

형제들아 더욱 힘써 너희 부르심과 택하심을 굳게 하라 너희가 이것을 행한즉 언제든지 실족하지 아니하리라 이같이 하면 예수의 영원한 나라에 들어감을 넉넉히 너희에게 주시리라

㉒ 베드로후서 1:17

지극히 큰 영광중에서 이러한 소리가 그에게 나기를 이는 내 사랑하는 아들이요 내 기뻐하는 자라 하실 때에 그가 하나님께 존귀와 영광을 받으셨느니라

㉒ 베드로후서 3:9

주의 약속은 더딘 것이 아니라 오직 주께서는 너희를 대하여 오래 참으사 아무도 멸망하지 아니하고 다 회개하기에 이르기를 원하시느니라

㉒ 베드로후서 3:11-13

거룩한 행실과 경건함으로 하나님의 날이 임하기를 바라보고 간절히 사모하라 우리는 그의 약속대로 의가 있는 곳인 새 하늘과 새 땅을 바라보도다

㉒ 베드로후서 3:14

그러므로 사랑하는 자들아 너희가 이것을 바라보나니 주 앞에서 점도 없고 흠도 없이 평강 가운데서 나타나기를 힘쓰라

㉓ 요한일서 1:7-9

하나님이 빛 가운데 계신 것 같이 우리도 빛 가운데 행하면 우리가 서로 사귐이 있고 그 아들 예수의 피가 우리를 모든 죄에서 깨끗하게 하실 것이요 우리가 우리 죄를 자백하면 그는 미쁘시고 의로우사 우리 죄를 사하시며 우리를 모든 불의에서 깨끗하게 하실 것이요

㉓ 요한일서 2:5

누구든지 그의 말씀을 지키는 자는 하나님의 사랑이 참으로 그 속에서 온전하게 되었나니 이로써 우리가 그의 안에 있는 줄을 아노라

㉓ 요한일서 2:17

이 세상도 그 정욕도 지나가되 오직 하나님의 뜻을 행하는 자는 영원히 거하느니라

㉓ **요한일서 2:25**

그가 우리에게 약속하신 것은 이것이니 곧 영원한 생명이니라

㉓ **요한일서 3:1**

아버지께서 어떠한 사랑을 우리에게 베푸사 하나님의 자녀라 일컬음을 받게 하셨는가

㉓ **요한일서 3:2-3**

사랑하는 자들아 우리가 지금은 하나님의 자녀라 그가 나타나시면 우리가 그와 같을 줄을 아는 것은 그의 참모습 그대로 볼 것이기 때문이니 주를 향하여 이 소망을 가진 자마다 그의 깨끗하심과 같이 자기를 깨끗하게 하느니라

㉓ **요한일서 3:18-19**

자녀들아 우리가 말과 혀로만 사랑하지 말고 행함과 진실함으로 하자 우리가 진리에 속한 줄을 알고 또 우리 마음을 주 앞에서 굳세게 하리니

㉓ **요한일서 3:22-24**

무엇이든지 구하는 바를 그에게서 받나니 이는 우리가 그의 계명을 지키고 그 앞에서 기뻐하시는 것을 행함이라 그의 계명은 이것이니 곧 그 아들 예수의 이름을 믿고 그가 우리에게 주신 계명대로 서로 사랑할 것이니라 그의 계명을 지키는 자는 주 안에 거하고 주는 그의 안에 거하시나니 우리에게 주신 성령으로 말미암아 그가 우리 안에 거하시는 줄을 우리가 아느니라

㉓ **요한일서 4:4**

자녀들아 너희는 하나님께 속하였고 또 그들을 이기었나니 이는 너희 안

에 계신 이가 세상에 있는 자보다 크심이라

㉓ 요한일서 4:7-10
사랑하는 자들아 우리가 서로 사랑하자 사랑은 하나님께 속한 것이니 사랑하는 자마다 하나님으로부터 나서 하나님을 알게 되나니 하나님의 사랑이 우리에게 이렇게 나타난 바 되었으니 하나님이 자기의 독생자를 세상에 보내심은 그로 말미암아 우리를 살리려 하심이라 사랑은 여기 있으니 하나님이 우리를 사랑하사 우리 죄를 속하기 위하여 화목제물로 그 아들을 보내셨음이라

㉓ 요한일서 4:12
우리가 서로 사랑하면 하나님이 우리 안에 거하시고 그의 사랑이 우리 안에 온전히 이루어지느니라

㉓ 요한일서 4:15-16
누구든지 예수를 하나님의 아들이라 시인하면 하나님이 그의 안에 거하시고 그도 하나님 안에 거하느니라 하나님이 우리를 사랑하시는 사랑을 우리가 알고 믿었노니 하나님은 사랑이시라 사랑 안에 거하는 자는 하나님 안에 거하고 하나님도 그의 안에 거하시느니라

㉓ 요한일서 5:1
예수께서 그리스도이심을 믿는 자마다 하나님께로부터 난 자니 또한 낳으신 이를 사랑하는 자마다 그에게서 난 자를 사랑하느니라

㉓ 요한일서 5:3
하나님을 사랑하는 것은 이것이니 우리가 그의 계명들을 지키는 것이라 그의 계명들은 무거운 것이 아니로다

㉓ 요한일서 5:4

하나님께로부터 난 자마다 세상을 이기느니라 세상을 이기는 승리는 이 것이니 우리의 믿음이니라

㉓ 요한일서 5:14-15

예수를 향하여 우리가 가진바 담대함이 이것이니 그의 뜻대로 무엇을 구하면 들으심이라 우리가 무엇이든지 구하는 바를 들으시는 줄을 안즉 우 리가 그에게 구한 그것을 얻은 줄을 또한 아느니라

㉔ 요한이서 1:3

은혜와 긍휼과 평강이 하나님과 예수 그리스도께로부터 진리와 사랑 가 운데서 우리와 함께 있으리라

㉔ 요한이서 1:8

너희는 스스로 삼가 우리가 일한 것을 잃지 말고 오직 온전한 상을 받 으라

㉕ 요한삼서 1:2

사랑하는 자여 네 영혼이 잘됨 같이 네가 범사에 잘되고 강건하기를 내 가 간구하노라

㉕ 요한삼서 1:11

사랑하는 자여 악한 것을 본받지 말고 선한 것을 본받으라 선을 행한 자 는 하나님께 속하고 악을 행하는 자는 하나님을 뵙지 못하였느니라

㉗ 요한 계시록 2:7

귀 있는 자는 성령이 교회들에게 하시는 말씀을 들을지어다 이기는 그에

게는 내가 하나님의 낙원에 있는 생명나무의 열매를 주어 먹게 하리라

㉗ 요한 계시록 2:25-26

너희에게 있는 것을 내가 올 때까지 굳게 잡으라 이기는 자와 끝까지 내 일을 지키는 그에게 만국을 다스리는 권세를 주리니

㉗ 요한 계시록 3:5

이기는 자는 이와 같이 흰옷을 입을 것이요 내가 그 이름을 생명 책에서 결코 지우지 아니하고 그 이름을 내 아버지 앞과 그의 천사들 앞에서 시인하리라

㉗ 요한 계시록 3:10-11

네가 나의 인내의 말씀을 지켰은즉 내가 또한 너를 지켜 시험의 때를 면하게 하리니 이는 장차 온 세상에 임하여 땅에 거하는 자들을 시험할 때라 내가 속히 오리니 네가 가진 것을 굳게 잡아 아무도 네 면류관을 빼앗지 못하게 하라

㉗ 요한 계시록 3:12

이기는 자는 내 하나님 성전에 기둥이 되게 하리니 하늘에서 내 하나님께로부터 내려오는 새 예루살렘의 이름과 나의 새 이름을 그이 위에 기록하리라

㉗ 요한 계시록 3:20-21

누구든지 내 음성을 듣고 문을 열면 내가 그에게로 들어가 그는 나와 더불어 먹으리라 이기는 그에게는 내가 내 보좌에 함께 앉게 하리라

㉗ 요한 계시록 4:11

우리 주 하나님이여 영광과 존귀와 권능을 받으시는 것이 합당하오니 주께서 만물을 지으신지라 만물이 주의 뜻대로 있었고 또 지으심을 받았나이다

㉗ 요한 계시록 7:10-12

구원하심이 보좌에 앉으신 우리 하나님과 어린 양에게 있도다 찬송과 영광과 지혜와 감사와 존귀와 권능과 힘이 우리 하나님께 세세토록 있을지어다 아멘

㉗ 요한 계시록 7:17

보좌 가운데에 계신 어린 양이 그들의 목자가 되사 생명수 샘으로 인도하시고 하나님께서 그들의 눈에서 모든 눈물을 씻어 주실 것임이라

㉗ 요한 계시록 14:13

내가 들으니 하늘에서 음성이 나서 이르되 기록하라 지금 이후로 주 안에서 죽는 자들은 복이 있도다 하시매 성령이 이르시되 그러하다 그들이 수고를 그치고 쉬리니 이는 그들의 행한 일이 따름이라 하시더라

㉗ 요한 계시록 15:3-4

주 하나님이시여 하시는 일이 크고 놀라우시도다 만국의 왕이시여 주의 길이 의롭고 참되시도다 오직 주만 거룩하시니이다 주의 의로우신 일이 나타났으매 만국이 와서 주께 경배하리이다

㉗ 요한 계시록 20:6-7

부활에 참여하는 자들은 복이 있고 거룩하도다 그들은 하나님과 그리스도의 제사장이 되어 천 년 동안 그리스도와 더불어 왕 노릇 하리라

㉗ 요한 계시록 21:3-4

하나님이 사람들과 함께 계시리니 그들은 하나님의 백성이 되고 하나님은 친히 그들과 함께 계셔서 모든 눈물을 닦아주시니 다시는 사망이 없고 애통하는 것이나 아픈 것이 있지 아니하리니 다 지나갔음 이러라

㉗ 요한 계시록 21:5

보좌에 앉으신 이가 이르시되 보라 내가 만물을 새롭게 하노라 하시고 이 말은 신실하고 참되니 기록하라 하시고

㉗ 요한 계시록 21:6-7

보좌에 앉으신 이가 말씀하시되 이루었도다 나는 알파와 오메가요 처음과 마지막이라 내가 생명수 샘물을 목마른 자에게 값없이 주리니 이기는 자는 이것들을 상속으로 받으리라 나는 그의 하나님이 되고 그는 내 아들이 되리라

㉗ 요한 계시록 21:10-11

천사가 성령으로 나를 데리고 높은 산으로 올라가 하늘에서 내려오는 거룩한 성 예루살렘을 보이니 하나님의 영광이 있어 그 성의 빛이 지극히 귀한 보석 같고 벽옥과 수정같이 맑더라

㉗ 요한 계시록 21:23-27

새 예루살렘 성은 해나 달의 비침이 쓸 데 없으니 이는 하나님의 영광이 비치고 어린 양이 그 등불이 되심이라 사람들이 만국의 영광과 존귀를 가지고 그리로 들어가겠고 오직 어린 양의 생명 책에 기록된 자들만 들어가리라

㉗ 요한 계시록 22:1-2

　그가 수정같이 맑은 생명수의 강을 내게 보이니 강 좌우에 생명나무가 있어 달마다 열두 가지 열매를 맺고 나무 잎사귀들은 만국을 치료하기 위하여 있더라

㉗ 요한 계시록 22:7

　보라 나 예수는 속히 오리니 이 두루마리의 예언 말씀을 지키는 자는 복이 있으리라

㉗ 요한 계시록 22:12

　보라 내가 속히 오리니 내가 줄 상이 내게 있어 각 사람에게 그가 행한 대로 갚아 주리라

㉗ 요한 계시록 22:13-14

　나는 알파와 오메가요 처음과 마지막이요 시작과 마침이라 자기 두루마기를 빠는 자는 복이 있으니 이는 그들이 생명나무에 나아가며 문들을 통하여 성에 들어갈 권세를 받으려 함이로다

㉗ 요한 계시록 22:17

　성령이 말씀하시기를 오라 하시는 도다 듣는 자도 오라 할 것이요 목마른 자도 올 것이요 또 원하는 자는 값없이 생명수를 받으라 하시더라

**기도로 극복한
내과 의사의 악성림프종 치유기**

펴 낸 날　2021년 7월 30일

지 은 이　문찬수
펴 낸 이　이기성
편집팀장　이윤숙
기획편집　윤가영, 이지희, 서해주
표지디자인　이윤숙
책임마케팅　강보현, 김성욱
펴 낸 곳　도서출판 생각나눔
출판등록　제 2018-000288호
주　소　서울 잔다리로7안길 22, 태성빌딩 3층
전　화　02-325-5100
팩　스　02-325-5101
홈페이지　www.생각나눔.kr
이 메 일　bookmain@think-book.com

• 책값은 표지 뒷면에 표기되어 있습니다.
　ISBN 979-11-7048-199-7(03810)